Lovebook

Lovebook

SIMONA SPARACO

El amor en los tiempos
de Facebook

© 2009, Newton Compton editori s. r. l.
© De esta edición: 2010, Distribuidora y Editora Aguilar, Altea, Taurus, Alfaguara, S. A.
Calle 80 No. 9-69
Teléfono (571) 639 60 00
Bogotá, Colombia
www.santillana.com.co

Diseño de cubierta: Alessandro Tiburtini
Imagen de cubierta: © Roy Botterell / Corbis

Primera edición en Colombia, abril de 2010
Impreso en Colombia - *Printed in Colombia*
ISBN: 978-958-704-956-5

A mi padre,
porque nunca dejó de creer en su hija,
así como yo nunca he dejado de creer en él.

Solidea

S olidea?

—...

—Solidea, ¡por favor!

Mi madre me está llamando. Una cliente espera y yo me he quedado embobada mirando la calle, el vaivén de coches al otro lado del escaparate.

—Solidea, ¿cuánto tiene que pagar la señora Marcella por esas plumas?

Esa cabrona de *Matita**, mi perra, está cruzando a toda prisa la calle para ir al encuentro de su viejo dueño, mi ex novio. Él, sin ninguna piedad, la habrá llamado desde el escaparate, sacudiendo la caja de sus galletas favoritas. Lo hace a menudo, el muy idiota.

—Solidea, por favor, ¿le haces la cuenta?

Como si no lo supieran. Como si no supieran que cada día mi esfuerzo se centra en imaginar que la tienda de animales al otro lado de la calle no existe, que Matteo no está allí vendiendo galletas y hámsteres, y que no he-

---

* En español *Lápiz*. (*N. de la T.*)

mos sido novios durante nueve años para después dejarnos porque un día él le vendió un cachorro de pastor de los Abruzos a una tipa que entró en su tienda por error, confundiéndose con la del peluquero de al lado. Al final debió de quedarse allí por su mirada, esa que te dice: «No te vayas, porque si no podríamos perder la ocasión de nuestras vidas». Conozco bien esa mirada. ¡Y tanto!

Puede que la única víctima de esta historia sea ese perro pastor atolondrado, que podía desear cualquier cosa menos una dueña despistada y con el pelo cardado que se lo dejara por todas partes. Vaya ganga. Lo que pasa es que Matteo podría venderles una nevera a los esquimales y convencerte de que al fin y al cabo tú también necesitas una nevera nueva, y a lo mejor hasta un esquimal.

—Solidea, ¡haz el favor de ocuparte de la señora Marcella!

Claro que me ocupo de ella. Somos tres en la tienda, pero, naturalmente, cuando hay un cliente soy yo la que se ocupa. Si además esa cliente es la señora Marcella, que siempre tiene alguna queja sobre cualquier cosa, vamos, no hay dudas.

Cuando empecé a trabajar, jamás imaginé que llegaría a preguntarme por qué. Había aprobado la selectividad por los pelos y al ver un libro abierto me entraban ganas de vomitar. Recuerdo que el primer día de trabajo le dije a mi madre:

—De los libros puedo aguantar la cubierta, nada más, y por suerte en esta tienda no hay muchos.

Ella sonrió indulgente, a lo mejor ya sabía que un día volvería a tener ganas de abrirlos.

De hecho así fue. Aunque cuando volvieron las ganas, se fue el tiempo para hacerlo. Me parece que nunca es suficiente, hay tantas buenas novelas que quisiera leer..., y me encantaría también escribir, en fin, hacer algo significativo. Tengo la tremenda sensación de haberme despertado tarde, de haber perdido una cita importante.

«Hubiera podido». Este verbo flota en mi cabeza desde que Matteo y yo rompimos. Desde que esa tonta con el pelo cardado se quedó el cachorro de pastor de los Abruzos, y con él todos mis sueños, mis proyectos y ese amor que no tenía que acabar nunca. No creía que todo esto tuviera un precio, que con tan sólo novecientos cincuenta euros con descuento pudieras comprar la infelicidad de alguien. ¡Y pensar que fue por Matteo por lo que empecé a trabajar! Quería sentirme independiente, vivir sola, hacer el amor con él sin tener que preocuparme por mis padres y esas paredes finísimas que separaban nuestra impagable intimidad de sus frígidas decepciones.

Antes de morir, mi abuelo dejó a nombre de mi madre un piso no lejos de la tienda, para el primer hijo que se casara. Ésa fue su voluntad. La mayor soy yo, naturalmente aún no me he casado, pero ahora vivo allí con *Matita* y, a la edad de veinticinco años, tengo los mismos problemas que un cincuentón cabreado con la vida, impuestos y recibos incluidos. En cambio a mi hermano y mi hermana pequeños ni se les ocurre pensar en la independencia y en todas esas estupideces: Clotilde tiene dieciocho años, es la mejor de su clase y sueña con hacerse médico; Luca, quince añitos recién cumplidos el mes pasado, y, justamente porque es un grosero descontrolado, irá directo a la universidad sin preguntar. Mi madre quiere que sea abogado, para que un día al menos se dé cuenta de todo lo que hemos aguantado por él.

Mientras, yo sigo aquí, en la librería-papelería de mi madre y mi tía, trabajando de dependienta. Nada más y nada menos.

«Librería-papelería», eso es lo que pone en el cartel blanco y azul que da a la calle, pero en realidad vendemos un poco de todo. Hasta hace unos años teníamos incluso juegos para niños, pistolas de agua y camas hinchables. Hoy somos algo más serias, además la tienda ha sido reestructurada. Mi tía dice que de esta manera es más elegante, pero me parece que mi madre no está tan convencida. Desde la renovación, mi padre no ha vuelto a pisar este lugar; para ir al trabajo elige adrede otro camino. Quince años de separación no han allanado sus diferencias. Por suerte ahora mi madre está más serena, ni sé si de verdad tiene intención de encontrar a otro hombre, al fin y al cabo con nosotros ya tiene suficiente. Además, mientras viva la abuela, que está en la planta de arriba, sería inconcebible intentar sustituir a mi padre. Habría que verlo, el pobre malnacido sería cubierto de insultos. La abuela es el integrismo personificado y habla con parábolas: nos recuerda la palabra de Jesús con cada paso que da, incluso ahora que camina con andador. Porque hace dos meses, por segunda vez, se rompió la cadera de mala manera y le han puesto una prótesis.

Matita ha vuelto a la tienda meneando la cola. Tiene una mirada de lista que huele a galleta comida a hurtadillas. Si pienso en que acaba de lamer sus dedos, me da algo. Huyo abajo al almacén, al menos es lo suficientemente inteligente para entender que ahora mismo su presencia me molesta.

—Solidea, ¿bajas por dos paquetes de papel de impresora?

—Naturalmente, tía.

Folios, rollos de papel, bolígrafos, clips, lapiceros, agendas y enciclopedias: estoy atrapada en este lugar que apesta a goma de borrar, agonizando detrás de una pared de cajas y pliegos de papel y cartulina que nadie derrumbará jamás. Nadie podría, ya fuera para liberarme o para arruinarnos, lo que vendría a ser más o menos lo mismo.

He levantado la mirada y he vuelto a lanzarla más allá del escaparate. Lo sé, me había prometido no volver a hacerlo en todo el día, pero no he podido aguantar porque sabía que me estaba mirando. Me sonríe con su cara de sinvergüenza, y yo me esfuerzo por aguantar el tipo, aunque en mi corazón quisiera que estallara la tercera guerra mundial y que los bombardeos empezaran exactamente en su tienda. El mismísimo Bin Laden tendría que entrar ahí embutido en explosivos para saltar por los aires, a lo mejor pensando que una tienda de animales podría ser vista como el símbolo de la explotación y del capitalismo occidentales. Si eso ocurriera, sólo me sabría mal por los gatitos del escaparate, ¡al diablo todo lo demás!

Estábamos enamorados. Yo era poco más que una niña y él, un joven tatuado de arriba abajo que organizaba fiestas en discotecas. Todo el barrio conocía su nombre. A esa edad, eso es todo lo que cuenta. Me sentía la mujer del jefe o algo parecido, mis amigas se morían de envidia y yo era suya, y de nadie más.

Siempre creí que mi hombre ideal lo sabría todo de música, iría al teatro, sería un experto en cine, escribiría poemas, pintaría, hablaría al menos dos idiomas, el japonés quizá, y naturalmente sería también un hombre de negocios con una cuenta corriente muy consistente. Digamos que durante nueve años he bajado el listón a niveles embarazosos, porque Matteo no es más que un borrico que vende animales, aunque también es cierto que entrar en la discoteca saltándote la cola con dieciséis años tiene su importancia. Ahora que lo veo allí, al otro lado del mostrador, en medio de todas esas perreras y cajas de galletas, soy incapaz de ver al borrico que vende animales, ni al hijo de puta que ha arruinado mi vida; sólo veo al Matteo que me estrechaba en sus brazos, mientras yo, con los ojos cerrados y escalofríos en la garganta, me decía a mí misma: «Así debe de ser el paraíso. Esto es lo que nos va a pasar si nos portamos mejor».

No volveré a bajar el listón. Mi próximo hombre hablará japonés como si de su lengua materna se tratara y en sus viajes de negocios, en el aeropuerto, me tomará de la mano y me llevará consigo al otro lado del mundo, lejos de esta calle, de los folios y de las gomas de borrar, del escaparate de la tienda de Matteo, de los mininos enjaulados y de las galletas de *Matita*. Bueno, a ella nos la llevaremos con nosotros, aunque, con su tamaño, tendrá que viajar en la bodega, eso le pasa por comer como una vaca.

—Solidea, ¿has cogido el papel de impresora para tu tía?

—...

—¿Solidea?

Me doy la vuelta con calma, sin prisas.

—Dime, mamá —le digo sin ganas.

—¿Cómo que «dime, mamá»? ¿Dónde estás?

—¿Qué significa que dónde estoy?

—¿En qué estabas pensando?

—En nada —le contesto, casi con desencanto—. En algo estúpidamente feliz.

En la cara de mi madre la reprimenda deja lugar a destellos de inquietud. Ahora ella también lanza una mirada al otro lado del escaparate. Sé lo que está barruntando, y sé también lo que está a punto de decir:

—Casi es mejor que hoy salgas antes. Tómate unas horas de descanso, y no llegues tarde, que esta noche cenamos en casa de la abuela.

Tengo dos horas de libertad, y ganas de comprarme unos zapatos de mujer.

Paseo junto con *Matita* pegando la mirada a los escaparates; por fin no pienso, no recuerdo, contemplo. Llaman toda mi atención las cifras desorbitadas escritas en las etiquetas de los precios: un par de sandalias con lentejuelas, cuatrocientoscincuentaynuevecomacerocero. Y nada de descuentos. La gente se ha bebido el cerebro. «Mejor reducir los márgenes que dejar a los paseantes babeando y la caja vacía como un tambor», dice siempre mi madre. Si seguimos así, llegaremos a la revolución, palabra de vendedor.

Por otro lado los escenarios planteados por el profesor Bonelli no son nada reconfortantes: su mirada se dirige atrás en el tiempo, hacia los siglos pasados, las grandes epidemias, los trastornos climáticos y demográficos, pero sabe muchas cosas y cuando explica que la historia es cíclica lo hace con conocimiento de causa, sabe echar sus cuentas.

El profesor Bonelli es el único adulto de más de cincuenta años con el que logro hablar de todo, incluso de sexo si hace falta, sin tutearlo jamás. Me conoce desde hace diez años, era mi profesor de Historia y además es un cliente incondicional, adora las postales pintadas a mano de las que tenemos la exclusiva.

Es un escritor, aunque no sé si alguien que nunca ha publicado nada puede ser llamado así. De todas formas a mí me ha gustado siempre el profesor Bonelli, sobre todo cuando pone esa mueca tan dulce, como de Papá Noel, con todo su pelo gris y despeinado y los ojos pequeños pequeños, tanto que cuando ríe desaparecen debajo de sus tupidas cejas. Es irónico consigo mismo, inteligente, un hombre de otros tiempos que sin embargo ha aprendido a vivir también en los nuestros. Cuando era joven fue corresponsal de guerra, antes de encontrar una plaza de profesor en la escuela en la que ha estudiado toda mi familia, en la que siempre faltan tizas y los estudiantes se llevan a casa los borradores. Es un lugar deprimente, completamente carente de estímulos, cuyo único mérito es estar cerquísima de nuestra tienda y proveernos de la mayoría de nuestros clientes.

Cuando el profesor Bonelli pasa a vernos, me recuerda siempre que pocos de sus estudiantes le han dado satisfacción desde el punto de vista profesional. Él me había aconsejado ir a la universidad: «Se te daría bien una carrera de letras, querida Solidea». Pero no lo escuché nunca, y ya no hablamos del tema. Lo hecho, hecho está. Hoy en día sólo hace recomendaciones para mi hermana, nos repite que es buenísima y que llegará lejos en la vida. Vaya suerte la suya, aún tiene toda la vida por delante.

Esta noche hay cena en casa de mi abuela. El miércoles pasado fue su cumpleaños: cumplió noventa y uno. Hay quien se atreve a decir que los lleva bien porque cada mañana va a la iglesia y aún no ha dejado de cocinar, pero si la observas parece una momia, sobre todo ahora que está dentro del andador. Es una fastidiosa de primera y su intolerancia es directamente proporcional al paso del tiempo. Maniática del orden, sobre todo en la cocina: las ollas perfectamente alineadas por tamaños y las porcelanas inmaculadas que no se utilizan nunca, ni en las ocasiones especiales. Su cuerpecito todo huesos y sin coordinación alguna, tan grotescamente incompatible con la energía que contiene, pasa los días moviéndose arriba y abajo por el pasillo, desde la habitación hasta la cocina, siempre el mismo recorrido, como la rueda del hámster. Si observas detenidamente las baldosas de cerámica del suelo, verás hasta el rastro que han dejado sus pantuflas a lo largo de los años.

La conocí ya con este aspecto, vieja y viuda. De niña me atiborraba de huevo batido alegando que tenía que engordar para poderme enfrentar a las épocas de escasez, y no difería mucho de la abuela de hoy en día, la de mirada ceñuda y dentadura postiza, la que se queda absorta delante de las series de televisión y con una mano temblorosa como una mariposa, emblema de su enfermedad, le indica al resto del mundo que la deje en paz. Es mi abuela. Para toda la familia tres y una, como el signo de la cruz: la abuela y sus dos grandes amores, uno se llama Jesucristo y el otro es el abuelo, que ya no está entre nosotros.

A decir verdad el otro elemento constante en los recuerdos sobre mi abuela es la presencia, a veces hasta engorrosa, del *abuelo que ya no está*. El *abuelo que ya no está* en realidad está siempre con ella. Está con ella a lo largo del pasillo, entre las ollas de la cocina, en el sofá delante de la televisión y en las cartas escondidas en el joyero de la habitación. Cartas que ella jamás dejó de escribirle, como si de alguna manera él pudiera leerlas. Y sigue hablando con él, charlando, como si estuviera a su lado. Más de una vez la he hallado, de rodillas, al lado de la cama, recitando la plegaria de la noche y mentando también al *abuelo que ya no está,* dando por sentado que estaba allí, él, junto con Jesús, los dos escuchándola.

Además de Jesús y el *abuelo que ya no está,* con la abuela viven mi tía y mi prima Federica, ellas también supervivientes de un triste divorcio. Mi madre, mi hermana y mi hermano están en la planta de abajo. Pero a todos los efectos es como si hubiéramos vivido siempre todos juntos: una gran familia de estructura matriarcal repartida en los dos pisos de un modesto edificio del barrio Prati, con mi hermano como apéndice, quien, más que nadie, sobre todo en los primeros años de vida, iba y venía de una casa a otra y de vez en cuando acababa olvidado en el ascensor. No podemos quejarnos de que se haya convertido en un grosero, al menos no se ha vuelto gay.

Con ocasión del aniversario de mi abuela ha llegado a la capital toda la parentela. La abuela ha decidido embutirnos con la pantagruélica cena de costumbre, hecha de raviolis pequeñitos, arroces y empanadillas, sin que, entre brindis y brindis, falten miradas de compasión dirigidas a mí: «Pobre Solidea —pensarán todos—, abandonada después de nueve años de noviazgo. Y eso que faltaba poco para que la llevara al altar». Hay susurros a tutiplén. Ya, porque en mi casa o gritas o susurras, y lo que se dice en voz baja no es en absoluto mejor que lo que se exterioriza a grito pelado, lanzado entre una risa y otra. Mientras, mi abuela sigue llenándome el plato. ¿Cuánto seguirá esta tortura a fuego lento? ¿Dónde están mi hermana y mi prima? Alegando que este año les toca la selectividad, se las arreglan siempre para llegar con unas horas de retraso.

De hecho se unen a nosotros cuando ya hemos empezado el postre, el Mont Blanc traído por tía Margherita, la hermana de mi abuela.

Hay un saludo general y una rápida puesta al día sobre sus vidas. A mi madre y mi tía se les recuerda el encuentro semanal con el director y los profesores, se habla de estudios y de los exámenes a la vuelta de la esquina; acto seguido se nos da libertad para ir a donde queramos: los jóvenes dejan a los mayores en la mesa y se retiran a sus habitaciones. Mi hermano corre al piso de abajo con los primos para jugar a la Playstation, mientras que yo, Federica y Clotilde nos escabullimos a la habitación de Federica para hablar de nuestras cosas. *Matita* nos sigue bonachona, con la barriga llena de raviolis de la abuela.

Después de entrar en la habitación, *Matita* y yo nos tendemos en la cama, Federica se pone a hurgar en el armario buscando no sé qué y Clotilde se sienta al escritorio.

Nos separan siete años de edad, pero hoy no nos damos cuenta de la diferencia, casi empezamos a hablar el mismo idioma, y tengo que admitir que cuando me alejo de casa durante demasiado tiempo las echo de menos.

Son tan distintas... Clotilde es una mujercita seria y tranquila, de cara redonda y bonachona y pelo rubio, liso, ordenado. Federica en cambio es un desastre, una gacela oscura, con los ojos de un verde intenso, alargados e inteligentes, muy inteligentes, como los de un gato. Parece fuerte, pero en realidad es frágil, como todas las niñas que han crecido demasiado rápido peleándose con la vida. Ahora ha llegado al momento de pegar un cambio, después de la selectividad no puede abandonar, si no ella también acabará en la tienda de nuestras madres preguntándose qué es lo que podría haber hecho. Por desgracia esa minifalda de escándalo y la camiseta ajustada, que parecen a punto de explotar a lo Hulk, no prometen nada bueno.

Se ha comprado el Tesmed, un aparato que creo que sirve para estimular los músculos o algo por el estilo, y acaba de aplicárselo a los brazos. Ríe y dice:

—Mira, Sole, ¡parece que tengo Parkinson, como la abuela! Bonito, ¿no te lo parece?

Clotilde levanta los ojos al cielo y enciende el ordenador:

—Para ya, Fede. No tiene gracia.

—Eres una aburrida, ¡más aburrida que esa desgraciada de la Macchioni! Estudiar con ella te sienta mal.

—Al menos a mí no me suspenderán.

—Bueno, chicas, ya está bien.

Todo esto del examen de selectividad las ha puesto más nerviosas.

—Déjala —sigue Federica—, desde que se ha echado novio se ha colocado en un pedestal. Si antes sólo existía la escuela, ahora también está Alessandro. La escuela y Alessandro. Para morirse de aburrimiento.

Clotilde es una de las pocas personas que conozco que difícilmente responde a una provocación. Y en este caso también se queda tranquila delante de la pantalla, a la espera de que el ordenador se encienda. Es más equilibrada que un monje tibetano, ¿a quién habrá salido?

Mientras, la otra sigue:

—Tarde o temprano explotarás, ¿sabes? —le dice—. Como esas reprimidas que con cincuenta años envían el mundo a la porra y tratan de recuperar el tiempo perdido. —Me mira y ríe, buscando apoyo, mientras el Tesmed le agita los brazos como flanes.

—No es culpa mía si te has dejado follar por toda la escuela y no has encontrado a nadie que te satisfaga —responde Clotilde, angelical, mientras se conecta a la red.

—Si hay alguien insatisfecho, ese alguien seguro que no soy yo...

—Ya está bien, en serio —vuelvo a intervenir, mientras *Matita* nos contempla bostezando—. Con este plan, las dos nos estamos durmiendo.

De repente Clotilde estalla en risas.

—¡A *Matita* se le cierran los ojos! ¿La veis?

Nos gusta la expresión graciosa de su cara, tanto que abandonamos enseguida el tono de polémica.

—Ahora le hago una foto y la cuelgo en Facebook —propone Federica, blandiendo el móvil.

Matita no se mueve, casi parece que está estudiando el objetivo.

—Remuévele un poco el mechón, así le sacas su lado de perro spinone italiano.

Matita se deja hacer como si fuera un muñeco. Federica hace la foto y vuelve a reírse.

—¡Vaya personaje, tu perra! ¡Es buenísima, mírala!

Clotilde saca un cable de un cajón del escritorio y lo enchufa al ordenador, el otro extremo lo conecta al móvil y, dicho y hecho, la foto aparece a tamaño natural en la pantalla. Qué tecnológicas son, yo no sabría por dónde empezar.

—La subo a mi perfil —le dice Clotilde a Federica—; después te etiqueto, ¿vale?

Cuando utilizan esa terminología me dan dolor de cabeza. La tecnología evoluciona rápido y la nueva generación siempre le lleva ventaja a la anterior, no hay nada que hacer.

—¿Estás en Facebook? ¿Te etiqueto a ti también? —me pregunta Clotilde, pero es como si hablara otro idioma.

—Ya es increíble que me haya descargado el Skype en el ordenador de la tienda y que de vez en cuando logre hacer una videollamada —puntualizo—. No estoy tan metida en el mundo de la red como ustedes.

En este momento, Federica sonríe excitada, como si le hubiera propuesto vete a saber qué aventura.

—En Facebook tienes que estar, sí o sí —me dice—. Se podría decir que Clo y yo vivimos en Facebook.

No esperaba tanto entusiasmo. Enseguida me enseñan la página de bienvenida. Me explican por encima cómo funciona, pasan por fotos, chats, eventos. Cada una tiene una imagen de perfil, la de Federica es un culo en primerísimo plano que no deja espacio para las dudas. Ella bromea, pero Clotilde está claramente en desacuerdo. Imagínate, ella, a su vez, ha escogido una foto que sólo sería más casta si llevara un uniforme de boy-scout, y esto debe de tener su importancia, ya que apenas tiene la mitad de amigos que Federica. Entre otras, acaba de ignorar una solicitud de amistad.

—¿Por qué? —refunfuña Federica—. Ése era lindo.

—Entonces quédatelo tú, yo no tengo ni idea de quién es.

—Es amigo de Giorgio Chiesa, el de quinto B.

—Exacto, es amigo suyo, no le conozco.

—Coño, qué triste eres.

—Mejor ser triste que poner un culo en el lugar de la cara.

—Bueno, chicas, ¡déjenlo o cojo a *Matita* y me voy a casa!

Están tan excitadas por la idea de guiarme en este nuevo ciberespacio que paran enseguida y vuelven a enseñarme sus maravillas: los mensajes, las opiniones, las actualizaciones de estado, el chat con los amigos conectados. Me parece una comunidad demasiado complicada para mi gusto, pero despierta mi curiosidad, porque se trata de su mundo, de todo lo que aún no podía saber de su vida.

De un solo pantallazo, puedo ver todo lo que se dicen, lo que piensan, lo que hacen cuando no están conmigo. Ahí están las fotos de sus amigos más queridos, de las fiestas, de las vacaciones, y está todo increíblemente cerca, tan al alcance... Casi me da miedo la idea de participar en ello.

—De alguna manera estamos todos conectados —continúa Federica, como si se refiriera a una especie de secta zen—. Puedo ver quiénes son los amigos de mis amigos, descubrir si reconozco a alguien y decidir contactar con él, o entablar nuevas amistades, volver a encontrar las que he perdido de vista. ¿Cómo es posible que no lo conocieras? A estas alturas casi todo el mundo está aquí. ¿Quieres hacer una prueba?

—¿Qué significa hacer una prueba?

—Me dices el nombre de alguien del que no sabes nada desde hace mucho tiempo y vemos si damos con él.

Admito que empiezo a sentirme algo excitada. Levanto la mirada en búsqueda de un nombre.

—No sé qué decir... ¿Quieres uno cualquiera?

—Sí, uno cualquiera, de alguien que conoces pero le has perdido de vista.

Clotilde tiene una sugerencia:

—Incluso un compañero de primaria, por ejemplo.

Y enseguida asoma a mi mente una reseña de niños con batas azules, sentados en sus pupitres y controlados por una maestra inverosímil... ¿Cómo se llamaba? Martinelli. Vete a saber qué fue de ella.

—Erica Martinelli —anuncio con determinación.

Clotilde teclea el nombre como un relámpago.

—¿Quién es?

—Era mi maestra de primaria...

Pero no me ha dado tiempo a acabar de contestar y el ordenador nos deja sin pistas: muchas Ericas, pero ninguna que lleve ese apellido. Pues vale.

—Claro —comenta sarcástica Federica—, vete a saber cuántos años tendrá... Facebook no es para mayores.

Aquí hay que precisar.

—Oye, chata, que no salgo de *Corazón**, no fui a primaria el siglo pasado... Y además Erica era una maestra muy joven, fijo que ahora no tendrá más de cuarenta años.

—Será vieja de espíritu, si no la habría encontrado.

—Prueba con un compañero —interviene Clotilde, más amable—. ¿Cómo es posible que no se te ocurra ninguno?

El despliegue de caras sigue, la atención se desvía a menudo hacia las primeras filas y se detiene en el pupitre central. Al lado de un niño con nariz goteante, toma forma la figura de la niña más guapa que recuerdo: Sara Carelli, la que todos querían tener como amiga.

—Prueba con Sara Carelli.

---

* *Corazón*, novela escrita por Edmondo de Amicis y publicada por primera vez en Italia en 1886. Ha sido traducida a numerosos idiomas y llevada al cine en distintas ocasiones. En un episodio de esta novela se basa la serie de dibujos animados *Marco, de los Apeninos a los Andes. (N. de la T.)*

Clotilde teclea el nombre y esta vez el ordenador nos contesta enseguida: aparece la foto de una joven guapa y rubia, con sonrisa blanquísima y labios rosas como la gasolina. Es ella. Ahora parece Barbie, pero conserva los ojos de la niña más guapa de la clase.

—Qué impresión..., cuánto tiempo.

Federica me explica que si decido darme de alta en la comunidad puedo contactar con ella. Como no son amigas, Clotilde no tiene permiso para acceder a su página, pero de todas formas podemos ver cuáles son sus contactos.

Veo que ha mantenido relación con algunos compañeros de clase, está también su antiguo compañero de pupitre, el que siempre tenía mocos en la nariz. Se ha convertido en un hombre muy, muy grande, y en la imagen de perfil él y Sara están juntos, abrazados, y en medio de ellos un niño rubio que parece un poco de él y un poco de ella mezclados. Vaya historia. Por lo visto han tenido un hijo.

La cosa empieza a atraparme, mi memoria se extiende, pruebo a buscar algún que otro personaje. Un momento después encuentro a un viejo amigo de la playa, el hijo de nuestra vecina de sombrilla, también Clotilde se acuerda de él, es el que consiguió mi primer beso en los labios jugando a la botella. Joder cómo se ha estropeado, hasta da cosa verle. Federica le aconseja que lo añada a sus amigos, pero Clotilde no está de acuerdo.

—No soy como tú, yo hago cierta selección —le explica serenamente—. Tienes quinientos amigos, luego en la escuela no saludas a nadie y salimos siempre con los mismos idiotas. ¿Por qué no, en vez de eso, damos de alta a Sole y la agregamos enseguida como amiga?

A estas alturas, la idea me tienta bastante. En un pispás ya estamos rellenando una ficha con mis datos personales y seleccionando una foto de entre las del álbum de Federica que encaje para mi perfil. Hay una donde salimos *Matita* y yo en la playa de Ansedonia. No está mal.

Después de unos segundos, me convierto en una ciudadana de Facebook hecha y derecha: allí estamos *Matita* y yo asomándonos a la página aún vacía y a nuestro lado una casilla de texto que nos pide que apuntemos nuestras primeras impresiones. Me doy la vuelta para buscar la aprobación de mi perra, pero ella se ha desplomado en la cama de Federica e incluso ha empezado a roncar.

—Éstas son las actualizaciones de estado —explica mientras tanto Clotilde—. Ahí puedes escribir lo que quieras, todos tus amigos podrán verlo y decidir si enviarte un mensaje o publicar algo en tu muro.

—¡Qué sensacional! —subrayo con ironía—. ¿Y quiénes serían estos amigos?

—Empecemos con nosotras dos.

Las chicas se lanzan a sus cuentas para contactarme e inmediatamente me llegan sus peticiones de amistad. Puedo decidir si aceptarlas o ignorarlas, pero claramente no estoy en situación de darme aires, ya que mi listado de amigos está tan vacío como una caja de resonancia.

Clotilde vuelve a su página y me enseña que en su muro ha aparecido una nueva comunicación, anuncia el acontecimiento de que mi hermana y yo nos hemos hecho amigas. Ahora todo el mundo lo sabe, supongo que quien lo vea se irá a la cama reconfortado.

—Puedes añadir todas las fotos que quieras y ordenarlas en un álbum —sigue explicando Clotilde—. Si alguien te etiqueta, es decir, si te señala dentro de una foto, esa foto será añadida automáticamente a las que ya tienes archivadas, y todo el mundo podrá verla.

—No tengo ni la menor idea de cómo se hace un álbum.

—De la misma manera que has cargado la imagen de tu perfil. Puedes hacerlo con otras imágenes, o vídeos si prefieres. Te pongo un ejemplo: la cena de esta noche. El álbum podemos llamarlo…, digamos… «Familia». —Y acto seguido conecta su cámara al ordenador. En pocos segundos en la pantalla aparecen las fotos de la inolvidable cena que acaba de terminar: nuestras caras sonrientes, la atmósfera de fiesta, los manjares de la abuela, *Matita* que se los zampa ávidamente y mi madre que recoge la mesa con su habitual cara de iluminada. Vista así parece una muy buena pandilla.

—Ahora sólo tienes que ir a buscar nuevos amigos —me aconseja Federica, que considera este aspecto la finalidad última de todo el asunto—. Analizando tus datos, el sitio te sugiere toda la gente que podrías conocer, échale un vistazo… En dos semanas ya tendrás una intensa vida social en la red.

Llegados a este punto, a Clotilde le queda una pregunta por hacer:

—¿Se te ocurre alguien más a quien podríamos buscar?

Y es entonces cuando vuelve a irrumpir en mi mente esa cara de sinvergüenza que cada día me esfuerzo por olvidar.

—Prueba con Matteo —afirmo con expresión más grave.

Federica y Clotilde se miran angustiadas. Los dedos de mi hermana se bloquean en el teclado.

—¿Por qué sigues haciéndote daño?

Trato de hacer como si nada.

—Es sólo por curiosidad —le contesto—, quiero ver qué foto ha puesto.

Pero mi hermana no es tonta, ella estaba al lado de mi cama cuando trataba desesperadamente de ahogar el llanto en la almohada.

—Sole, por favor, es mejor evitarlo —me dice con tono casi de súplica.

Federica me observa titubeando. Luego, de repente, se lanza al teclado:

—A la porra —afirma—, conozco a tu hermana; si ha decidido hacerlo, no la parará nadie.

Tres segundos y el sinvergüenza aparece en la pantalla.

Tiene un cigarrillo en la boca y sonríe como de costumbre, como diciendo: «¿Ves? Me va de maravilla incluso sin ti».

Un escalofrío me muerde el estómago. No puedo quitarle los ojos de encima.

En ese mismo instante, Federica se da cuenta de un detalle que a mí se me escapa y se queda pasmada. Se dirige a mi hermana con tono de reproche:

—¿Qué hace Matteo en tu grupo de amigos?

Clotilde se encuentra en apuros, aunque su expresión no es de culpabilidad.

—Lo conocemos de toda la vida —se justifica—, lo considero casi un hermano mayor, no podía ignorar su solicitud de amistad.

—¿Eso significa que podemos entrar en su página? —pregunto, y mi respiración agitada revela toda mi emoción.

Entonces las chicas ya no tienen ganas de apoyarme.

—Sal de mi cuenta —ordena Clotilde a Federica con un tono que no admite réplica—. No voy a permitir que se siga haciendo daño.

—Si sales de esa página significa que no has comprendido nada —le explico—. Todavía necesito tomar conciencia de lo que pasó. ¿Cómo es posible que no lo entiendas?

—Sólo necesitas pasar página, Solidea. Tienes que mirar hacia delante, y husmear en su vida no te va a ayudar.

Tiene toda la razón, pero me conozco y sé que no tendré paz hasta que lo haga.

—Te lo ruego, Clo. Lo necesito —insisto. De repente mis ojos deben de haberse puesto húmedos, porque noto las lágrimas a punto de asomarse. Clo no aguanta esa visión, y sé que puedo apoyarme también en eso.

Mientras tanto Federica se ha mantenido callada, parece que por primera vez no se atreve a entrometerse. Al final no ha ejecutado las órdenes de mi hermana, de modo que Matteo sigue sonriéndonos desde la pantalla.

Me apodero del ratón y, sin que nadie me lo impida, hago clic en el cigarrillo. Después, en los pocos instantes que me separan de su mundo, siento cómo el corazón se me hincha en el pecho. Un poco por impotencia y otro poco por una mezcla de curiosidad y sadismo, ya no puedo parar el proceso de arranque.

Lo primero que averiguo gracias a Facebook es que Matteo se ha encargado de hacer saber al mundo entero que ha pasado de la condición de «soltero» (y suerte que hemos estado juntos durante tan sólo nueve años) a la de «en una relación», y que ahora se declara «locamente enamorado». Empezamos bien.

Tiene nada menos que quinientos amigos y cuatro álbumes de fotos. Cuando salíamos juntos, nunca llevaba una cámara consigo e íbamos a cenar siempre a la misma pizzería, donde veíamos las cuatro caras habituales.

El primer álbum, para más inri acompañado por los oportunos comentarios, retrata el memorable viaje a Perú de este invierno: el primero juntos. Y pensar que en nueve años de noviazgo hemos logrado ir una sola vez a Londres y una semana a Barcelona de viaje de fin de curso, aunque mi mayor deseo fue siempre una noche de amor en París... No me parecía una petición imposible. No tanto como vender un perro a una desconocida y después de menos de un mes estar volando con ella a Perú para un viaje de dos semanas. La foto en la que aparecen junto a los niños de una escuela en el Machu Picchu es el golpe más bajo que he recibido en mi vida.

En el segundo álbum, aparece un paseo del trío por los jardines: él, la del cardado y el pastor de los Abruzos, que intenta ahorcarse con la correa. Estoy a punto de vomitar. Como si no fuera suficiente, el tercer álbum es un reportaje fotográfico de ella en bikini y todos sus comentarios sobre lo guapa que es y bla-bla-bla. Quiero morir.

El cuarto álbum es un reportaje de su más que intensa vida social: ella acompañándole a la consola mientras él pone música en fiestas privadas (¡con que me hubiera llevado más de dos veces!); los dos bailando en la pista (cuando estaba conmigo me enviaba siempre sola), y hasta jugando a verdad o consecuencia en la playa con todos nuestros viejos amigos.

En cierto sentido es como si su mundo hubiera permanecido intacto, sólo que en mi lugar y en el de la gorda de *Matita* ahora se encuentran una de pelo cardado con tetas gigantes y un pastor de los Abruzos seco como una cabra. En otro sentido lo que veo nada tiene que ver con mi Matteo; las risas de nuestros viejos amigos se me antojan ecos lejanos de algo que al fin y al cabo nunca me ha pertenecido. Me han dejado fuera, tenía que imaginármelo, pero ahora me pregunto cómo he podido estar ahí en medio tanto tiempo.

Durante nueve años mis amigos eran los suyos. Durante nueve años mis días empezaban con él y acababan con él, creía que no deseaba nada más. Y ahora, de un trozo tan importante de mi vida, de un hombre que ha estado dentro de mí de todas las formas posibles, no queda casi nada. Si no hubiera tenido familia, me habría sentido perdida. Tengo que volver a empezar. Mi hermana tiene razón, si sigo mirando hacia atrás sólo lograré perder más tiempo.

Sin querer he permitido que las lágrimas asomen de nuevo mientras me quedaba atontada delante de la última foto: un estupendo beso de esos dos delante de una fogata de marzo.

—No puedes seguir así —se compadece de mí Federica.

Clotilde vuelve a la página de bienvenida y deja que Matteo y la del cardado desaparezcan de la pantalla.

—Tienes que reponerte, Sole —me anima con una caricia en la mejilla—. Sé que puedes hacerlo.

No es así. A veces me parece que no tengo las fuerzas suficientes. Y esa tienda, donde estoy obligada a pasar el día entero, me impide volver a construirme una vida. No sé por dónde empezar, sólo sé que no tendría que haber interrumpido los estudios y permitir que mi madre y mi tía me sepultaran allí. Odio esos pliegos de papel tan anacrónicos, desconectados del resto del mundo, ese olor a papel apilado y a tinta recién impresa, y el tintineo de la caja cuando saco los recibos, las miradas de los clientes más jóvenes, de los estudiantes llenos de esperanzas. Quisiera poder volver atrás, antes de nuestro encuentro, y tener la fuerza de resistir a la tentación de sus besos, que paso a paso me enseñaban el bonito juego del amor quitándome todo lo demás.

—Tenemos que presentarte a alguien —propone Federica, volviendo a tomar el control del ordenador.

—Sus amigos son demasiado jóvenes para mí.

—Los de Clotilde puede que sí —me dice—, yo tengo tantos contactos que podría abrir una agencia de *castings*.

Después se pone a trabajar con ahínco en la red, y la forma en la que lo hace logra arrancarnos una sonrisa.

Después de algunos minutos estalla convencida:

—Aquí está, Giulio Tini. Trabaja de asesor financiero, tiene treinta y un años y en Facebook acaba de fundar un grupo en busca del alma gemela.

—Todo un señor —subrayo con ironía, mirando la foto de un tipo con pelo engominado que posa como un divo—. ¿No te parece un poco mayor para estar en tu lista de amigos?

—Si es por eso, Federica acepta también a los de cincuenta años —me informa Clotilde con una mezcla de reproche e inquietud—. Yo me preocuparía más de ese culo en tanga que ha elegido como tarjeta de visita que de sus conocidos. Por no hablar del contenido de los mensajes que le escribe a medio mundo.

—Piensa en tu vida aburrida y en tu igualmente aburrido novio y déjame en paz —replica Federica—. Estoy buscando a alguien para presentárselo a tu hermana. Como ves, ampliar los contactos es siempre útil.

—Dejemos el tema —le digo—, las cosas organizadas, a ciegas además, nunca me han gustado.

—Pero ya no existen las citas a ciegas —insiste—, con Facebook puedes conocer de antemano todo lo que necesitas.

—No necesito nada, de verdad. Lo sabéis, soy de gustos muy difíciles, no me enamoro con tanta facilidad. Es algo que me ha pasado sólo una vez y que me temo que no volverá a pasar.

—¡Eso no es cierto! —interviene rápida Clotilde—. Ha habido otro gran amor en tu vida antes de Matteo. Puede que incluso más grande, ya que está presente en casi todos nuestros recuerdos de infancia.

—Claro, ¿cómo no? —exclama Federica—. ¡Edoardo Magni! ¡Con esa historia volviste loca a toda la familia durante siglos!

Edoardo Magni.

Y tanto que lo recuerdo bien. El nombre de Edo escrito dentro de unos corazones que yo dibujaba por todas partes. Desde tercero de primaria hasta finales de la escuela media*. Y eso que intercambiaríamos un total de cincuenta palabras.

La primera vez que lo vi fue desde el coche de mi madre, delante de la entrada de la escuela, con la bata azul y la mochila de Hello Kitty todavía en los hombros. Él en cambio subía a la moto de un amigo para volver a casa. Entonces se estaba preparando para los exámenes de

---

* El sistema escolar italiano se divide en tres ciclos: primaria, de cinco cursos; media, de tres cursos; bachillerato, de cinco cursos. *(N. de la T.)*

acceso a la escuela media y recuerdo que ese día pensé que a mí también me gustaba la idea de pasar de curso porque al menos tendría más ocasiones de verle. No podía imaginar que pasaría seis años de mi vida persiguiéndole. Así es, porque cuando yo llegué después a la escuela media él ya estaba en bachillerato, y cuando empecé bachillerato él se iba a la universidad. En los tres años siguientes no hice más que recordarlo e imaginarlo. Después llegó Matteo. Vaya vida intensa y llena de golpes de efecto.

Edoardo me llevaba seis años y tenía una sonrisa que hablaba todas las lenguas del mundo. Guapo, inteligente, educado. Hablando de gustos, no se puede negar que mis principios fueron buenos. Cómo a posteriori llegué al borrico que vende animales sigue siendo un misterio.

—Era guapísimo, Edoardo parecía un lord en medio de una banda de delincuentes —comenta mi hermana con aire místico.

—¡Pero si ustedes en esa época eran demasiado pequeñas para recordarlo!

—Olvidas que crecimos leyendo tus diarios y siguiendo tu ejemplo.

—Eso irá por ti —la corrige Federica con su sarcasmo habitual—. Yo me niego a tomar como ejemplo a una que a los veinticinco años de edad tan sólo ha tenido dos amores, uno de ellos además claramente platónico.

Admito que Federica no está del todo equivocada y dejo escapar una mueca de asentimiento; mi hermana, en cambio, levanta los ojos al cielo y le pide que cambie de canción.

—¿Cómo es posible que tengas que reconducirlo todo al sexo?

—Ya habrá tiempo para acabar como nuestras madres, Clo. Yo quiero pasármelo bien.

—Si para ti pasarlo bien se reduce a ligar con un tonto cualquiera utilizando como cebo un culo que ni siquiera es el tuyo, no digo nada.

—¿Se te ha ocurrido pensar alguna vez que a lo mejor ese culo es una manera de garantizarme el anonimato?

—Claro, hasta que te lo llevas a la cama, hecho que se verifica el noventa por ciento de las veces. ¿Te parece normal?

—Chicas, por favor —me toca intervenir otra vez—. ¿Qué bicho las ha picado? La selectividad les está haciendo mucho daño.

—A Clotilde seguro —se reafirma Federica mientras vuelve a trastear con su ordenador—. A mí la selectividad no podría importarme menos: me la quito de encima y me voy un año a Jamaica por mi cuenta. De todas formas, ese Edoardo Magni..., ¿no tienes curiosidad por saber adónde ha ido a parar? ¿Lo buscamos en Facebook?

En el instante en el que Federica pronuncia estas palabras, se apodera de mí una extraña sensación de vértigo. Vuelven a mi mente años de sueños y fantasías jamás satisfechos.

Cuando Edoardo terminó el bachillerato, lo vi desaparecer por última vez en una moto con su chaqueta de piel oscura, desde detrás de la verja de la escuela. Recuerdo que me quedé unos minutos aguantando el aliento, mientras esperaba verlo reaparecer de un momento a otro. Estaba segura de que volvería para saludarme, aunque yo fuera una niña y él un hombre hecho y derecho que iba hacia su futuro. Esos minutos de vana espera fueron tan desgarradores que creí tener una espina clavada en el esternón.

Con trece años, un amor que acaba es como si el cielo se te cayera encima. Lo sabía todo sobre él, había grabado en mi mente hasta la mueca más nimia, sus frases recurrentes, su manera de hacer, su andar chulo pero tranquilo; él, en cambio, apenas sabía mi nombre. En los días buenos, me obsequiaba con su sonrisa, a veces incluso un saludo, pero sólo porque yo me quedaba bloqueada admirándole, y era tan evidente que me gustaba que creo que me encontraba entrañable. Ese último día de clase, en cambio, no hubo ni sonrisas ni saludos, la calle se lo tragó y la ciudad jamás me ha permitido volver a toparme con él. Cuántas veces he fantaseado sobre un reencuentro, en las formas más románticas y extravagantes, con todas las combinaciones posibles. Llegué a perder la cuenta de las veces en que me pareció reconocerle en medio del gentío, ¡y ahora tengo la posibilidad de teclear su nombre y dar con él en la red como si nada! Es paradójico. Donde quiera que él se halle, incluso esta noche si quisiera, de una manera demasiado sencilla, podría volver a encontrarlo. ¿Y adónde fueron el destino, las sorpresas a lo *Serendipity*? ¿La atmósfera romántica de una tarde de invierno en la que nuestros ojos se encuentran justo en medio de, a ver..., un museo o el cóctel de la inauguración de una exposición de pintura flamenca? Por decir algo.

—No tengo ganas de buscarlo —declaro convencida—. Prefiero que siga siendo una fantasía. Es algo que pertenece al pasado, me parecería profanarlo.

—¡Venga ya! —ironiza Federica—. El único hombre con el que finalmente podrías echar un polvo, ¿y tienes miedo de profanarlo? ¿Me lo traduces en una respuesta que tenga sentido?

—Por lo visto yo sí que lo he entendido a la perfección —interviene rápida Clotilde en mi defensa—. Significa que mi hermana sabe darle valor a los sentimientos.

—Naturalmente —insiste Federica manteniendo íntegra toda su ironía—, tanto que los congela en una caja fuerte, ¡no sea que viviendo los estropee!

Y al acabar esta última acusación, de repente *Matita* deja de roncar y abre los ojos.

Me temo que no puede aguantar más nuestra charla. De hecho se levanta y de un salto llega a la puerta, luego se gira y me dirige una mirada que parece decir: «¿No te parece que se ha hecho tarde?».

Matita tiene razón. Además no podría soportar otra discusión entre Federica y Clotilde.

—Chicas, ya está bien de polemizar —concluyo—. *Matita* y yo nos vamos a casa.

—¿Y Edoardo Magni?

—Se queda donde está —contesto yo, cada vez más segura—: en mis recuerdos de niña.

Edoardo

El ruido de las llaves en la cerradura y la voz chirriante e inconfundible de mi madre que pregunta:

—¿Molesto?

Si estuviera coqueteando con una desconocida, ni siquiera tendría tiempo para aclarar la voz o tartamudear una excusa. Por suerte ése no es mi estilo. Ni la excusa, ni mucho menos la desconocida. Además de que detrás del griterío de mi madre y el crujido de sus innumerables bolsas está Claudia, mi novia, que ya la sigue a todas partes. Desde la peluquería hasta las compras, se están volviendo inseparables.

Al principio fue mi madre quien la engatusó, de esa manera suya tentacular que siempre he encontrado inaguantable. Lo ha hecho con todas las otras y ahora lo repite también con ella: es una forma maniática de ejercer control, la suya. Claudia no lo entiende, cree que a mí me gusta, quizá está convencida de que la alianza con mi madre acabará fortaleciendo nuestra relación. En realidad, como de costumbre, eso me molesta, y no sólo porque las llaves de casa que le he dado a Claudia acaben automáticamente en manos de mi madre, que entonces aprovecha para intensificar sus visitas, sino también porque Claudia ha empezado a imitarla, en el estilo, en la manera de hacer, de mover las manos, como si no tuviera más que suficiente con mi madre.

—Edoardo, querido, acabamos de volver de un muy agradable paseo por el centro —me informa mi madre antes de volcar todas las bolsas de marca en el sofá y pedir a Claudia que le acerque un vaso de agua—. ¡Señor, qué calor hace! Roma se está volviendo cada día más insoportable... ¿Te estamos molestando? ¿Trabajas incluso los domingos?

Me han encontrado sentado en el sofá del comedor mientras repaso algunos correos electrónicos con el ordenador encendido en las rodillas. La casa está desordenada, la mujer de la limpieza tiene su día de descanso. No se trata de una situación tan grave que requiera la intervención de un servicio de protección civil, pero por la mirada disgustada que mi madre echa a su alrededor deduzco que el desorden está a punto de pedir permiso e irse.

Enseguida se ocupa de recoger la chaqueta de la butaca y pasársela a Claudia, con un comentario implícito: un ama de casa sabe siempre cuándo tiene que intervenir. Mira tú por dónde. Ella, que jamás ha puesto agua a hervir, ya que en casa hay una multitud de filipinos adiestrados para servirla. Encima Claudia ejecuta sus órdenes, le encanta ponerlo todo de su parte en su presencia. Cuando mi madre dice algo, lo que sea, Claudia escucha sus palabras como si probara un destilado de sabiduría, sucumbiendo a su fascinación. Por otro lado es normal, mi madre posee una personalidad carismática; a veces detestable, pero nadie es capaz de decirle que no. Sabe cómo conseguir lo que quiere, encontrar su hueco en cada situación y obtener la atención que se merece.

De joven era una mujer guapísima, alta, delgada, muy seductora, aunque sólo fuera por su porte. Hoy tiene poco más de sesenta años, y sin embargo parece que se ha quedado en una edad indefinible, por mérito o culpa de los continuos retoques. Si no fuera por el cuello arrugado y las manos con manchas en la piel y agrietadas, sería imposible determinar su edad. Su cara está tan estirada que no le queda ni una arruga, lo que pasa es que sus ojos, por culpa de tantas intervenciones, se han alargado hacia las sienes. Hay días en los que me cuesta reconocerla. Aunque ciertas noches, cuando tiene que participar en algún acontecimiento mundano, sé que la multitud aún podría detenerse para admirarla. Sea cual sea la joya o el traje que lleve, en ella reluce único y atemporal.

Mi padre fue el primero que cayó en su red. En casa es ella quien lleva los pantalones, y no sólo porque su familia es de lejos la más rica y todo lo que tenemos nos lo dejó mi abuelo materno. No. Se trata más que nada de una cuestión de carácter: mi padre no hace otra cosa que padecer, hasta en la empresa, donde es el presidente, pero sólo formalmente: asistiendo a un Consejo de Administración te das cuenta enseguida. Mi madre tiene el don de llevar a la gente a hacer todo lo que ella desea, es un hecho. Como ahora con Claudia, que se ha empeñado de repente en limpiar el comedor. Está recogiendo de la mesa el plato con las migas del bocadillo que acabo de comer y la lata vacía de Coca-Cola. Si estuviéramos solos, jamás lo haría. Llegados a este punto puedo aprovechar y entregarle la servilleta manchada de ketchup.

Mientras tanto, mi madre ha empezado a abanicarse la cara con el folleto de un instituto de belleza. «Señor, hace un calor inaguantable...», repite, metiendo los dedos en su amplio peinado color caoba, con la intención de volver a darle algo de volumen. Entonces Claudia abre la ventana. Ella se acerca con desgana al espejo. Luego se acaricia el flequillo, lo aplasta delicadamente con la palma de la mano en la frente, como para mantenerlo tranquilo. Se da la vuelta y me mira, mientras saca a relucir su habitual sonrisa de plástico, astuto preludio de alguna incómoda petición.

—Hablábamos Claudia y yo de la boda —me dice, sabiendo que vuelve a meter el dedo en la llaga.

Claudia finge no haber oído y se aleja hacia la cocina con el plato en la mano.

—¿Y qué? —Trato de disfrazar mi malestar, más por respeto hacia Claudia que otra cosa.

—Me ha informado de que se está mudando aquí —me comunica con una seriedad ambigua.

—Todavía nos lo estamos pensando.

—Sus padres son de la vieja escuela, lo sabes, y no creo que les guste saber que su única hija se va de casa sin haber fijado una fecha con anterioridad para...

¿Por qué no dice la verdad? Es decir, que su único hijo ha pasado el umbral de los treinta y que ya sería hora de que pensara en sentar cabeza, para regalarle algún nieto al que enloquecer.

—Además hay que reconocer que este loft no es apto para una pareja. Podrías pensar en la posibilidad de comprar un piso más grande. ¿No te parece, querido?

—Ésas son decisiones que tenemos que tomar Claudia y yo, mamá.

Finalmente le cambia la expresión en la cara, ahora asoma su contrariedad. Puede que esté pensando en rendirse, soy el único que a menudo la ha obligado a hacerlo. En cambio, esta vez me equivoco, opta por otra estrategia y viene a sentarse en el sofá. Vuelve la sonrisa de plástico. Y ahora también una caricia en el hombro. Está tratando de apaciguarme, pero yo no soy su flequillo.

—Estoy ocupado —le digo—. En un rato llegará Andrea para ver el partido.

Mira a su alrededor, tratando de ganar tiempo. No tiene ganas de volver a casa, es tan evidente... Una sombra de infelicidad acaba de nublarle la mirada. Cuando esto sucede, no hay estrategias, es sólo que su parte más débil gana la partida. En casa tiene que lidiar con un matrimonio que hace años que no funciona, con una atmósfera que se ha vuelto irrespirable. Cuando esto sucede, sólo me entran ganas de protegerla.

—Me voy, querido. Si no llegaré tarde a mi partida de rummy —dice volviendo a esconderse.

Deja el piso casi con prisa, saluda a Claudia con un beso desde lejos y recoge todas sus bolsas.

—Llama a Antonio —me ordena luego expeditiva, refiriéndose al chófer—. Necesito que venga a ayudarme al ascensor; con todos estos paquetes no puedo sola. —Y al segundo siguiente desaparece detrás de la puerta, dejándome encima una molesta sensación de impotencia.

Después de unos minutos, me toca enfrentarme también con Claudia.

Mientras se peina su largo pelo rubio, me recuerda que esta noche habrá una fiesta en la Casina Valadier que no quiere perderse.

—Hay partido, ya lo sabes. Está a punto de llegar Andrea.

—¿Y yo?

—Ve, si quieres.

Me lanza una mirada cargada de veneno.

—Pero yo quiero ir contigo. —Está cayendo en una pálida imitación de mi madre, sin tener su habilidad—. ¿Qué hago cuando venga Andrea? —continúa con tono quejica—. Esta noche duermo aquí, lo sabes, pero no quiero ver el partido con ustedes.

—Eres libre de hacer lo que prefieras.

—Quiero ir a la Casina contigo —insiste, pataleando como una niña.

—Para de una vez, Claudia, sabes que no me gusta ese tipo de fiestas, y además está a punto de llegar Andrea, ya te lo he dicho.

Claudia suspira. Luego decide cambiar de tono e ir directa al nudo de la cuestión.

—¿Me explicas tus intenciones?

—¿A qué te refieres?

—Lo sabes muy bien.

—No creo.

—Estamos dando vueltas. ¿Qué somos tú y yo? ¿Una pareja seria o dos chicos que no paran de jugar?

Lo veía venir. De vuelta a las peticiones a largo plazo.

—Sabes muy bien cuál es mi opinión al respecto.

—No, no lo sé; si lo supiera no estaría preguntándotelo por enésima vez.

—Si consideramos el hecho de que llevamos juntos año y medio, no puede ser la enésima vez. Si es a la boda a lo que te refieres, ya te lo he dicho, Claudia, me parece pronto para dar un paso de ese tipo, no estamos preparados...

—Pero tú quieres que viva aquí.

—Quiero que hagas lo que te apetezca...

—Me has hecho traer mis cosas, cada noche me pides que me quede a dormir, ¿me explicas cómo tengo que interpretar todo esto?

Nunca hay que dejar que una mujer se olvide unas braguitas en medio de las sábanas, porque esas braguitas acaban automáticamente en uno de tus cajones y en un pispás llegan otras, acompañadas por otras cosas, un día un calcetín, otro un sujetador, hasta hacerse con el cajón entero, y a partir de ese momento se convierten en «sus cosas en tu casa». De hecho es como desencadenar una reacción en cadena.

—Te he dicho nada más que no me gusta que vuelvas a casa sola a las dos de la madrugada.

—Claro, porque nunca quieres acompañarme.

—Tengo que trabajar, Claudia, me levanto todas las mañanas a las siete, no puedo acompañarte siempre a casa. Pedirte que te quedaras a dormir era una solución práctica.

—¿Una solución práctica? —empieza a increparme con los ojos abiertos de par en par, como si el demonio se hubiera apoderado de su cuerpo—. ¿Te das cuenta, Edoardo, de lo que estás diciendo? No soy estúpida, lo hablamos la otra vez, te he explicado lo que opino de las parejas de hecho, ¡y tu posición al respecto me parecía bien distinta!

Nunca emprendas la discusión de determinados temas si ella se desnuda y empieza a jugar con tus atributos, todo lo que digas será utilizado en tu contra cuando menos te lo esperes.

—Claudia, por favor, cálmate. Me parece una exageración considerarnos una pareja de hecho porque duermas aquí algunas noches a la semana...

—¿Qué estás diciendo? —vuelve a gritar, todavía más histérica, tanto que empiezo a pensar seriamente en la posibilidad de llamar a un exorcista—. ¡No hemos hablado de pasar juntos algunas noches a la semana! ¡Hemos hablado de convivir! Cabrón egoísta, ¿quieres hacerme pasar por loca?

Ha empezado a dar vueltas por el comedor tirando al aire todo lo que hace tan sólo unos minutos, delante de mi madre, había puesto diligentemente en orden. No la reconozco, con la cara morada de rabia y el cuello hinchado por el rencor. Aunque no es la primera vez desde que nos conocemos que pierde el control de esta forma.

—Has escuchado lo que ha dicho tu madre, ¿verdad? —sigue cacareando—. ¿Crees que mis padres están contentos con esta situación?

Se está sumergiendo en un pantano muy poco digno y ni se da cuenta. Nunca ha estado tan lejos de conseguir sus objetivos como en este momento.

—¿Entonces? ¡Contéstame! ¿Por qué pones cara de indignado? ¿Crees que me lo estoy pasando bien?

Bien, ahora empieza a llorar. Las lágrimas salen a chorros, es experta en llantos incontenibles; de existir un concurso sobre el tema podría conseguir un diploma tranquilamente. Con las manos se recoge el pelo hacia atrás, tuerce la cara en una mueca de desesperación.

—Eres un hijo de puta —masculla—, no te importo, te da igual verme en este estado. Casi parece que te guste.

En otras situaciones parecidas, normalmente, a la hora de las lágrimas, yo me suavizo y trato de calmarla; ella se resiste un poco, pero al final cae en mis brazos y me pide que la perdone. Esta vez en cambio no siento el menor deseo de reaccionar así. El guión se detiene, me quedo parado esperando a que se le pase. Y, cómo no, la situación empeora.

Si mi madre la viera en este estado puede que dejara de presionarme sobre el futuro: su fiel compañera de compras transformada de repente en una arpía imposible de manejar, un poco como las brujas en los cuentos de hadas, cuando sus planes malvados se hacen patentes.

Allí está el primer plato que llega al suelo, arrojado nada más que por el gusto de romperlo, y un implícito aviso: «Ven a calmarme si no quieres que lo rompa todo».

Realmente no se da cuenta de que con esta actitud sólo consigue alejarme. Está alimentando todas las dudas y sospechas que siempre he tenido hacia ella.

Como al principio de cada relación, también en este caso ha pasado lo mismo que con las demás: algo me dice que no puedo confiar en ella, que detrás de su amabilidad y su actitud seductora podría esconderse algo podrido, quizá una retorcida evaluación de posibles ganancias; como si pidieras un vino Barolo reserva y temieras que fuera a saber a corcho. Y el tiempo acaba dándome casi siempre la razón. Claudia, por ejemplo, es una muñeca rubia capaz de causarte vértigo, y al mismo tiempo una joven frágil e insegura que se muere por asentarse para encontrar una identidad: la de señora casada con un joven de familia bien. Y debo decir que esta vez a punto ha estado de jugármela.

Por suerte nunca ha sido tan evidente como ahora el regusto en todos los sorbos que ella me ha ofrecido.

—¿Entonces? ¿Hasta cuándo tienes pensado quedarte ahí ignorándome?

Está tan furibunda como guapa; a pesar de todo siempre acaba por parecer irresistible. Sonrío.

—Te lo ruego, Claudia, ¿te parece normal la escena que estás montando?

Peor que peor. Sólo por permitirme sonreírle, me merezco otro plato hecho añicos.

Por suerte el destino me ayuda y, antes de que la cocina se quede sin vajilla, alguien toca el timbre.

Las llegadas de Andrea siempre han sido de lo más oportunas, desde los años del bachillerato. Y esta noche estoy muy contento de que sea mi mejor amigo. Claudia lo está un poco menos.

Los dos se miran incómodos. Claudia se seca las mejillas con la manga del jersey y se arregla el pelo.

—Quizá sea mejor que vuelva en otro momento —dice Andrea, dudoso, quedándose de pie en el umbral.

—¡Qué va!, ¡qué dices! El partido está a punto de empezar y Claudia tiene que irse.

Ella me dirige una mirada de fuego; luego, sin decir palabra, se eclipsa. Andrea tuerce la boca en una mueca de asombro. Después de un puñado de segundos, Claudia vuelve con un bolso en bandolera, imagino que preparado deprisa y corriendo, y se dirige ella también a la puerta. Saluda con desgana a Andrea y desaparece tragada por el ascensor. Me pregunto si por error entre sus cosas no se habrá llevado también algo mío.

Cuando Claudia ya está lo suficientemente lejos para no oírnos, Andrea estalla en una carcajada.

—Coño, ácida, ¿verdad?

—Cambiemos de tema.

—Debes de haberte acostumbrado ya a sus escenas de histeria —añade, al tiempo que echa una mirada a los fragmentos de vajilla tirados en el suelo.

—¿Qué puedo decirte? Nunca lo tienes todo.

—Claro, y además con ese culo prieto y redondo que tiene, de alguna manera tendría que pasarte factura.

Sonrío.

—Lo tuyo es una obsesión.

—El lobo pierde el pelo, pero no el vicio —me contesta levantando las cejas con expresión de listillo.

Podría preguntarme cómo me encuentro, darme algún consejo de amigo, pero si no lo ha hecho en quince años, ¿por qué tendría que empezar esta noche? A Andrea no le agradan las palabras, detesta utilizarlas fuera de lugar.

Ha traído el ordenador y se ha sentado a la mesa para encenderlo. No puede vivir sin su tecnología y sin red, ni en este instante. En la escuela le llamaban «el publicista llenalocales», porque si había que hacer un cartel o imprimir unas entradas se encargaba él. No es casualidad que ahora trabaje en ese sector y se dedique a organizar eventos. Él, que siempre tiene ganas de fiesta. Sigue siendo el pedante del colegio, le encantan las mujeres guapas y los líos. Eso es.

—¿Cuánto falta para el partido?

—Media hora.

—Nos da tiempo a pedir una pizza. ¿Cuál es tu contraseña de acceso a la red?

Como de costumbre se pone a hacer sus cosas en Internet. Hasta para pedir pizza; se las sabe todas.

Mientras tanto recojo los fragmentos de Claudia y voy a ver lo que se ha llevado.

En el baño su cepillo sigue allí, simpatizando con el mío. Juegan a entrelazar tiernamente sus cerdas, lo cual me echa para atrás.

—¿Te ha llegado la invitación para la inauguración del local de Gianni? —me grita Andrea desde el comedor—. De la promoción me encargo yo. ¿Podrías llamarlo para hablarle de tus vinos? Se lo he prometido.

Vuelvo junto a él, ya me ocuparé de Claudia y su cepillo en otro momento.

—Me ha llegado algo a Facebook, pero no lo he mirado con atención.

—¡Cómo no! —subraya con ironía—. ¿Cómo es posible que entres en Facebook sólo para enviar las invitaciones de las catas organizadas por tu célebre empresa vinícola e ignores todo lo demás? Existimos también nosotros, los pobres mortales que hacemos lo que podemos para encontrar nuevos clientes. ¡Podrías echarnos un cable de vez en cuando!

Mientras tanto aprovecha para dar una vuelta por Facebook y ensuciar muros con tonterías. A estas alturas ya vive en el ciberespacio, siempre tiene algo que descargar, alguien con quien chatear.

—¿Cómo es posible que no hayas cargado todavía una foto en tu perfil? —me riñe en broma—. Hace meses que estás en Facebook, tienes un montón de contactos, pero ¡te falta una cara que te represente! Edoardo Magni es un perfil blanco y azul, ¡qué vergüenza! ¡Y pensar que además eres de la Roma!

—Si pasara en Facebook la mitad de tiempo que tú, la empresa de mi familia, la que tanto citas, caería en picado —le recuerdo antes de dejarme caer con desgana en el sofá y ponerme a hacer un poco de zapping con el mando a distancia.

—Con lo que has dicho, ¡acabas de ganarte una estupenda caricatura retocada con Photoshop! ¡Ahora te la hago y la cargo luego en tu perfil! —me amenaza entre bromas, empezando a buscar una foto en la que aparezca yo.

Después de unos minutos llegan las pizzas. Muy puntuales. Andrea está satisfecho. Y, más satisfecho aún, me enseña la obra maestra que acaba de terminar: una caricatura en la que peso ciento cincuenta kilos y he perdido todo el pelo.

Reacciono ante tal horror con un ademán de superioridad.

—Esto no es más que el resultado de años y años de envidia —le tomo el pelo, mientras cojo un trozo de pizza.

—¿Crees que no soy capaz de subirla?

—Haz lo que quieras, si te divierte —le contesto sin prestar mucha atención y con la boca llena, convencido de que no se atreverá.

Andrea se ríe divertido, como si de todas formas estuviera tramando algo. Luego me dice que Facebook es la invención del milenio; acaba de apuntarse al grupo de nuestra vieja escuela y ha encontrado a casi todos nuestros antiguos compañeros de clase. El próximo miércoles hay convocada una cena de reencuentro.

—¿Vendrás o estarás de viaje de trabajo?

—Creo que iré, de todas formas te lo confirmo. En cinco minutos empieza el partido, será mejor que te desconectes.

—Espera, Edo, espera... He contactado con una tipa genial, forma parte del grupo de nuestra escuela. Te diré sólo que como imagen ha puesto un culo en tanga.

—Es decir, la mujer de tu vida.

—Bueno, bueno: tiene dieciocho años, es de Roma y se llama Federica. ¡No está nada mal la chica!

—¿No acabas de decir que está en el grupo de nuestra antigua escuela?

—Me refiero a que va ahora a nuestra escuela.

—Ah, vale. Te recuerdo que podrían detenerte.

—Te equivocas, es mayor de edad. Y según su actualización de estado no pone pegas de ningún tipo. Aquí dice: «Quiero un hombre que se deje torturar como es debido y si acabo en YouTube será porque estaba destinada». ¿Qué te parece? ¡Qué fuerte!

—Tiene dieciocho años, Andrea, es una chiquilla. Mayor de edad o no, se llevan casi quince años. Estamos al borde de la pedofilia.

—¡Vaya palabrota! —se burla—. No quisiera tener que recordarte el apodo que tenías en el cole —me dice, señalándome burlón.

Me coge desprevenido.

—¿De qué apodo estás hablando?

—¿Cómo? ¿No te acuerdas? Esa niña que se quedaba horas mirándote atontada y tú tratabas de hablar con ella todas las veces que podías... ¿Por qué crees que te ganaste el apodo de asaltacunas? Por lo pedófilo que parecías.

Vamos bien, vaya historia ha ido a sacar. Claro que recuerdo muy bien a esa niña y su mirada, que destilaba amor cada vez que me encontraba. Tenía un nombre particular, Solidea si no recuerdo mal. Ella y sus trenzas oscuras con pompones rojos, parecía salida de una peli neorrealista.

—¡Mira con lo que sales! El hecho de que una niña estuviera enamorada de mí y que yo para ser amable me portara bien con ella no se puede comparar con tu locura de seducir muchachitas en Internet!

—¡Llámala muchachita! Tiene dos tetas de miedo. El culo de la foto no es suyo, pero te aseguro que su chasis no está nada mal.

Trato de llamar su atención sobre los equipos, que están a punto de salir al campo.

—Ojo, que empieza el partido.

—A juzgar por las fotos, parece que sus amigas tampoco están mal... Podríamos pasar un buen rato.

—Te dejo a ti el dudoso placer de acabar en un coche de policía.

Los jugadores calientan durante unos minutos antes de ocupar cada uno su posición en el campo. Andrea sigue leyendo en la pantalla.

—Habla sin tapujos de todas las personas con las que se ha acostado y da unas respuestas de lo más duro a cualquiera que se meta con ella.

Balón al centro, el árbitro está a punto de pitar el inicio.

—Va, date prisa, ¡no querrás perderte el derbi!

Finalmente se levanta de la mesa, coge un par de cervezas y echa una última mirada de desafío a la pantalla.

—Contigo echaré cuentas más tarde, niña mala —le dice antes de reunirse conmigo en el sofá—. ¿Crees que no te voy a castigar? —concluye con una risa socarrona.

—Me das miedo, ¿lo sabes? —le tomo el pelo—. Un caso patológico.

* * *

Esta noche la Roma lo pasa peor que yo. Recibe más golpes que los que yo he recibido de Claudia. Somos dos despojos la Roma y yo. Andrea, que es de la Juve, apasionado como pocos, al menos tiene el buen gusto de no regodearse, a pesar de que si el Lazio gana, la Juve saca tajada en la clasificación. En fin, unos auténticos buitres.

El árbitro pita el final del partido y la desesperación acompaña a los jugadores de la Roma hasta el vestuario. El canal emite publicidad. Andrea se levanta del sofá con la cara de alguien que está tratando de desaparecer con el botín.

—Entonces hablamos a lo largo de la semana —me dice misterioso dejándome sufrir en la derrota—. Recuerda la cena de antiguos alumnos el miércoles, y llama a Gianni por lo del vino en su restaurante; trata de hacerlo mañana por la mañana.

—De acuerdo, secretaria —accedo, inerte, tumbado en el sofá.

—Voy un rato a la Casina Valadier. Viéndote la cara, ni te lo propongo... No me equivoco, ¿verdad?

—Ve a donde quieras.

—Pues eso. —Y desaparece detrás de la puerta.

No hay nada peor que tener a alguien de la Juve en casa después de que la Roma haya perdido el derbi 3 a 1 y se haya hundido aún más en la clasificación. Me conviene rescatar un pensamiento agradable antes de que el pesimismo se cebe conmigo.

Quizá por eso vuelvo a pensar en aquella niña del colegio.

Sus grandes ojos verdes, preciosos, abiertos hacia mí, durante años han sido una constante. Cuando menos lo esperaba, la veía salir de algún lugar. Tenía una fuerza extraordinaria; si no era amor, era algo muy parecido. Imposible encontrar una mujer adulta capaz de mirarte de esa manera; la suya era admiración en estado puro. Sincera, límpida, tenaz.

Le bastaba con mirarme para sonreírme, si yo lo hacía primero. Pero cuando la saludaba, bajaba enseguida la mirada; era descarada a la hora de buscarme y tímida a la hora de enfrentarse a mí. En tercero los amigos me tomaban el pelo, porque a todos les quedaba claro que esa niña estaba colada por mí. Las chicas con las que estuve la tenían fichada. No es que tuvieran celos, pero era tan adorable que lograba enternecerme, y esto a veces llegaba a molestarlas.

La vi volverse un poco más mujer con cada año que pasaba. Creo que dejé la escuela justo un año antes de que saliera del capullo. La última vez que hablamos, llevaba el pelo suelto. Recuerdo que la felicité, le quedaba bien, parecía mayor.

—¿Vas a ir a París? —Recordaba que la vez anterior le había dicho que me iba a Francia de excursión tres meses antes de la selectividad.

—No, me quedo por aquí.

—¿Y no me esperas? El próximo año yo también estaré en bachillerato.

—Pasaré a saludarte.

—¿Iremos juntos a París cuando yo haga mi viaje de fin de curso tres meses antes de la selectividad?

Creo que se lo prometí, y ella, si no me equivoco, se alejó con una sonrisa gigantesca. La vi correr hacia la escalera con el pelo agitado por el aire. Se dio la vuelta un par de veces para comprobar que seguía mirándola.

Dos meses después me apunté a la universidad y no volví a verla. Debe de haberse quedado en algún rincón de mi memoria hasta esta noche, cuando Andrea la ha mencionado por casualidad. La niña del colegio y sus grandes ojos verdes abiertos hacia mí.

Vuelven a tocar el timbre. Espero que no se trate de él, de vuelta con alguna de sus amigas, a lo mejor con la intención de animarme.

En cambio es Claudia. La espalda apoyada en la pared del ascensor, un vestido con lentejuelas cortísimo, el mentón levantado, la mirada voluptuosa y el rímel ligeramente difuminado en los párpados.

—Me has lanzado algún hechizo —me explica—. No hay manera. No me lo puedo pasar bien sin ti.

Se me acerca como si hubiera ensayado de antemano todos sus pasos. La postura y la mirada tienen cierto aire de película, roza mis labios con los suyos, su aliento sabe a ginebra y cigarrillos.

—No puedo sacarte de mi cabeza —continúa, con la expresión de quien merece unos azotes y desearía que se los propinaran.

No parece satisfecha con mi reacción, sabe que puede conseguir mucho más. Entonces coge mi mano y se la pone en medio de las piernas, quiere que note su excitación. Aparta sus braguitas y me dice que esta noche no le diría que no a ninguna propuesta. Esta vez no me quedo indiferente. Me abro camino en su intimidad y la beso en la boca como le gusta a ella, con prepotencia. Es como si encendiera una mecha.

Empieza a desabrocharme los pantalones en el rellano. La obligo a entrar con dificultad, está buscando desesperadamente mi sexo, quizá para que la perdone por el numerito que ha montado antes de salir. Aunque por la avidez de su proceder se diría también que le apetece un montón. Imagínate si en este momento la vieran sus padres, tan preocupados por nuestra convivencia, o mi madre, que es posible que mañana se encuentre con ella en la perfumería para aconsejarle un nuevo pintalabios. El que llevaba puesto esta noche no les cuento adónde ha ido a parar.

Sigue meneándose como una posesa. Algo me dice que no se dará por satisfecha con facilidad y que la noche será muy larga. Con tal de que luego no exija que la acompañe hasta la puerta de su casa... Al fin y al cabo esta vez ha acertado al dejar su cepillo de dientes en mi baño.

Solidea

En la puerta de entrada de mi piso cuelga un cartel que dice: *Maison de ma vie*. «La casa de mi vida». Es de hierro forjado pintado en blanco, oxidado por el tiempo. Lo hallé hace unos años en un mercadillo de antigüedades. Quien me lo vendió me contó que lo mandó hacer una noble dama francesa hacia finales del siglo XIX. A veces me gusta imaginar que yo también he sido una dama francesa en una vida anterior. En otro caso, no se explicaría mi pasión enfermiza por una ciudad que jamás he visto: París.

Francés es el estilo que he escogido para mi casa. Un poco por todas partes, reina soberana la madera decapada. Algunos muebles salen de casa de la abuela, pero fui yo quien los lijó con papel de vidrio para otorgarles cierto estilo rústico. En la cocina, en los cajones de un antiguo aparador, he pintado, con una letra de estilo lejanamente clásico, las palabras *journaux, plats, recettes*. Naturalmente en su interior se encuentra cualquier cosa menos periódicos, platos o recetas. Simplemente, esas palabras eran las que me gustaban.

La cama de *Matita* es una cuna de hierro forjado de principios de siglo, oxidada y también sacada de un rastro. Lo que es un tanto complicado es subirse a ella, a menudo *Matita* se golpea el hocico contra el estribo donde he colocado el velo. Se mece o, mejor dicho, chirría, y creo que es muy incómoda a juzgar por la mirada de odio de *Matita* en los primeros tiempos, cuando la obligaba a dormir en ella por razones puramente estéticas, porque me gustaba la idea de verla tumbada en una cuna antigua. Qué tonta he sido. Por suerte *Matita* acabó encontrándole el punto y ahora no hay quien la aleje de la cuna.

La última pieza antigua, la más preciada, la causa de que no pudiera renovar mi ropero durante una temporada entera, es la bañera con pies, de 1912. Como no entraba en el baño la puse en el comedor, delante de la ventana, y le pedí al fontanero que consiguiera que le llegaran todas las tuberías necesarias, agua caliente incluida. Lo increíble es que ahora mientras me baño puedo ver al mismo tiempo la estación de autobuses de la plaza Mancini y la tele. Mi madre, cuando la vio, me dijo que no tengo remedio y que de haberlo sabido antes habría puesto la casa del abuelo en alquiler.

En las paredes del comedor y de la pequeña cocina azul hay una secuencia ininterrumpida de carteles de películas francesas de los años cincuenta y setenta y de famosas fotografías de Robert Doisneau. Sobre el sofá de la sala de estar, perfectamente visible desde la bañera, campea la reproducción tamaño gigante de la inolvidable fotografía *El beso del Hôtel de Ville*. El beso que un día le daré al hombre de mi vida. Si llego a encontrarlo, ese día le haré vestir la misma chaqueta que el personaje de la foto, con la bufanda beis que sobresale como quien no quiere la cosa, y me pondré un jersey negro corto, una falda larga tipo años cincuenta y me peinaré exactamente como la chica retratada. Entonces, justo delante del Hôtel de Ville, que a decir verdad no tengo la menor idea de dónde queda, cerca del primer bistró que encontremos, él me besará y yo fingiré que me pilla desprevenida, obligando naturalmente a un peatón a registrar el momento para la inmortalidad en una foto. Y entonces ése será *Mi beso del Hôtel de Ville,* y lo enmarcaré y colgaré donde ahora está el original, para ofrecerlo en bandeja a la envidia del mundo.

Volviendo a la decoración, el dormitorio es sin duda la mejor habitación de la casa, de la que más orgullosa me siento. Y es que en las paredes, en lugar de una pintura de color o de un papel pintado cualquiera, decidí colgar imágenes panorámicas de la ciudad (es decir, que te parece estar en el mismísimo centro de París visto desde el último piso de un rascacielos). Cada pared representa un punto de vista diferente: sobre la cama, por ejemplo, campea la Torre Eiffel. De hecho, cuando voy a dormir es un poco como si subiera en un helicóptero suspendido sobre la ciudad. Algo exclusivo. La mayor parte de las personas que han entrado en esta habitación, Matteo incluido, han tenido la impresión de padecer vértigo. Mejor, al menos este trozo de paraíso queda reservado exclusivamente para mí.

Todavía falta una habitación por mencionar, una habitación que ya está vacía, ya que todo lo que en ella importaba ha sido retirado. Era la habitación de Matteo, mejor dicho, el lugar en el que dormíamos juntos cuando él se quedaba por la noche. Aquí estaban sus cosas, su ropa, su olor. De vez en cuando abro los armarios vacíos y respiro a pleno pulmón, esperando sentirlo otra vez, ese olor inconfundible, una mezcla de pienso, canarios, tabaco y champú de ortigas. Tiene razón Clotilde, tengo que volver a tomar el control, no puedo deshacerme por un borrico que vende animales.

He ido al comedor, he encendido el ordenador y he aprovechado para conectarme a la red inalámbrica de la vecina, lo cual no está nada bien.

Echando a un lado el sentimiento de culpa, voy a comprobar si mientras tanto algo se ha movido en Facebook.

Nada que hacer, mar en calma.

Para darle una banda sonora a mis decepciones, elijo un CD de Yael Naim, una cantante israelí que me gusta muchísimo, y abro el último yogur de malta que queda en la nevera. Estoy lista para concluir con dignidad también este duro día, cuando de repente alguien toca el timbre de mi puerta.

No he tenido tiempo de preguntarme quién puede ser a estas horas, cuando ya me veo arrollada por una furia imposible de controlar.

Es David, mi mejor amigo. Invade mi casa con sus maletas.

—¡Sole, Sole, Sole! —me dice con un tono muy excitado—. ¡No te imaginas lo que me ha pasado! —Se abanica con la mano, tratando de recuperar el aliento. Se mueve de forma teatral, ostentosa, como una estrella del mundo del espectáculo—. ¡Rodrigo me ha echado de casa!

Sólo me faltaba el amigo gay abandonado por el novio. ¡No estará pensando que puede trasladarse aquí!

No he acabado de formularme tal hipótesis cuando *Schopenhauer,* su horroroso perro pincher, aparece por detrás de la puerta. El hocico de *Matita* asoma por debajo del velo de la cuna, levanta las orejas y se prepara para saltar a darle la bienvenida.

Pero *Schopenhauer* la menosprecia, *Matita* no forma parte de su mundo, es una hembra y encima sin pedigrí. Es decir, un insulto.

Mientras tanto David, bulímico también cuando de palabras y gesticulaciones se trata, me ha pedido, en este orden, un vodka, un trozo de pastel y si puede utilizar el teléfono (cuatro veces), mientras sustituía el disco de Naim por otro de Madonna del 82, sin ni siquiera darme tiempo a abrir la boca.

Ahora se está meneando en el comedor al ritmo de *Holiday,* salpicando con vodka el sofá. ¿Qué he hecho para merecer esto también?

Según cuenta, Rodrigo, cansado de ser comparado ininterrumpidamente con Ewan McGregor y de despertarse cada mañana acompañado por *Your Song* seguida por el resto de la banda sonora de *Moulin Rouge,* hace nada menos que tres horas se ha rebelado contra la prepotencia uterina de David y ha dicho basta, echándolo de casa junto con *Schopenhauer* y sus cajitas de comida maloliente, que ya han empezado a apestar en mi nevera.

Naturalmente David ha interpretado la afrenta de Rodrigo de la peor manera: dice que no podrá vivir sin él y, en el mismo tono melodramático de Escarlata O'Hara al pie de la escalinata, jura que encontrará la manera de reconquistarlo, que tarde o temprano conseguirá su perdón.

Durante un instante parece que ha terminado de desahogarse. David toma aliento y mira a su alrededor sólo para subrayar que toda esta empalagosa secuencia de amor parisino le ha causado diabetes. Entonces, vuelta a la agitación, quiere correr a colocar todas sus cosas en la habitación de Matteo y echarse agua fresca en la cara.

Ni siquiera me ha dado tiempo para encontrar una excusa, cuando la habitación de Matteo está invadida por el ímpetu de David, tanto que acaba perdiendo por completo su identidad. La habitación de Matteo se convierte en un instante de manera inequívoca en la habitación de David. No falta siquiera un póster de su tocayo, David Beckham, desnudo de cintura para arriba, colgado en la pared delante de la cama.

Vuelvo resignada al comedor, a mi ordenador, tratando de convencerme de que tenía que acabar así, que había llegado el momento de restarle importancia a la mitología de ese santuario abandonado. Además no puedo negarle la ayuda a un amigo en apuros, los fantasmas tienen que hacerse a un lado y yo tengo que reaccionar.

Conocí a David cuando todavía vivíamos con mi padre en Villa Riccio, un barrio de casas populares. Él era hijo de nuestros vecinos de la casa de al lado. Aunque unos años mayor, era mi compañero de juegos en la infancia. Un día convirtió el Monopoly en Fashionpoly, les cuento sólo para que se hagan una idea del personaje. Cuando mi padre y mi madre se separaron y fuimos a vivir al edificio de la abuela, David y yo no perdimos el contacto. Hoy es la persona que mejor me conoce; poner mi piso a su disposición es lo mínimo que puedo hacer.

Después de unos minutos, David vuelve envuelto en un albornoz color burdeos con una toalla enrollada en la cabeza, listo para abandonar el vodka en pos de un vaso de ron.

—¿Te das cuenta, mi amor? —me dice—. *Schopenhauer* y yo estamos, y me quedo corto, en estado de shock.

Tanto que *Schopenhauer* se ha metido en la cuna de *Matita* y ahora no le permite volver a acercarse. Ella me pide ayuda con la mirada. ¡Mi pobre gorda, que tendrá que dormir en el sofá!

«Están en estado de shock, *Matita*, hay que tener un poco de paciencia».

—Puedes quedarte aquí todo el tiempo que quieras.

—Gracias, mi amor, te lo agradecemos un montón.

Si al menos dejara de hablar en plural e incluir a su horroroso pincher en cada frase, puede que Rodrigo considerara la posibilidad de volver a admitirlo.

—¿Qué es eso? —dice, cambiando de tono de repente y señalando la pantalla del ordenador—. ¡Milagro! ¡Tú también estás en Facebook!

—¿Lo conoces?

—Cariño, ¡es imposible no conocerlo!

—Yo no lo conocía, lo han hecho todo Clotilde y Federica...

—¡Alabado sea el Señor! Claro, que el hecho de que tengas que esperar a la intervención de dos dieciochoañeras no habla muy bien de tu relación con el mundo.

—¿Sólo porque no conocía Facebook?

—No, cariño, porque toda tu vida se concentra en un único camino: empieza en tu tienda y acaba en la de enfrente, la de Matteo. ¡A lo mejor va siendo hora de dejar de jugar a la pequeña cerillera! ¡Tienes que mirar a tu alrededor, mi amor! Tienes que descubrir el mundo, no puedes conformarte con imaginarlo. ¿Te gusta París? ¡Pues ve a ver París! *Tour du monde!* ¡No hace falta que te lleve nadie! Y si encima ese alguien tiene que ser el hombre de tu vida y tomarse la molestia de besarte delante del hotel no sé qué, lo tienes muy mal, amor.

Esta noche habría preferido renunciar a su desfachatez. Con la excusa de que necesita entrar en su página de Facebook y comunicar a su grupo de amigos sus desgracias, se permite incluso quitarme de las manos el teclado del ordenador.

Contesta a una veintena de peticiones de amistad, comprueba las innumerables notificaciones, anuncia que participará en un par de acontecimientos, y hasta encuentra el tiempo necesario para fundar un nuevo grupo cuyo nombre es «Save Rodrigo!». Coño, está loco.

En su página de inicio, debajo de una foto en una fiesta en la que está sonriendo, con un Long Island en la mano y una cola de avestruz alrededor del cuello, se lee: «Get into the groove... love profusion, we can get together. Give it 2 me to la isla bonita. Hang up me like a virgin or a material girl. Open your heart like a prayer! Nothing really matters. This is not American life or Hollywood!!! Tictac, tictac».

Como dice el escritor romántico Alessandro Manzoni en su oda *El cinco de mayo*, «júzguelo futura edad».

El muro de David es una sucesión de pensamientos y citas. Cuando son cultos o se ocupan de temas de cierto nivel, firma con el seudónimo Guillermo Agitaperas (por si no lo han entendido, es la traducción literal de «William Shakespeare»); su seudónimo para los temas pop, en cambio, es David Le Bon: no se puede decir que no tenga imaginación. Entre sus fotos, además, hay una serie de fiestas y festines no muy recomendables, y también una torre asomada a un precipicio sobre el mar en una localidad no definida, probablemente sacada de un catálogo para apasionados, con un único, larguísimo comentario: «Mi sueño es tener una casa asomada a un precipicio sobre el mar, un hombre como Ewan McGregor que venga a abrir la puerta con un jersey blanco con ochos de cuello alto y un par de tejanos Edwin lavados a la piedra, inexcusablemente descalzo, y que me acerque un vaso de Southern Confort diciendo: "A *Schopenhauer* ya lo he sacado yo a pasear". Al fin y al cabo me doy por satisfecho con poco». Luego se queja de que Rodrigo huyó a toda velocidad.

Hablando de Rodrigo, aparece también una foto de él vestido de deporte, acompañada por un comentario de David: «Cuando te topas con él, piensas que no existe canción más verdadera que esa de Battisti que dice: "Dos labios rojos en los que morir". Es de lo más adecuada».

De todas formas, el mundo de David no es tan delirante e invariablemente pop como uno podría imaginar. En una de sus actualizaciones de estado afirma que *L'animale* de Battiato es la mejor canción del siglo. Sólo por esta declaración le podrías perdonar un montón de cosas, como por ejemplo que en su listado de amigos haya ochocientos individuos excéntricos, y hasta Madonna, Britney Spears y Kylie Minogue.

—¿De verdad crees que Madonna ha tenido tiempo para confirmarte como amigo? —tengo la necesidad de precisar—. Éstas no son personas reales.

—No me importa si lo son o no —me contesta David con naturalidad, sin despegar los ojos de la pantalla—.

Son como los broches de los Oasis, nada más que pequeños trofeos. Y es que si en Facebook no tienes al menos un amigo VIP no eres nadie.

Comprobado, está loco.

—Tú en cambio... ¿estás ampliando tu ámbito de amistades?

Por fin se ocupa de mí, y me envía una solicitud de amistad. Subo a tres.

—Ya he tenido bastante con abrir la página de Matteo —le contesto traspirando desesperación— y descubrir que su vida marcha viento en popa incluso sin mí.

—¡Ya sabía que caerías en los errores más básicos! —gruñe mientras coge mi cara entre sus manos—. ¿Crees que Britney estaría de acuerdo?

—¿Qué tiene que ver Britney?

—Tiene que ver, tiene que ver. Porque ella cae, pero vuelve a levantarse, y envía a la gente a tomar por culo cuando es hora de hacerlo. Tú en cambio, mi amor, no lo haces.

Lo que me faltaba: un discurso sobre la Spears.

—Mira hacia delante —continúa—. Bébete un Long Island y toma tu vida en tus manos. ¡Bús-ca-te a o-tro!

Como si fuera fácil. David sabe lo que me cuesta tan sólo pensar en la idea de volver a empezar desde el principio. Pasará un siglo antes de que llegue un nuevo amor. Y de repente mi mente escoge su propio rumbo y decide volver al pasado, al corazón de una niña que latía acelerado. Y entonces me atrevo a pedirle un consejo.

—Clo y Fede me han enseñado que en Facebook puedes encontrar personas que has perdido de vista...

—¡Chispas! —exclama David, perspicaz como siempre—. Te conozco, cuando empiezas a hablar dando tantos rodeos, ¡eso significa que estás pensando en algo o alguien!

—Tendrías que recordarlo bien. Mi gran amor de la infancia...

No tengo ni tiempo de terminar la frase cuando David se pone a gritar dando saltos por la habitación.

—Oh, Señor mío, ¡Edoardo Magni!

Éstas son las satisfacciones de la vida. Saber que todas las palabras dichas en el patio de Villa Riccio no se perdían en el viento.

—¡Tu Lowell! —añade.

Por lo visto también recuerda que cuando veíamos juntos la serie de dibujos animados japonesa *Lady Georgie* la comparación con el príncipe azul de la protagonista surgía de forma espontánea.

—¿Y lo has encontrado?

—No, no me he atrevido a buscarlo...

Por qué lo he dicho. David parece enloquecido, vuelve al teclado, tiene la intención de actuar sin ni siquiera pedir mi opinión. Trato de arrancarlo de allí.

—¡David, para! ¡Deja que te explique!

—¡No hay nada que explicar!

Intento impedirlo, pero él consigue teclear un par de letras.

—Has pasado diez años persiguiéndole —me dice sin dejar de escribir—, era el chico más guapo de la escuela, se daba cierto aire a Ewan McGregor, ¿y ahora no te atreves a saber qué ha sido de él?

Ya está su nombre entero. Trato de detenerlo, pero ya es demasiado tarde: David ha lanzado la búsqueda.

Me alejo de la pantalla y corro hacia el sofá como una niña tapándome las orejas.

No han pasado ni siquiera dos segundos y la cara de David cambia de color. Adquiere la misma pinta fúnebre que tenía el día que entró en Internet para ver la foto de Lady Di justo después del accidente.

—¿Qué te pasa? —le pregunto sin alejarme del sofá.

No contesta. Si le hubieran comunicado que Beckham ha tenido otro hijo con Victoria, puede ser que hubiera reaccionado mejor.

—¿Entonces? ¿Qué ha pasado? ¿Ha muerto?

—Peor —me contesta después de otro sorbo de ron—. Parece el hermano gordo de Jim Belushi. Y ha perdido todo el pelo.

—¿Bromeas?

—Ojalá, mi amor. Está aquí, delante de mis ojos. Y es él, no cabe duda. Si prescindes de los kilos de más y la falta total de pelo, sigue idéntico.

—Gracias, David —le digo, fingiendo un reproche—. Como siempre, sabes cómo animarme.

—Pero ¿qué quieres? ¿Ahora resulta que es culpa mía que se haya pasado quince años atiborrándose de nocilla?

No podía imaginar peor final.

Las generaciones futuras escribirán: así acabó un estupendo amor platónico que duró diez años. Adiós al cruce de miradas en medio del gentío, adiós al tropiezo fortuito en medio de un aeropuerto o donde sea, en una estación, como en un atroz, romántico y casual beso de Doisneau. ¿Y el cóctel en la inauguración de la exposición de pintura flamenca? ¿Adónde ha ido a parar todo lo que imaginé y decoré con tantos detalles a lo largo de los años? ¿No es trágico que todas esas fantasías se ha-

yan estrellado repentinamente en Internet, donde un ico-
no digital me comunica la caída de Edoardo Magni? Más
catastrófica aún que la de Wall Street.

Lo sabía, hubiera sido mejor dejarlo como estaba,
en los recuerdos de niña, guapo y macizo como era, con
el pelo ligeramente largo y revuelto, la chupa de piel oscura y la mochila cargada en los hombros. Mi «pequeña
yo» no me lo va a perdonar fácilmente. A pesar de todo,
no se da por vencida, la siento patalear. «¡Ve al ordenador a verlo! —grita en mi cabeza—. Tengo el derecho de
volver a verlo, ¿no crees? No me importa en qué se haya
convertido, para mí seguirá siendo mi Edoardo».

«Vale, tienes razón». Es justo enfrentarse con la realidad. Con todos sus kilos de más.

Me acerco al ordenador y me asomo a la pantalla
casi con asco, ni que fuera la cama de un tanatorio. David aparta la sábana, y allí está, mi Edoardo Magni, con
todas esas toneladas acumuladas de nocilla.

«Pero ¿qué ha sucedido para que acabaras así? La
última vez que te vi estaba convencida de que te come-
rías el mundo. Y has acabado cargándote tu hígado».

Necesito desahogarme con alguien, parece que David está aquí para eso.

—¿Recuerdas cómo era? Pero ¿te das cuenta? Sabía que no teníamos que buscarlo. Todo es culpa de Internet y de quien inventó esta máquina infernal...

Mientras hablo, David, como es natural, empieza
a intercambiar SMS con alguien. Él y su tempestivo al-
truismo.

—Te escucho, sigue —me dice cuando llega a la habitación de Matteo.

Lo persigo, sin dejar de hablar.

—¡Vaya con Lowell! ¿Recuerdas su aspecto con dieciocho años? Y sus ojos... ¿Recuerdas sus ojos?

David se está vistiendo. Ahora el móvil suena, difundiendo por la habitación las inconfundibles notas de *Give it to me* de Madonna. David contesta diciendo:

—Entendido, de acuerdo. —Y acto seguido ríe como un putón verbenero.

—¿Qué pasa? ¿Me estás escuchando?

Cuelga enseguida.

—Sí; perdona, mi amor. Sigue, ¿decías...? —Me reconforta volviendo a ponerse serio.

—Sus ojos eran como imanes, ¿no era así? La vida se lo había dado todo... ¿Qué le habrá pasado?

David asiente, mientras se da volumen al pelo con el secador.

—¿Me estás escuchando?

—Tengo que salir, Sole. ¿Tienes otro juego de llaves?

—¿Adónde vas a estas horas? ¿Era Rodrigo?

—Qué va, sólo un *fucking friend*. No me esperes despierta.

—¿Un *faqui*... qué? ¡Pero si acabas de llegar!

—No me encuentro bien, mi amor —me dice con una mirada trastornada por el vodka y el ron—. Echo en falta a Rodrigo.

—Lo entiendo, pero...

No hay nada que hacer, sale de la habitación con el bolso en bandolera.

—*See you later*. Sé que me entiendes.

No mucho, la verdad. Por hacer una comparación que él apruebe, en este momento parece Britney Spears en la noche de los Video Music Awards, cuando se presentó deshecha y tambaleante con sus insegurísimos tacones.

Con la misma violencia que usó para entrar, David se marcha y me deja sola, luchando con la imagen de Edoardo prácticamente irreconocible y la mirada agotada de *Matita*, que sigue preguntándose qué ha hecho para merecer perder su cama. *Schopenhauer* mientras tanto duerme como un cachorro, sin preocuparse por el hecho de que él y su amo acaban de revolucionarnos la vida.

Sólo me queda terminar el yogur de malta y dejar que *Matita* se suba a mi cama.

En veladas como ésta, con el encanto del Sena explotando ante tus ojos y el puente de las Artes asomando a lo lejos, dormirse no es fácil. No sé durante cuánto tiempo antes de ceder al sueño pienso en Edoardo y en nuestro amor jamás vivido. Incluso gordo y decadente, logra llenar mi corazón.

Edoardo

La historia de nuestra empresa vinícola empezó hace medio siglo en un pueblo de las Langhe en Piamonte, una zona de la que salen vinos como el Barolo o el Nebbiolo. Cuando mi abuelo decidió quedarse con ella puede que no imaginara que un día se convertiría en una empresa tan importante. Hoy cuenta con más de seiscientas hectáreas de viñedos sólo entre Piamonte y Toscana y nuestro Barolo es de los más premiados del sector. Las tierras Adinolfi, de las que toma su nombre el grupo, son ya famosas en todo el mundo y cuentan con propiedades inmobiliarias únicas por su valor e historia. Las oficinas legales y administrativas están ubicadas en Roma, en una bocacalle de Via Veneto. Desde el día de mi graduación, es allí adonde me dirijo cada mañana.

Vista así, mi situación parece de lo más envidiable, pero nadie imagina lo que hay detrás. No soy un tipo que vaya contando sus miserias, y ciertas sensaciones desagradables me las guardo para mis adentros, como por ejemplo el hecho de que a menudo me siento un malabarista que, mientras hace equilibrios en la cuerda floja, se pone a darle vueltas a una cantidad alucinante de botellas. Estoy tratando con todas mis fuerzas de mantener en pie lo que se ha construido con trabajo duro a lo largo de los años, y me encuentro solo en esta empresa. Mi padre me observa sin reaccionar, es como si me hubiera pasado el testigo y hubiera decidido que me las puedo arreglar incluso sin él.

Antes no era así. Cuando mi abuelo materno llevaba la empresa, mi padre trabajaba a su lado con empeño y dedicación. A lo mejor tiene razón mi madre, nunca ha tenido tacto para ciertas situaciones, pero siempre ha puesto el corazón, la experiencia y la cabeza a su lado. Desde que mi abuelo nos dejó, muchas cosas han cambiado. Mi madre y mi padre han empezado a darse guerra, tanto en el trabajo como en la vida privada, y hace al menos dos años que parece que todo está a punto de derrumbarse.

Siempre han tenido ideas opuestas en relación con el futuro de la empresa. Mi madre no trabaja, pasa los días de compras, sin embargo es a ella a quien le tocan las decisiones importantes, como por ejemplo la de traspasarme a mí las acciones de la sociedad y hacerme de esta manera el socio mayoritario. Cuando empecé a trabajar, estaba de acuerdo con ella en que podíamos diversificar nuestros intereses e incrementar la producción para conquistar nuevos mercados, mientras que las ideas de mi padre han sido siempre más conservadoras al respecto: él prima el control de la calidad. Huelga decir que el Consejo de Administración, aunque presidido por mi padre, siempre ha apoyado las elecciones de mi madre y que por esta razón al final él decidió quedarse al margen, hasta perder todo interés por la empresa.

Allí está, sentado detrás de su voluminoso escritorio, en el que rebosan baratijas. Desde hace cierto tiempo no hace otra cosa que coleccionar objetos curiosos que utiliza para pasar el rato: desde un billar en miniatura hasta una esfera de cristal animada por pequeñas descargas eléctricas de colores. Vamos, que hay de todo. Como de costumbre, su cabeza está en otro lado.

—Hola, papá.

Me sonríe. A su alrededor, además de los premios acumulados a lo largo de los años y de las botellas más significativas, hay también una ruborizante cantidad de fotografías en las que aparezco en varios momentos de mi vida: en un triciclo cuando no tenía más de tres años; de joven con la mochila en los hombros; encorbatado el día de la graduación. Se diría que soy el centro de sus intereses, lo único que cuenta. Sin embargo su mirada está perdida en la constante búsqueda de algo que nada tiene que ver con esta oficina y con el futuro de su hijo. Está jugando con una de sus baratijas, esta vez una matriz de pequeños clavos de metal que cambia de forma según los objetos que se le acercan. Parece que le divierte el hecho de poder modelarla.

—¿Hay algo en particular que tengas que decirme?

El pelo, ligeramente ralo, no se lo corta desde hace unos meses y el nudo de la corbata es aproximado, como todas sus respuestas al fin y al cabo. Tenemos un problema con uno de los proyectos más importantes, la construcción de un hotel de lujo en una de nuestras mejores propiedades en la Toscana, y espero que mi padre vuelva en sí para ayudarme a solucionarlo, pero me pregunto si todavía merece la pena confiar en esa postura aburrida y distraída.

—El asunto del Château Relais nos está costando mucho más de lo que preveíamos —le digo—. He convocado una reunión dentro de una hora con Martelli, el jefe del proyecto. ¿Participarás?

Mi padre suspira. No estaba de acuerdo con esa «suntuosa» idea desde el principio, y hasta podría decidir echármelo en cara.

—Creo que sí —me contesta, en cambio, con desgana, mientras echa un vistazo a su agenda, que desde un tiempo no especificado se ha quedado abierta en una esquina de su escritorio.

Me gustaría sacarlo de ese sopor cargado de hastío y recordarle que también le necesito para reconocer mis errores. Tendríamos que ser un equipo, él y yo, sostenernos el uno al otro, sin abandonar jamás el campo; no puede haberse rendido tan pronto. No soporto que me trate con la misma suficiencia con la que trata a mi madre. A estas alturas nada le importa un pepino, ni nuestras reuniones, y algo me dice que tampoco se presentará esta vez.

—Entonces nos vemos luego.

Asiente sin mirarme, se lo está pasando bien moviendo la mano por la matriz para verla transformada en una enorme mano de metal que de él sólo conserva la forma. Parece un niño con arrugas y pelo blanco. Y es mi padre.

Anna, la secretaria, entra en mi estudio trayendo el café y el periódico y me recuerda citas y reuniones; después me deja solo para que ponga orden en mis ideas.

Esta habitación es una copia en miniatura de la de mi padre, el mismo escritorio en brezo, las paredes color ocre. Sólo faltan las baratijas, los premios, las botellas y las fotografías, por lo demás la decoración es la misma, siguiendo el gusto de mi abuela. Antes aquí trabajaba mi padre y al otro lado mi abuelo. En apariencia todo se ha mantenido como entonces. En el escritorio campea el único portarretratos que me veo capaz de soportar: mi abuelo, mi padre y yo al lado de uno de nuestros stands en una feria de hace muchos años. Sonreímos y aparentamos felicidad. Detrás de la cámara estaba Consuelo, la secretaria y amante de mi abuelo. En esa época yo no tenía más de catorce años, pero ya lo había entendido todo, y en ese momento estaba sonriendo, claro, pero no por la feria, ni por el premio que acabábamos de recoger, sonreía porque entonces Consuelo tenía la mirada enamorada, como mi abuelo, y yo pensaba que no podía haber nada de malo en querer a alguien de esa manera, aunque mi abuela muy probablemente había muerto sumida en la tristeza porque los había descubierto. El amor entra en nuestras vidas para destrozarlas y tiene todo el derecho. Yo también quisiera encontrar a una Consuelo que me hiciera sonreír como sonreía mi abuelo en los últimos años de su vida. De lo que estoy seguro es de que me guardaré de llenar de odio la vida de quien esté a mi lado, como mi padre y mi madre han hecho conmigo en los últimos años.

El correo electrónico me informa de que mi Facebook está a reventar de mensajes. Voy a ver quién es.

Pero antes de lograr abrir el correo me doy cuenta de que al final Andrea sí se atrevió a cargar como foto de mi perfil esa tremebunda caricatura que hizo con Photoshop. Vaya hijo de su madre. En el muro hay una retahíla de protestas, entre otras una que dice: «Vale, siempre tuviste confianza en ti mismo, pero ¿no crees que te estás pasando un poco?». Mejor actuar rápido y eliminar esa caricatura antes de que alguien me invite a unirme a un grupo de ayuda contra la expansión de la obesidad.

El sistema de Facebook está listo para recortar un primer plano mío de una foto en la que, sin yo saberlo, una relaciones públicas de Roma que ni conozco me ha etiquetado: se trata del día en el que acompañé a Claudia al cóctel ese que le gustaba tanto. Como sabe lo que me llegan a molestar esas violaciones de la privacidad y tiene la prohibición absoluta de publicar nuestras fotos en su perfil, estará contenta de vernos al menos una vez fotografiados juntos en Facebook. Aunque, y me sabe mal por ella, esta alegría será de corta duración: el sistema recorta mi primer plano para darle una cara al perfil y acto seguido vuelvo a etiquetar la foto para retirar el cóctel de la comidilla virtual. Y, en un abrir y cerrar de ojos, me llega un mensaje de Claudia por chat: «Esta vez no tengo nada que ver con esto ;-)».

Le sonrío con el emoticono de la carita amarilla.

«¿Estás en el trabajo? —añade—. Me muero de ganas de verte esta noche...».

Soy un hijo de su madre, pero hasta cierto punto. Estas situaciones necesito aclararlas lo antes posible para que el momento del abandono duela menos. Pero Claudia se me adelanta y matiza: «Sé que tenemos problemas —me dice—, pero anoche me volviste loca... A lo mejor podemos tratar de relajarnos y volver a empezar por lo que se nos da mejor, sin paranoias de futuro. En este momento sólo deseo manosearte».

Nada que objetar, Claudia es una experta en maniobras de recuperación y sabe cómo excitarme incluso en un chat. Pero no tengo muchas ganas de seguir con sus juegos a las nueve y media de la mañana, de manera que me marco como desconectado. Lo trágico es que con ciertas mujeres, cuando te vuelves escurridizo, las cosas empeoran, y ellas no se te quitan de encima.

Mi correo rebosa de invitaciones, la mayoría organizadas por la sociedad de Andrea, y en ésas —tarde o temprano— tendré que participar, al menos en nombre de la amistad. Encuentro también un mensaje suyo en el que me dice que se encontró con la chica esa, Federica, la del culo en el tanga que ni era suyo. Me confiesa que lo ha vuelto loco. Se pierde en desvaríos sobre tetas explosivas y una cabeza que va a mil, para luego minimizarlo todo con un «pero no es nada serio, tienes razón, es una chiquilla, y además se va a examinar de la selectividad. ¿Sabes lo pedófilo que llego a sentirme en este momento?».

Ojalá fuera sólo ése el problema. El día en que Andrea siente la cabeza y encuentre a una tía que le haga portarse como corresponde, juro que me rapo al cero, como que existe Dios. Y no bromeo, Andrea lo sabe, estoy harto de verle hacerse el tonto en locales sin una mujer que lo acompañe. Con veinte años puedes parecer un tío bueno; después de los treinta, un triste. Además mejor pedófilo que solo como un perro en medio de una manada de putitas.

Tampoco hay que exagerar, «pedófilo» es una palabrota. Esa Federica tiene dieciocho años, no es una niña. La del colegio..., ella sí era una niña. La situación es muy diferente.

Vuelvo a recordar esos grandes ojos verdes que desprendían admiración por todos lados. Solidea. ¿Solidea qué? Podría teclear su nombre y buscarla en Facebook. No es un nombre común, no tendría que ser difícil.

La idea de verla hecha una mujer me produce un extraño efecto.

Solidea.

Sólo hay una. Y la reconozco enseguida.

Su apellido es Manenti, y en la foto del perfil está delante del mar, abrazada a un perro muy simpático. Un par de tejanos claros y una ligera bufanda alrededor del cuello, el pelo largo, alborotado por el viento.

Es encantadora. En su sencillez se ha vuelto una mujer realmente encantadora. ¿Cuántos años tendrá ahora? Debe de tener al menos veinticinco.

Es la primera vez que busco a alguien en Facebook. Si no me equivoco en estos casos se suele enviar una solicitud de amistad, a lo mejor acompañada por unas palabras. Ya, ¿y qué le voy a decir? La banal y odiosa pregunta tan típica de estas situaciones: «¿Te acuerdas de mí?», y luego seguirá algún estúpido mensaje de chat en el que nos diremos que estamos muy contentos de volver a encontrarnos después de siglos de silencio, pero sin la más mínima intención de llamarnos para saludarnos de viva voz, porque de todas formas no sabríamos qué decirnos. Luego dicen que Facebook consigue que nos sintamos más cercanos, en realidad sería mucho mejor no volver a encontrar a ciertas personas, a no ser que quieras darte cuenta de lo lejos que están de tu mundo. La niña del cole ha crecido, sus ojos verdes siguen siendo los mismos, pero hoy en día estarán mirando otro futuro. Si le enviara un mensaje me sentiría como alguien que se entromete en la vida de otro sin razones aparentes.

Me distrae una llamada de Andrea.

Hablando de viejos conocidos, me recuerda la cena de antiguos alumnos que nos espera mañana por la noche y me aconseja apuntarme al grupo de nuestra vieja escuela en Facebook.

—Por cierto, ¿sabes que circula el rumor de que están planeando cerrarla?

—¿Nuestra escuela? ¿Hablas en serio?

—Nada oficial, de momento son sólo rumores. ¿Has llamado a Gianni para el suministro de vino a su restaurante?

—Lo haré luego. Estoy liado con una reunión... Hablando del diablo, mira, me voy que los demás ya habrán llegado.

Anna asoma por la puerta para avisarme de que me esperan en la sala.

—Me voy, nos vemos en la cena de antiguos alumnos, aunque sabes muy bien que los reencuentros a lo Verdone* nunca me han entusiasmado.

—Pero no nos falles. Por favor, que además quiero hablarte en persona de Federica.

—¿Entonces vas en serio?

—No, ya te lo he dicho, es sólo sexo. Sexo puro y duro.

—¡Como si en tu vida no hubieras tenido suficiente!

—Ya sabes, el lobo pierde el pelo, pero no el vicio.

* * *

---

* Director italiano de películas cómicas contemporáneas y costumbristas. *(N. de la T.)*

El ingeniero Martelli, jefe de proyecto en la realización de nuestro Château Relais en la Toscana, me espera, junto con algunos de sus colaboradores, en la sala de juntas. De mi padre, ni rastro.

—Anna, ¿puede comunicarle que estamos a punto de empezar?

La secretaria se apresura a llamarlo y yo me siento en la cabecera de la mesa, me aflojo el nudo de la corbata y examino rápidamente las cuentas. Estamos obscenamente atrasados en el calendario, y también nos hemos pasado obscenamente de presupuesto.

—Tuvimos ese problema con los permisos —se justifica Martelli—. De no haber tenido a la junta municipal tan en contra, nos habríamos ahorrado tiempo y dinero...

Sigo mirando la puerta, espero que mi padre llegue de un momento a otro.

—Además los precios de los materiales que has pedido han subido lo indecible...

La puerta se abre y Anna entra en la sala. Se me acerca para susurrarme algo al oído.

—El presidente ha abandonado el edificio —me comunica, visiblemente preocupada.

Trato de no mostrar mi contrariedad.

—¿Y adónde ha ido?

—Desafortunadamente no ha dejado ningún mensaje.

Vuelvo a mirar a Martelli y sus colaboradores. Están a la espera de proseguir su discurso.

—¿Todo bien? —pregunta Martelli.

—Todo en orden —contesto, y me ajusto de nuevo el nudo de la corbata—. Sigamos con lo que estábamos diciendo, quiero conocer los pormenores de la situación.

Mientras Martelli trata de jugármela con sus habituales trucos de prestidigitador, no puedo dejar de pensar en la actitud que mi padre ha decidido adoptar en los últimos tiempos: se ha esfumado por enésima vez, demostrándome que no puedo contar con él. Tengo que asumirlo y tomar el mando de la situación tal como lo haría mi abuelo. Si algo de él sobrevivió en mí, no me resultará tan difícil gestionar este asunto y tratar de llevarlo a buen puerto de la mejor manera posible.

Solidea

Esta mañana mi madre y mi tía llegarán más tarde, han ido a la escuela, a la reunión con el director y los profesores. Me han dejado sola en la tienda, puedo aprovechar para escuchar una y otra vez y a todo volumen *Que reste-t-il de nos amours,* en la versión de Cinthia M., sacada del álbum *Bistrot Blue.*

El volumen tan alto sirve también para alejar a los clientes, es algo que he notado, así como el hecho de que, sin esos dos mastines montando guardia, puedo hasta concederme el lujo de ignorar las sonrisas y las expresiones de urbanidad y ocuparme de todo el que moleste lo estrictamente indispensable. Es decir, intervengo sólo si no tienen más remedio que gritarme que no pueden encontrar en los estantes lo que están buscando.

Sin embargo cuando le permito al disco seguir más allá de esa canción y Cinthia M. entona *La vie en rose,* me veo obligada a enfrentarme con otro aburridísimo asunto: con estas románticas notas de acompañamiento es difícil apartar la mirada.

Más allá del escaparate, justo debajo del cartel amarillo de Mundo Animal, está el sinvergüenza trasteando detrás del mostrador, revolviendo cajas y firmando recibos. Coge en sus brazos un cachorro de perro labrador que acaban de entregarle y le sonríe con toda la ternura del mundo. Se me rompe el corazón al verlo de esta manera, recordando cuando me tomaba a mí *dans ses bras* y me decía *des mots d'amour, des mots de tous les jours,* y ésta era nuestra *Vie en rose,* y tan sólo levantando la mirada más allá de los escaparates y encontrando una sonrisa coloreábamos nuestros días.

Y ahora la del cardado entra en la tienda. Atado a la correa como un condenado de la milla verde, el pastor de los Abruzos está cada vez más enjuto e infeliz, y lo entiendo, pobre, llevar la vida de un caniche siendo un pastor de los Abruzos no debe de resultar nada sencillo. Matteo les da la bienvenida con una sonrisa, pero ella, la muy puta, no se queda contenta y exige un beso en los labios. Ahora tienen toda la pinta de una imagen de programa de televisión del corazón: él, ella y el cachorro en medio que les lame las mejillas. El pastor de los Abruzos, naturalmente, ha quedado fuera de encuadre. Sus risas insonorizadas me ponen de los nervios.

Matita me observa torciendo el hocico, se le escapa un gemido. Su mirada promete que nunca más cederá a la tentación de las galletas de Matteo, jura que resistirá a su infalible llamada, y lo hará sólo para protegerme, para sacarme de este complicado enredo. Nunca la he sentido tan cerca de mí, creo que dormir abrazadas en la misma cama nos ha sentado muy bien.

Trato de distraerme con Facebook. De seguir así me volveré loca.

Durante la espera para que el ordenador se despe-
rece mientras se enciende, los veo abandonar la tienda.
Qué liberación. Acto seguido también en Facebook llegan buenas noticias.

Por fin un poco de sano movimiento, una cálida
acogida. Invitaciones, mensajes, sugerencias, peticiones.
La nueva ciudadana empieza a cobrar cierta importancia.
Si no consideramos el hecho de que ha sido David quien
ha animado mi vida social. Miren un poco: sólo en este
mes tengo nada menos que 14 invitaciones a eventos, entre los cuales hay un Pink Crazy Aperitif y un Smash
Girls Party. Vaya. Siguen 17 invitaciones a grupos. Además del ya mentado «Save Rodrigo!», están «Single... los
sueños se vuelven realidad», «Volvamos a llevar a las aza-
fatas a la calle así se libera alguna plaza en la tele», «Los
que odian a los que abandonan a los perros», «Los de...
Tres metros sobre el cielo» y «Los que ya no paran». Muy
fuerte. Y no se acaba. Siguen: 3 invitaciones a causas que
supongo benéficas, 1 invitación para el «birthday calen-
dar», 1 solicitud para «send chocolate», 1 solicitud para
«qué princesa de cuento eres», 1 solicitud para «you're
sexy», 1 solicitud para «most lovable person», 1 solicitud
para «smile at me», 1 solicitud para «good luck», 1 solicitud para «hello kitty», 1 solicitud para «friends forever», 1 solicitud para «this kiss» y, para acabar, una solicitud para «¿eres idiota?». Dame unos días y desvelaré
todos los misterios.

Naturalmente el mérito de tamaña explosión de vida
no es sólo de mi amigo David, algo tienen que ver también Clotilde y Federica (*Tres metros sobre el cielo*, por
ejemplo). Me han enviado también 35 sugerencias de amistad; algunas no son nada del otro mundo, pero no estoy

en condiciones de ponerme muy exigente. Por suerte, de subir el nivel se ocupa la estupenda Sara Carelli, mi antigua compañera de primaria, que ha aceptado con un dulcísimo mensaje mi solicitud de amistad y así muchos de sus contactos se han lanzado a saludarme. Con un increíble salto hacia delante, he llegado a la cantidad de 25 amigos, de los que 12 están ahora mismo conectados. A lo mejor chateo con ellos más tarde.

Ahora tengo una visión mucho más matizada de nuestro pequeño gran mundo. Sí, porque cuando descubres que Luca está contento de volver a ver a sus amigos después de un largo viaje, que a Carlo le han etiquetado en un álbum sin que lo supiera o que Giulia ha pasado de una situación sentimental complicada a otra que es incluso más difícil, el mundo adquiere otra pinta. De vez en cuando sienta bien meterse en la vida de los demás. Viendo su muro deduzco que mi amigo David de eso sabe bastante.

Está como una cabra y me ha atascado el correo con sus mensajes. En uno me escribe que ha pensado mucho en la foto de nuestro Lowell y que si de verdad quiero volver a verlo él no está de acuerdo en absoluto, pero al mismo tiempo se pregunta: «¿Quién soy yo para oponerme a la evolución de las especies?»; en otro mensaje me comunica que acaba de preparar «un pastel salado con uva pasa de *Coñito*» en mi cocina azul. No quiero ni imaginar el caos que encontraré a la vuelta, quiere llevársela a Rodrigo para que vuelva a admitirlo en su casa. A ver cómo le va. En otro mensaje, David me recuerda que esta mañana ha llegado después de las cinco, trayendo a casa remordimiento, dos números de teléfono y una mamada en el baño. Cómo me tranquiliza. Y para acabar cierra con un comentario: «El único álbum del que dispones, ese que lleva el superoriginal título de "Familia", te saca en el cumpleaños de tu abuela mientras te atiborras de manjares. ¿Y esa... informalidad en tu vida? Hasta en Facebook me causas alergia. *I mean,* mi amor, ¡al menos podías elegir algo más interesante!».

Bien. Siempre dando ánimos. Por lo que respecta a Edoardo, el hecho de que se haya convertido en un hombretón gordo y calvo no me ha quitado las ganas de reencontrarme con él. Y, como todavía confío en la hipótesis de un escenario más digno para nuestro encuentro, no me plegaré ante la realidad virtual y predominante de Facebook y no me humillaré enviándole una solicitud de amistad; prefiero darle una segunda oportunidad al destino y mantener los ojos abiertos, en los aeropuertos, en las estaciones o en los cócteles, a lo mejor incluso en un jardín público. La única diferencia respecto a todas mis pormenorizadas fantasías será que esta vez no tardaré nada en reconocerlo.

Hacia el mediodía mi madre y mi tía atraviesan la entrada de la tienda con el mismo entusiasmo que una procesión fúnebre. Me doy prisa en bajar el volumen del estéreo, pero al parecer ni se dan cuenta. Casi ni me saludan, mi tía asume un aspecto digno, distante; mi madre, un aura resignada en la expresión de su boca. Hay dos posibilidades: o están a punto de suspender a Federica o acaban de ver salir al último cliente de la tienda y se han dado cuenta de que no pueden confiar del todo en mí. Necesito aclaraciones imperiosamente.

Son ellas las que me llaman al almacén. Por primera vez en la historia de esta librería-papelería, exactamente cuarenta minutos antes de la hora de cierre, mi madre cuelga el cartel de cerrado en la puerta y echa la llave con dos vueltas. Acto seguido nos reunimos en el almacén y nos sentamos alrededor de la mesa de echar las cuentas. Tiene una cara tan extraña... Si no se dan prisa, a mí me va a dar un infarto.

—¿Van a suspender a Federica?

—Oh, no, por favor —me tranquiliza mi madre—. Esperemos que no.

—Entonces, ¿qué pasa?

Empieza mi tía con una introducción sobre la historia de la tienda, los esfuerzos del abuelo y las «comodidades» que nos hemos podido permitir a lo largo de estos años gracias a todos los rollos de papel que tanto desprecio. Mi madre añade que ha sido mérito de la tienda y de todo el papel que por ella ha pasado que mi abuelo haya podido comprar, sin dejarnos ni un euro de hipoteca, los pisos en los que vivimos, hechos de ladrillos y cemento, y le añade al conjunto hasta la cerámica de mi adorada bañera con pies de 1912.

—¿Te das cuenta de la fuerza del papel?

—Vale, me doy cuenta, ¿y entonces?

Están cansadas y demacradas, les cuesta decirlo.

—Tu escuela... —se arma de valor mi madre— el próximo año cerrará sus puertas.

La noticia me coge desprevenida. Todavía estoy tratando de darme cuenta de su alcance y de entender la relación con la historia de la tienda, cuando mi tía continúa:

—Nos hallamos en un momento de crisis, Solidea, esto tendrías que haberlo entendido. Es difícil seguir adelante y, sin los ingresos proporcionados por los estudiantes, es prácticamente imposible.

Si lo exponen así, el discurso cambia. En mi cabeza se agolpan imágenes que hasta hace nada eran completamente impensables: el barrio cambia de aspecto, una residencia de pensionistas en el lugar de la vieja escuela y el cartel blanco y azul de la librería-papelería ruinoso. Ciencia-ficción en estado puro.

—Tenemos que buscar soluciones —prosigue mi madre, a punto de llorar—. Es justo que sepas que tu tía y yo estamos pensando en la posibilidad de cerrar la tienda antes de que sea demasiado tarde.

Estoy tratando de memorizar sus caras, sé que algún día se las describiré a alguien. Son éstos los momentos que marcan la diferencia, los que determinan la historia de nuestro camino. Mi madre y mi tía tienen otra cara, una de esas que crees que jamás sonrieron. Con los papeles de la contabilidad en la mano, el pelo aplastado, más o menos del mismo color rubio miel, y las facciones endurecidas por la tensión, jamás las había visto tan perturbadas, abatidas, perdidas.

—¿Clotilde y Federica lo saben?

—Como tienen la selectividad, hemos decidido esperar.

—¿Luca tampoco lo sabe?

—No, naturalmente.

—Por lo menos sabrán que van a cerrar la escuela.

—El director hasta el momento ha podido mantener en secreto la noticia, cree que podría desestabilizar a los estudiantes y llevarlos a descuidar sus estudios.

Por primera y única vez estoy de acuerdo con él, es mejor que los jóvenes no sepan nada de este asunto.

Me desorienta la idea de que todo ese mundo, el director, los profesores, el gimnasio, los baños donde nos escondíamos para fumar, el aparcamiento de las motos en el que la de Edoardo estaba siempre en *pole position* dejarán de existir en menos de un año. Sin embargo el hecho de que cierren la tienda hace que me sienta libre.

Como un preso ante el que por fin se abren las puertas, yo también me asomo a la vida pensando en las infinitas posibilidades de darle un estilo completamente diferente: los libros que no he podido leer, la universidad a la que nunca fui. Podría volver a empezar en un pub y trabajar de camarera unas horas a la semana; ganaré una miseria pero a quién le importa, al menos quedarán lejos las tardes encerrada aquí, las angustias por los recibos no emitidos, las existencias y los pedidos perdidos por el camino.

A mi madre y a mi tía no se lo diría nunca; por supuesto que siento su abatimiento y que estoy un poco preocupada por el futuro, pero sobre todo estoy convencida de que una vez libres del peso de la responsabilidad, de las dificultades de la gestión y de la monotonía de nuestros días, será un poco como volver a nacer.

—Tu tía y yo no vamos a comer. Tenemos que cuadrar las cuentas. ¡Y nada de decírselo a la abuela! —me avisa mi madre—. Lleva tú a los chicos a casa; como esta mañana llovía no les he dejado coger la moto. Llegarán aquí de un momento a otro.

Tocan el timbre, serán ellos.

Pero no. Se asoma al cristal de la puerta la señora Marcella. Lleva en la mano un bolígrafo y por sus señas intuimos que tiene cierta urgencia.

Mi madre se queda en el almacén, mientras que la tía y yo vamos a abrirle la puerta.

Desde hace años la señora Marcella es nuestra cruz: la más detestable y fiel clienta. La única que consigue que resoplemos sin tratar de disimular.

Como de costumbre, nos mira mal.

—¿Se puede saber por qué han cerrado hoy antes?

Mi tía está sorprendentemente tranquila.

—Le pedimos disculpas, señora Marcella —le dice—, ¿podemos hacer algo por usted?

—Me han vendido este bolígrafo y no escribe. —Su tono es siempre el mismo, en su punto de acidez—. Un bolígrafo que no escribe es el colmo, digo yo.

Yo la mataría, mi tía en cambio parece otra persona.

—No se preocupe, se lo cambiamos enseguida, señora. —Nada de cejas levantadas, nada de resoplidos; coge la caja de los bolígrafos y el papel de prueba y se los entrega—. Elija uno a su gusto.

La señora Marcella me lanza miradas desconfiadas, cree que hay algo oculto. Ella y sus teorías de complot: está convencida de que el mundo entero se ha puesto a dar vueltas sobre su eje sólo para jugársela a ella. De hecho prueba todos los bolígrafos una y otra vez, mientras mi tía la mira manteniéndose increíblemente calmada, hasta que al final escoge uno. Entonces mi tía la despide con un «que tenga un buen día, señora Marcella», cosa que jamás hubiera hecho antes, y ella se aleja pasmada.

Un minuto después llegan los chicos. Frescos de la escuela, llevando encima los restos de las últimas conversaciones. Feliz ignorancia. A mi madre y a mi tía en cambio se las ve más apuradas a cada instante, tanto que me piden que los acompañe a casa sin perder más tiempo. Evidentemente no saben cómo gestionar el problema.

En el coche, Federica se sienta delante, Clotilde se asoma entre los dos asientos y Luca, como siempre, nos ignora, atrincherado en sus pensamientos misóginos, con toda la pinta de estar meditando sobre nuevas posibles patanerías.

Lo que no imaginan son los escenarios que se nos abren por delante: una vida sin la tienda. Están charlando de sus amigos, que llevan los nombres más absurdos que puedas imaginar, como Ali, Billa, Cochi, y no saben que pronto cambiará todo, que la tienda saldrá de nuestras vidas para permitirnos volver a empezar desde cero. Claro, al principio no será fácil, pero podremos saborear la euforia de no tener ataduras y no tendremos que volver a preocuparnos por todos esos anacrónicos rollos y pliegos de papel.

Durante el trayecto, las chicas me preguntan que cómo me va con el Facebook. «Bien», les digo, y les doy las gracias por todas las invitaciones y sugerencias. Federica se lanza enseguida al intríngulis de la cuestión, quiere saber si ya he conocido a alguien interesante. Tiene un aire extraño hoy, más pícaro que de costumbre.

Les cuento la historia de Edoardo, lo de las montañas de nocilla y su precioso pelo desaparecido, pero no se muestran sorprendidas, de hecho un instante después me confiesan haber visto esa foto horrorosa, tanto que todavía no se han recuperado de la impresión. Mira tú lo entrometidas que son.

Federica insiste en el hecho de que el mundo está lleno de hombres y que no tengo que fijarme en un gordo cualquiera, aunque el gordo en cuestión sea Edoardo Magni, mi gran amor de la infancia. En la vida siempre hay que mirar hacia delante. Ella por ejemplo está profundizando en su relación con un tal Andrea, de treinta y dos años. Lo ha conocido en Facebook, participa en el grupo de la escuela, en fin, un antiguo estudiante. Clotilde vuelve a poner su mueca de desaprobación.

—¿Y ya te has ido a la cama con ese ex estudiante?

—Claro que sí —nos contesta Federica con su también acostumbrada desfachatez—. Hay platos que tienes que consumir calientes, si se enfrían pierdes las ganas. Facebook es una plataforma de salto, pero tienes que tirarte deprisa, es inútil quedarse allí meditando.

Empiezo a preocuparme en serio.

—¿De verdad te has ido a la cama con él? —insisto—. ¡Es demasiado mayor para ti!

—Ha sido estupendo —nos cuenta—. Un tipo que sabe lo que hace. Si en toda la vida encontrara al menos diez como él, podría declararme satisfecha.

Lo tiene claro la glotona.

—Bueno, empieza a hartarte de este primero, luego verás. ¿Es una historia seria? ¿Por una vez podremos considerarte novia de alguien?

—Eres una vieja —reacciona con desgana—. El noviazgo es algo de abuelos. No tengo ganas de que me corten las alas con dieciocho años. El amor te atonta, te quita lucidez, en cambio el sexo te exalta, y sienta bien a la piel. Ésta es la diferencia básica que ustedes son incapaces de comprender.

—Cuántas píldoras de sabiduría —subrayo con ironía, mirando de reojo el retrovisor, donde encuentro la cara de mi hermana torcida en una expresión de asco.

—¿De verdad te gusta tanto representar ese papel de estúpida caricatura que has elegido? —vuelve a increparla.

—Andrea me divierte, como a ti te parecerá divertido tu aburridísimo novio, el Alessandro ese. Y creo que Andrea me ha entendido, cosa que ustedes no hacen.

—Si estás contenta... —le contestamos mi hermana y yo a coro.

—Tócate la nariz*, si no, no nos casamos —me dice Clotilde, e intercambiamos una sonrisa mientras nos frotamos la punta de la nariz con los dedos.

En casa la abuela está enfrascada en una de sus series de televisión. La asistente social está de pie, al lado del televisor; probablemente acaba de terminar la limpieza y ha subido las cortinas para que entre algo de luz en el comedor, para que los antiguos sofás de terciopelo saquen un poco su aliento putrefacto, un hedor nauseabundo a almendras garrapiñadas estropeadas y naftalina; las bagatelas de mi abuela, recién lustradas, se empeñan en reflejar todos los rayos de sol que llegan a la habitación. Estoy convencida de que la sala de estar de la abuela Speranza** demostraba, en comparación con ésta, un gusto exquisito.

La serie llega al clímax final, la mano de la abuela aletea como una mariposa, intolerante ante cualquier murmullo, y todos y cada uno de nosotros, incluyendo a *Matita,* se queda parado, aguantando el aliento, esperando los títulos de crédito finales. ¡Lo que hay que hacer a diario para conseguir una comida caliente!

---

* En Italia, cuando dos personas pronuncian exactamente las mismas palabras al mismo tiempo, se dice que o se tocan la punta de la nariz o no se casarán. *(N. de la T.)*

** Referencia al poema *L'amica di nonna Speranza [La amiga de la abuela Speranza],* de Guido Gozzano (1883-1916). *(N. de la T.)*

Sin embargo tengo que admitir que hay algo en la figura encorvada de la abuela que me transmite tranquilidad, tan centrada en el pequeño teatro de la vida, con las piernas que parecen un callejero de varices y los pies hinchados y nudosos, que cuando los mete en sus pantuflas de fieltro azul se pone a nevar, porque tiene siempre la piel agrietada y seca, no importa la crema que se ponga. A veces me quedo parada mirándola, y de repente todas las ansiedades y los pequeños tormentos cotidianos adquieren su justo tamaño, dejando camino a preguntas más profundas, de tipo existencial. Su fuerza, su inquebrantable fe se convierten para mí en un estandarte de esperanza y me enseñan la meta de un camino que según algunos puntos de vista sigue siendo desconocido para mí.

Cuando llega la música final, la abuela encuentra enseguida algo por lo que merezca la pena refunfuñar, y como ella es la personificación de la sospecha y la exasperación, la ausencia de mi madre y de mi tía la pone en guardia. Es un sexto sentido el suyo, porque yendo hacia la cocina, montada en el andador, me acribilla a preguntas sobre la crisis económica y las ventas de la tienda. Yo contesto de forma imprecisa, mi madre y mi tía han sido muy claras al respecto: la abuela tiene dura sólo la cáscara, detrás de esos modales hoscos e irritados en realidad se esconde una niña frágil y sensible que corre el riesgo de no sobrevivir a una mala noticia.

Sus pequeños ojos cansados no paran de estudiarme, está buscando una señal para justificar su ansiedad.

—Son tiempos necios —me dice, mientras mezcla la salsa de la pasta—. No lo digo porque sea una cínica, pero se ha vuelto todo muy estúpido. Si al menos existiera un límite para la indecencia...

Cuando se queja, a menudo dirige la mirada hacia un punto cercano no determinado: es el *abuelo que ya no está,* que se manifiesta a su lado.

—Oh, Señor, antes éramos todos más idealistas —continúa—, dispuestos a machacarnos la espalda por el sentido del deber y el amor hacia el prójimo. Eso lo sabía bien tu querido abuelo, ¿sabes?, que se preocupó siempre por esta desgraciada humanidad. Lo suyo no era sencillamente un comercio. Allí iba todo el mundo a buscar consuelo a sus penas. ¡Sólo el Señor sabe lo bien que se le daba a mi querido marido escuchar las penas de los demás! Y yo lo puedo afirmar, ¿sabes?, porque un día entré en el comercio como cliente y salí de allí con una promesa de noviazgo. Recuerdo bien ese día, el más memorable de mi bonito pasado. A nuestro alrededor brillaban las miradas de los demás; todos los que se hallaban en el comercio se sentían felices por tu abuelo, que por fin había decidido casarse. —Se seca las manos húmedas de cebolla en el paño de cocina y sonríe, como si el *abuelo que ya no está* estuviera allí escuchándola. Luego vuelve a fijar su mirada despierta en mí, ahora oscurecida por un velo de inquietud—. Y tú, loca de ti, que no paras de quejarte de la vida del comercio... Tu abuelo dio de comer a cuatro hijos y nueve nietos vendiendo todo ese papel. Con crisis o sin ella, quisiera ver algo más de respeto por tu parte, estrellita mía.

Apaga el fuego, quizá con la intención de aplacar junto con el gas todos los malos pensamientos que la aquejan.

—Está listo —nos avisa mientras avanza renqueando por el pasillo. Quiere ir al baño a lavarse las manos. La acompaño, aunque su mano aleteante me indica que no necesita la ayuda de nadie. Sin embargo se queja de que su cadera le da más dolores que la crisis económica y jura que si no estuviera tan fatigada, ella misma iría a ocuparse de la tienda del abuelo—. Las ataduras son las preocupaciones que nos mantienen vivos —me dice—. No puedes renunciar ni a los lugares ni a las personas que has querido.

Me paro para observarla mientras se arrastra tenaz apoyándose en su andador, y no puedo más que respetarla profundamente, estupenda fastidiosa como pocas hay en el mundo. Quisiera poderle ahorrar los disgustos venideros, el dolor por la pérdida del comercio del abuelo, como lo llama ella, pero es poco realista pensar que no va a enterarse de nada. La abuela está un poco ciega, un poco sorda y un poco coja, pero ve, oye y se mueve a la perfección.

Edoardo

Las cenas de antiguos alumnos tienen el privilegio de estar organizadas en los mesones más improbables. Tendrían que realizar un estudio al respecto, es una incógnita quién es el que toma la iniciativa y sobre todo quién se encarga de reservar el restaurante. No se sabe cómo, se acaba con todo el mundo alrededor de una mesa, deshaciéndonos en diplomacia y tratando de reconocernos después de años de olvido. En este caso, detrás de nosotros hay una chimenea apagada, decorada con una hilera de salchichas y un fajo de espaguetis dentro de una canasta de mimbre, y alrededor mesas ruidosas, un futbolín y alegres familias al completo. Dejando a un lado el decorado, mis antiguos compañeros de clase me deparan no pocas sorpresas.

En total somos unos veinte, y todavía no han llegado todos. Me he sentado al lado de Andrea, que no para de sonreír, hasta por una nadería, con el mismo entusiasmo con el que nos íbamos a dar una vuelta por las afueras. Delante de mí está mi primera novia y compañera de pupitre durante años, hoy con un barrigón de nueve meses. Acaba de anunciarme que se casó hace unos años, precisando que su marido la ha acompañado hasta el restaurante y que vendrá a recogerla luego, una vez termine la cena. Más allá del embarazo, se ha marchitado y me mira como si, después de esto, no supiera qué decir.

—Te veo bien —se limita a constatar, mirando a su alrededor.

Recuerdo que hubo un tiempo en el que nos quisimos tanto que nos entregamos el uno al otro por primera vez.

A su lado está sentada Serena Nicoletti, la ñoña desgraciada que, aunque se fuera a acabar el mundo, no te pasaba una respuesta. Como era previsible, se ha vuelto una brillante abogada; lo que no era tan previsible es que es de una belleza, quedándome corto, explosiva. La cara de hija de puta, sin embargo, no la ha perdido, y tampoco su lengua entrometida. Según Andrea, incluso en épocas absolutamente alejadas de toda sospecha, tenía la mirada de puerca.

Está ausente Giulio Carelli, el fornido y deportista Giulio Carelli, líder de la clase. Me atrevo a pedir noticias suyas y mi antigua novia me contesta abriendo los ojos de par en par:

—¡Cómo es posible, Edoardo! ¿No lo sabes?

—¿El qué?

—Giulio tuvo un grave accidente, desde hace dos años va en silla de ruedas.

Noto el hormigueo del fluir de la sangre. También a Andrea le ha cambiado la expresión; de su cara ha desaparecido todo rastro de la sonrisa infantil que la ha acompañado hasta este momento.

—Coño, lo siento.

—Ha abandonado la natación y ahora se dedica a la política —subraya Nicoletti con su entonación de biógrafa oficial—. Este año se presentará al ayuntamiento, tendríamos que pensar en votarle.

Y es entonces cuando Giulio entra en el restaurante. A su espalda, una mujer guapísima que empuja la silla. Nos quedamos todos estupefactos al verlo: sigue teniendo la misma cara de Big Jim y la misma expresión de triunfador.

—Bueno, chicos, ¿les parece ésta la forma de saludar a un viejo amigo? —nos dice—. Ustedes que pueden, tendrían que levantarse y venir a darme un beso. —Mantiene también la simpatía que le caracterizaba en el colegio, y se merece toda una procesión de saludos.

Por lo visto la mujer guapísima que lo ayuda es su esposa: sus gestos dispuestos a atender cada necesidad y una mirada rebosante de amor que no se cansa nunca de acariciarlo. A pesar del accidente, Giulio parece un joven feliz y todavía enamorado de la vida. Lo recuerda todo de nosotros, hasta el nombre del chico del gimnasio que estuvo en nuestra clase sólo un año.

Giulio y su mujer parecen deseosos de conocer los caminos emprendidos por nuestras vidas; ella debe de estar al día de todos los pormenores, tanto que jura que le parece conocernos desde siempre.

Pocos minutos después llega también nuestro antiguo profesor de Historia, el profesor Bonelli, con su inconfundible pinta de bonachón, digna de su nombre, y el pelo gris, permanentemente revuelto. Aunque parece que ha empequeñecido, se ha mantenido idéntico a como era cuando nos contaba la invasión de los lansquenetes. Se sienta a la cabecera de la mesa, después de ser acogido con un aplauso.

Estamos listos para pedir, y empezamos por un tinto de la casa, poco pretencioso, para un brindis por el reencuentro. El reencuentro en Facebook, debería decir.

No podemos prescindir de la herramienta que ha permitido que nos reencontráramos después de tantos años, de manera que es de ahí de donde parte la conversación. Sin embargo, como sucede a menudo con el centro de la atención, Facebook recibe más críticas que una chica de la televisión de muslos anchos servida en bandeja a la audiencia y en un pispás se convierte en nuestra caja de Pandora, receptáculo de todos los males del mundo.

Nicoletti lanza enseguida una alarma que nos explica unas cuantas cosas de su vida privada.

—Cuidado, no guarden la contraseña para acceder a Facebook en su ordenador y borren el historial de todas sus conversaciones —nos avisa—. Su compañero o compañera podría llegar a conocer cada detalle de sus escapadas.

—¿Qué quieres decir con historial? —pregunta mi antigua novia con tal preocupación que desentona con el tamaño de su barriga.

—Cuando chateas o envías mensajes —explica Nicoletti—, Facebook graba cada palabra, y si te olvidas de borrar, cada vez que abras un mensaje o cliquees en el perfil de la persona con la que quieres chatear saldrán también todas las conversaciones anteriores.

También Sergio Deodati, hoy en día conocido arquitecto, tiene que añadir algo al respecto:

—¡Por no hablar de los comentarios en el muro! Para meterte en la vida de todo el mundo, ¡hoy en día y gracias a Facebook no necesitas contraseña!

—Es cierto —subraya Vincigrassi, antigua ñoña y antigua amiga de Nicoletti, que sigue siendo claramente feúcha y gordita (por alguna razón se han sentado una lejos de la otra)—. ¡Fíjense que un tipo se ha permitido dejarme con un mensaje en mi muro!

Aquí hay que reír para quitarle dramatismo al proceso público.

—No tiene ninguna gracia... —refunfuña Vincigrassi—. Ya quisiera verlos en mi lugar. ¡Lean las razones que esgrime ese idiota!

Por mucho que la pobre se haya cavado la tumba con sus propias manos, ninguno de nosotros se atreve a ensañarse con ella pidiendo que detalle las condenadas razones, síntoma de que, quizá, al hacernos mayores hemos perdido algo de nuestro cinismo.

—Vincigrassi, ¿qué te dijo? ¡Se habrá hartado de follarse a una ordinaria como tú!

Pues eso. Mientras tanto alguien no se ha hartado de retroceder. Naturalmente se trata de Mazzoli, el patán de la clase, que hace poco heredó el taller mecánico de la familia.

Dejando a un lado a Andrea, que hace lo que puede para aguantar la risa, el resto de la mesa trata de mantenerse serio para ser solidario con Vincigrassi, que, levantando los ojos al cielo, concluye:

—Mazzoli, espero que los científicos se den prisa para encontrar la cura contra la estupidez aguda que llevas padeciendo tantos años.

Ahora la risa sí está permitida.

Un instante más tarde, el tipo del gimnasio cuyo nombre ya he olvidado vuelve a llevar la conversación al terreno de Facebook.

—Hablando de descubrir traiciones —nos dice—, a mí me pasó una cosa verdaderamente absurda. Hace un tiempo me veía con una tipa casada: ella me manda una invitación en Facebook para una exposición de joyas. No caigo en la cuenta de que se trata de una invitación dirigida a todos sus contactos, marido inclusive, y entonces le contesto con una de mis guarradas sin saber que no le estoy contestando sólo a ella...

—¡Dios mío, contestaste en una cadena! —aclara Nicoletti.

—Sí, bueno, le contesté cosas que no se pueden repetir, y además un tanto vulgares, que naturalmente se leyeron todos, marido incluido.

—¿Y ella?

—Los hijos de puta de sus amigos añadieron sus comentarios al mensaje, ella se conformó con decir: «¿Es una broma?», y acto seguido me borró de su listado de amigos de Facebook. Después de eso no he vuelto a comunicarme con ella. De hecho no sé si seguirá casada.

También Vincigrassi tiene una anécdota parecida.

—Esperen un momento, ¿no les ha pasado nunca que hayan contestado a un comentario de una foto en la que los han etiquetado y a otra gente pensando que sólo era para ustedes? Porque una vez contesté a un «eres guapísima» que en realidad se dirigía a mi vecina de foto...

Por suerte Giulio Carelli, como el buen político en ciernes que es ahora, se encarga de salvar a la Vincigrassi de otro posible ataque de Mazzoli, y lo hace con una intervención sobre las polémicas que Facebook está suscitando en todo el mundo sobre la violación de la privacidad. Nos cuenta que la Comisión para la Privacidad de

Canadá ha asegurado que Facebook viola la ley con su política de privacidad en al menos veintidós casos. Por suerte se ahorra el listado completo: típico del político, hacer gala de cifras sin pararse demasiado a explicarlas.

Su guapísima mujer, en cambio, asumiendo el papel de primera dama, nos invita a reflexionar sobre el hecho de que Facebook se promueva a sí mismo como red social, pero al mismo tiempo esté implicado en actividades comerciales que tienen que ver con la publicidad focalizada.

Mazzoli interrumpe el debate, casi con timidez, para proponer otra, según él, urgente cuestión:

—¿Alguno de ustedes... ha entendido qué coño es dar un toque?

Esta vez la risa surge espontánea, volviendo a llevar el curso de la conversación hacia derroteros más generales.

Durante todo el tiempo el profesor Bonelli nos ha escuchado con un aire perplejo y al mismo tiempo interesado, pero no ha dicho ni mu.

—Profesor, ¿usted qué opina? —le pregunto, porque su expresión ha despertado mi curiosidad.

Bonelli me sonríe confesando que de Facebook sabe poco y que no tiene ni idea de lo que hay que hacer para entrar.

—De la cena lo avisé yo por teléfono —me aclara Andrea.

—Entonces le aseguro que no se está perdiendo nada —lo tranquilizo—. Como ha podido comprobar, nuestro querido teléfono sigue funcionando a la perfección.

Bonelli me aprieta un hombro sin dejar de sonreír.

—Me encanta verlos a todos juntos —admite—, son la clase de la que más orgulloso estoy, los que a nivel profesional me han dado mayores satisfacciones. ¿Y nuestra vida privada? Andrea ya me ha explicado algo y sé que la idea de sentar la cabeza no lo tienta en lo más mínimo...

—Para nada —confirmo, mientras cojo un trozo de pan y separo con los dedos la miga de la corteza—. ¡Está demasiado ocupado organizando fiestas!

—Divertirse es importante —comenta Bonelli, con su aire bonachón e indulgente de siempre—. ¿Recuerdan nuestras incursiones en el colegio? ¡La de gritos que ha dado el señor director por su culpa!

—Por cierto, ¿cómo está?

—Como siempre.

—¿Y qué hará? —pregunta Andrea, después de engullir un buen trago de vino—. Quiero decir cuando cierren la escuela.

—¿Se han enterado?

La noticia de que el cierre de nuestra escuela está al caer se une a la llegada de los platos principales. Con la comida en la boca, le pedimos al profesor aclaraciones sobre el tema.

—¿Cierra de verdad?

—El director quería mantener la noticia en secreto para no distraer a los estudiantes —nos explica Bonelli—. Ya saben, muchos de ellos se tienen que examinar ahora de selectividad...

—Sí que lo sé —se le escapa a Andrea, que pone cara de pilluelo. Le golpeo con el codo para que se calle.

Por suerte el profesor sigue su discurso sin darse cuenta del sentido de su ocurrencia.

—Por otro lado hay demasiadas personas implicadas para que se pueda mantener el secreto.

—¿Y usted qué hará?

Antes de contestar, Bonelli traga el último bocado de pizza y se limpia el bigote con la servilleta.

—Por suerte este año me jubilo —nos dice—. Por fin podré dedicar todo mi tiempo a los libros que quiero escribir y haré lo que siempre deseé: disfrutar en calma de mi ocaso.

—¿De qué ocaso está hablando? —lo reñimos Andrea y yo—. ¡Si todavía es un chiquillo!

—Ojalá —contesta sonriendo hacia la barriga de mi antigua novia, que está sentada a su lado—. En realidad soy un viejecito, en este mundo siempre hay gente que llega y otra que se va...

—Profesor, por favor, ¡no lo diga ni en broma!

—Estoy hablando completamente en serio, y prueba de ello es que por casualidad esta estupenda barriga está justo a mi lado. El mayor y el más joven siempre tienen algo que decirse, es el cambio de testigo. Por cierto, ¿es chico o chica?

—Chica —contesta la futura madre mientras se acaricia la barriga.

Bonelli me mira esperanzado.

—¿Y es... tuya?

Andrea es el primero en echarse a reír.

—Profesor, usted se ha quedado atrás, estos dos se dejaron hace ya mucho tiempo, y Edoardo está tan lejos del matrimonio como yo.

—Bueno, tampoco te pases —contesto riendo al tiempo que le doy un golpe en el hombro.

Mi antigua novia se ha quedado seria y, dirigiéndome una mirada ambigua, casi melancólica, suelta una nostálgica perla de sabiduría.

—Los amores nacidos en los pupitres de la escuela nunca aguantan las pruebas del tiempo.

Por suerte, una vez más, el infalible Giulio Carelli se ocupa de amortiguar el embarazoso silencio que se ha creado.

—Yo no estaría tan seguro de eso —nos dice—. ¿Alguien recuerda a mi hermana Sara?

—¿La pequeña Sara? ¡Claro! —interviene siempre lista Nicoletti—. En la escuela era una niña de belleza abrumadora. Bueno, ¿qué tal le va?

—A día de hoy es una joven guapísima y ha tenido un hijo con su primer amor, nacido en los pupitres, imagínense, en primaria.

—¿Han estado juntos todo este tiempo? —pregunta Vincigrassi con un deje de envidia en el tono de voz mientras se sacudía las últimas migas de una doble ración de pastel de chocolate.

—A decir verdad volvieron a encontrarse hace unos años...

—A lo mejor gracias a Facebook —supone Nicoletti.

Y por una vez se equivoca.

—No, cuando está escrito que dos personas vuelvan a encontrarse, Facebook no sirve —le explica—. El suyo fue un banal encuentro en el supermercado, y de allí hasta hacer la compra juntos el paso ha sido breve.

Mi antigua novia me mira y resopla.

—Pero eso es diferente —insiste casi nerviosa—. Si te dejas y vuelves a juntarte, es otra historia.

—¡Tienes toda la razón! —interviene entonces Mazzoli—. ¡Imagina qué problema follar desde primaria siempre con la misma tipa!

Estará enfermo de estupidez como dice Vincigrassi, pero Mazzoli logra siempre regalarnos una risa liberadora, y es lo ideal para cerrar una velada como ésta.

Nos despedimos en el aparcamiento prometiéndonos no dejar pasar otros quince años antes de la próxima cena.

El marido de mi antigua novia ha venido a recogerla en coche, y no sabría explicar por qué, pero para ella es un motivo de orgullo presentármelo. Es un señor distinguido, tendrá unos cuarenta años, y a juzgar por la manera en la que me observa, creo que no le caigo demasiado bien. Me lanza miradas amenazantes con las que parece reprocharme algo que hice. Por suerte los dos se van rápidamente. La atmósfera empezaba a hacerse pesada y no podía ni siquiera contar con la diplomacia de Giulio Carelli, ya desaparecido después de saludarnos mil veces.

Una vez solos, Andrea y yo acompañamos al profesor Bonelli hasta el coche.

—¿Cómo son los estudiantes hoy en día? —le pregunta Andrea, y sé adónde quiere llegar con su conversación—. ¿Es sólo mi impresión o son todos mucho más espabilados?

—Aparentemente de los temas de la vida lo saben todo —nos contesta Bonelli, con cierta aflicción—. Pero luego son ignorantes como cabras. Lo cierto es que tienen demasiada libertad, según mi opinión.

Andrea está a punto de hacer una pregunta inoportuna, se lo adivino en los ojos, de manera que me adelanto y consigo cambiar de tema:

—¿Hay otros antiguos estudiantes con los que se haya mantenido en contacto?

—A decir verdad, muy pocos —admite Bonelli, mientras rebusca las llaves del coche en sus bolsillos—. La única estudiante con quien conservo una estupenda relación de amistad es una tal Solidea Manenti, pero es más joven que ustedes y no creo que la recuerden.

Ese nombre no puede dejarme indiferente.

—¿Solidea Manenti?

—Exacto. Es la hija de los propietarios de la histórica librería-papelería que está al lado de la escuela. ¿La recuerdan?

—Pues claro, la librería-papelería.

—Sí, ese lugar tremebundo en el que comprábamos libros y cuadernos —comenta Andrea con ironía sin hacer la conexión entre ese nombre y la niña del colegio.

—¿Y tiene con ella una relación muy estrecha?

—La considero una especie de hijastra; es buena chica, como las de antes. De nuestros tiempos, para que se hagan una idea.

—Pues yo tengo mis dudas en cuanto a que nuestra época destacara por sus valores, querido profesor —comento con la misma pena que tenía él hace poco.

—En cualquier caso, era mejor que el rumbo que han tomado los chicos de hoy en día —apunta el profesor, sacudiendo la cabeza con aire resignado—. Por suerte Solidea es diferente. Tiene una estupenda familia tras ella, porque ya lo saben: todo empieza en la familia.

Asiento, aunque espero que mi caso constituya una excepción.

El profesor abre la portezuela, pero se queda de pie para seguir hablando de ella.

—Para Solidea éste no es un buen momento, sale de un noviazgo muy largo y absorbente y precisa también de mi ayuda para salir airosa... —Luego se da cuenta de que Andrea, aburrido, está mirando hacia otro lado y corta enseguida—: De todas formas no los quiero cansar hablando de personas que no conocen... —A mí me hubiera gustado que siguiera—. Se ha hecho muy tarde.

Mientras el profesor se despide con afecto y cordialidad, en mi mente se quedan Solidea y su sonrisa.

—¿Qué haces? —me pregunta Andrea cuando nos quedamos solos—. ¿Vienes conmigo al Doney? Esta noche va a estar bien, se supone que va a haber una fiesta.

Desafortunadamente para él, no tengo ganas de seguirle el juego. Lo que me acaba de contar el profesor Bonelli sobre Solidea me ha dado ganas de aprovechar las herramientas modernas y enviarle una solicitud de amistad en Facebook.

—¿Entonces? ¿Me acompañas?

—Voy a casa, Andrea. Tengo que trabajar con el ordenador.

—Qué pena, te quería presentar a Federica.

—¿Vas con ella por los locales nocturnos? Entonces es una historia seria.

—No digas estupideces. Nos vemos allí, y como no vienes me la llevaré a casa para continuar la conversación que habíamos dejado a medias.

—Cuidado con las esposas —bromeo, y me dirijo hacia el coche.

—Y tú, tonto, ¡no trabajes demasiado!

Solidea

He pasado la noche tratando de calmar a David y limpiando mi cocina azul de sus desastres. Había restos de la masa de su pastel salado por doquier, hasta por encima de la nevera y debajo del microondas. No tengo ni idea de cómo han podido llegar hasta allí.

Mientras pasaba la esponja más o menos por todas partes, David estaba demasiado ocupado gestionando una crisis histérica como para ayudarme. Por lo visto se presentó en casa de Rodrigo con el pastel salado, preparado ex profeso con sus inútiles manitas, tocó el timbre y, cuando Rodrigo contestó, David tuvo la brillante idea de poner en el móvil la melodía *Your Song,* de la banda sonora de *Moulin Rouge,* para que la escuchara por el telefonillo.

—Pero ¿no era tu obsesión por Ewan McGregor la causante de la discordia? —le he preguntado.

—Sí —me ha contestado—, pero ¿qué tiene que ver? Quería que supiera que era yo. Y, si me quiere, ¡me tiene que aceptar con todas mis obsesiones y mis defectos!

—¿Y él?

—¡Me ha rechazado!

Y se sorprende, el muy loco. Por favor, una petición de perdón un poco más romántica, como, por ejemplo, un Richard Gere que saca un ramo de flores de una limusina, ¿no te parece?

—¡Tú ves demasiadas películas, mi amor! ¡La realidad no funciona así! —seguía repitiendo David, mientras lloraba, sosteniendo al pobre *Schopenhauer* debajo del brazo, tanto que, meneado de derecha a izquierda en medio de tantos sollozos, ha acabado por vomitar una papilla de croquetas en el fregadero de mi cocina azul. No sabría decir si daba más asco el hedor del vómito de *Schopenhauer* o el de la mohosa masa del pastel salado que trataba de desincrustar de las baldosas.

En resumidas cuentas: David se ha dormido a las cinco de la mañana después de haber chateado con medio mundo por Internet y de haberse soplado una botella entera de vodka; *Schopenhauer* ha sido recostado casi moribundo en la cuna de *Matita*, y *Matita* y yo nos hemos dejado el espacio suficiente para enfrentarnos a otra noche en la misma cama. Esta mañana me he despertado con el último disco de Tiziano Ferro, que, a toda pastilla, desgarraba el silencio, y David afanado en la cocina haciendo una tortilla que ha acabado en el suelo. Me ha dado los buenos días con un zumo fresco de naranja (cómo un par de semillas pegajosas se las han arreglado para llegar al sofá del comedor sigue siendo un misterio) y ha anunciado que hoy se inaugura la temporada del cantante de Latina, la de los cuchillos hundidos en las llagas infligidas por Rodrigo. No es casualidad el hecho de que, a las nueve de la mañana, ya había actualizado su estado en Facebook al menos diez veces: todos los mensajes, encriptados para Rodrigo. ¿Un ejemplo? «David se interroga sobre el porqué del fin de una historia y se pregunta si alguna vez podrá superar el shock mientras limpia la cocina de los restos de un pastel salado que fue preparado con tanto amor». Y suerte que estaban encriptados. Por no hablar de la sinceridad de los mensajes.

La atmósfera que me espera en la tienda es todavía menos alentadora que el panorama que he dejado en casa.

Mi madre y mi tía tienen un aspecto aún más aciago, miran a su alrededor perdidas, les hablan a los clientes con una entonación melancólica. Han decidido que informarán a los chicos del cierre de la tienda antes de la selectividad para que se enfrenten mejor a la difícil temporada que les espera. Pronto todo el mundo sabrá que la librería-papelería más antigua del barrio va a cerrar. No es algo de lo que estar contento, claro, aunque yo, en mi fuero interno, estoy convencida de que con el tiempo será una liberación para todos. Empezando por mí, ya que con tan sólo alzar la mirada más allá del escaparate choco cada día con mi pasado. Además hoy hay una novedad: la del cardado ha ido de compras, al pastor de los Abruzos enjuto e infeliz se le ha añadido un cachorro de labrador que nada sabe del triste destino que le espera. En este momento, la muy cabrona está cruzando el umbral de la tienda del sinvergüenza llevando un abrigo de piel fucsia y los dos animalitos atados a la correa. Para variar, sólo de verla me dan arcadas. Mejor salir de esta jaula al borde de la quiebra, antes de que todas y cada una de las razas perrunas acaben en sus garras.

Tengo cita con el profesor Bonelli para tomar un té en la cafetería de la esquina. Hace algunos días que no nos vemos y tengo ganas de charlar con él.

Ya está sentado a la mesita, con una taza de café humeante debajo de la nariz. Sonríe, parece contento de verme.

Nos ponemos al día sobre nuestras vidas: él me habla sobre el cierre de la escuela, la pensión que pronto cobrará del Estado, los estudios de Clotilde y Federica, y yo le hablo del sinvergüenza, la del cardado y las fotos que he visto en Facebook.

—Todos están locos por Facebook —comenta Bonelli—. También ayer por la noche, en una cena de antiguos estudiantes, sólo se hablaba de eso. Tarde o temprano tendré que ver de qué se trata la cosa.

—No merece la pena —me apresuro a consolarlo—. Esa máquina infernal es capaz de quebrar todos tus sueños en un instante.

—No puedes seguir considerando a Matteo un sueño, tienes que seguir adelante, querida Solidea.

Asiento, aunque el profesor no sabe que con «sueños» no me refería sólo a los que tienen que ver con Matteo, y sería demasiado complicado contarle la historia de Edoardo Magni.

—Tienes mala cara, ¿estás cansada?

—He dormido poco, en casa se está hospedando un amigo que no para de causar desastres...

—¿Alguien interesante? Quiero decir, ¿un posible enamorado?

—No, profesor, qué va, es David, mi amigo David de Villa Riccio.

—Ah... —Bonelli levanta sus tupidas cejas con decepción—. ¿Qué tal el trabajo?

—Por suerte va mal, mejor dicho: fatal.

—¿En serio?

—Por lo de la escuela...

—No me digas que piensan cerrar la tienda.

—Afortunadamente sí.

—No tendrías que hablar de esa forma.

—En este momento nadie lo ve, pero acabará siendo una liberación para todo el mundo.

El profesor Bonelli no puede evitar mostrar su desaprobación.

—¿Y qué vas a hacer —me pregunta con un deje de sarcasmo— una vez que estés libre de esa carga?

Quiero ponerme a estudiar, y le recuerdo que él mismo *in illo tempore* me había aconsejado que me apuntara a la facultad de Humanidades. Pero Bonelli sacude la cabeza.

—Tienes que pensar en el trabajo —me aconseja—, la universidad a estas alturas sería sólo un capricho.

Me duele observar tanta contrariedad en su mirada.

—Esa tienda, profesor, me ha tenido prisionera durante demasiado tiempo, todo lo que sea huir de ese camino será más interesante que mi trabajo.

Bonelli no está de acuerdo, sigue diciendo que no con la cabeza.

—Tu problema es otro —me dice con sinceridad—, no hablarías de esta forma si Matteo no trabajara en la tienda de enfrente. Mostrarías mayor respeto hacia la historia de tu familia y te preocuparías por su destino, como antes te preocupabas por todos los clientes que entraban y salían de la tienda.

Y llegado a este punto se interrumpe para apurar el último sorbo del café.

Luego retoma su discurso y con expresión más indulgente dice:

—Nadie te impide leer los libros que tanto echas de menos; es más, podrías proponer a tu familia un cambio de rumbo que podría darle una nueva opción de supervivencia a tu actividad. Me refiero a la posibilidad de enriquecer la librería, reduciendo la papelería. Dicho de otra manera, alejarse de la escuela para ofrecer al barrio una cultura que no sea sólo didáctica.

La pinta bonachona del profesor Bonelli se oscurece y un velo de lágrimas ofusca el brillar de su mirada de Papá Noel.

—Deseo tanto que encuentres pronto tu camino... —me dice—. Sabes dónde encontrarme, siempre que necesites mi apoyo.

Pagamos la cuenta y salimos de la cafetería. Bonelli quiere pasar por la tienda para acaparar las postales pintadas a mano que tanto le gustan.

—Será difícil no poder seguir coleccionándolas.

Le pido por favor que no le diga a mi madre y a mi tía que le he comentado lo del cierre inminente, creo que preferirán ser ellas mismas las que se lo comuniquen cuando llegue el momento. Bonelli entiende perfectamente la situación, y de hecho se despide diciendo que prefiere comprar las postales otro día. Mientras se aleja hacia la otra acera, parece verdaderamente henchido de dolor. ¿Es posible que este dolor que embarga a todos todavía no me invada?

—¿Profesor Bonelli?

Se da la vuelta.

—¿Por qué no viene esta noche a cenar a casa de mi abuela? A mi familia le encantaría.

Bonelli suspira.

—Gracias, querida Solidea, pero ayer esos depravados de mis antiguos estudiantes me obligaron a trasnochar, ¡y ya no tengo edad para salir dos días seguidos!

—¿Era una cena de antiguos alumnos?

—Sí, ¡de una clase de hace muchos años que se volvió a encontrar en Facebook!

Hablando de Facebook, vuelvo a pensar en Edoardo y sus kilos de más. Si no me equivoco, él también tenía a Bonelli como profesor de Historia. De repente se lo pregunto.

—Profesor, Edoardo Magni era estudiante suyo, ¿verdad?

—Claro —me contesta Bonelli, angelical—. Fíjate, estaba en la cena de anoche. ¿Por qué me lo preguntas? ¿Lo conoces?

Durante un instante el corazón me late tan fuerte como cuando era una niña. Cruzo corriendo la calle y me acerco con una sonrisa incrédula.

—Era mi gran amor de la infancia —le confieso, una vez llegada a la acera.

El profesor Bonelli parece sorprendido.

—Lo conozco muy bien, a Edoardo —me revela—. Es muy buen chico, lo tuve en el colegio... ¿Por qué no me has hablado nunca de este amor?

Tengo que admitir que cuando él era mi profesor me daba un poco de vergüenza.

—Y no es sólo eso, cuando en el colegio finalmente encontré a Matteo, me olvidé de él durante años.

Bonelli me mira con ternura.

—Y ahora, ¿qué quiere sugerir esa sonrisa? ¿Te gustaría volver a verlo?

Asiento con cierta timidez, pero enseguida la sonrisa se apaga con un matiz de decepción.

—Por desgracia, ha cambiado muchísimo desde cuando venía a nuestra escuela.

—No me parece —me lleva la contraria el profesor, un tanto perplejo—. Lo vi ayer por la noche y parecía igual que antes. Sigue siendo el buen chico que tantas preguntas me hacía sobre los lansquenetes.

—Vale, lo entiendo, pero... físicamente no se puede negar que se ha venido abajo. Además, con toda esa grasa, no será fácil que siga tan sano.

Bonelli se queda pasmado.

—¿De qué grasa estás hablando? ¿Se trata de la misma persona?

—Profesor, déjese de bromas, ¡pesará al menos ciento cincuenta kilos!

—Te aseguro, querida Solidea, que, de ser así, me habría dado cuenta.

—¿Y el pelo? ¿No ha perdido todo el pelo?

—Puede que tenga algo menos, pero me parece que todavía le queda un estupendo pelo castaño.

—¿Habla en serio?

—Claro que sí, cené con él ayer por la noche.

No puede ser. Mi asombro no para de crecer.

—En su opinión, ¿cuántos Edoardo Magni pasarían por nuestra escuela?

—Sólo uno —me contesta convencido—, que yo recuerde, y hoy en día tendrá más o menos treinta años, o algo por el estilo.

—Y es la misma persona de la que hablo yo, ¡sin duda! —Aun así no me cuadran las cuentas—. Y entonces, ¿quién rayos es el de Facebook?

—¿Otra vez el Facebook? —se queja entre bromas Bonelli—. Pero ¡es una obsesión!

Me despido de él deprisa y corriendo, quiero llegar a la tienda para encender el ordenador y visitar su perfil.

A lo mejor nos hemos equivocado y el devorador de nocilla no era nada más que un homónimo que se le parecía un montón.

—¡Mantenme al tanto, Solidea! —me grita Bonelli mientras me alejo a toda prisa—. ¡Quiero saber cómo acaba esto!

Llego volando a la tienda. A mi madre y a mi tía no les da tiempo de preguntarme nada, me ven escabullirme al almacén, hacia la mesa de echar las cuentas.

Enciendo el ordenador, tamborileando los dedos durante la espera. La pantalla hace sus estiramientos, se recupera, se conecta a la red y me deja precipitarme en Facebook. No me da tiempo a teclear el nombre de Edoardo cuando me doy cuenta de que he recibido una solicitud de amistad.

Allí está, el chico que cuando yo era niña me robó el corazón delante de la verja de la escuela. La calle se lo tragó ese día en el tráfico de la ciudad y hoy la red vuelve a escupirlo como si no hubiera pasado más de un segundo. Sonrío: está delgado, con el pelo en su lugar e, increíble pero cierto, sus tremendos ojos oscuros me están proponiendo ser su amiga. El sistema me informa de que no tenemos amigos en común, señal de que me ha buscado, tal como hice yo el otro día. La cena de ayer lo devolvería a los años en los que daba tumbos por la escuela sintiendo mi mirada encima de él. A lo mejor el profesor Bonelli le habló de mí, me quiere tanto que cada vez que puede me saca a relucir. En casos como éste, lo único que tengo que hacer es clic en «confirmar» y luego pensar en el mensaje que le voy a escribir.

Me voy arriba corriendo para comunicarles todo mi entusiasmo a mi madre y a mi tía. Sé que, con lo que les está pasando, no es el mejor momento para las explosiones de felicidad, pero todo el mundo tiene que saber que lo he vuelto a encontrar, idéntico a como se había quedado en mis recuerdos de niña. Cojo a mi madre de las manos y giramos en redondo.

—¿Te acuerdas, mamá?

Ella se esfuerza en sonreír.

—Vale, estupendo, pero ahora tranquilízate...

—¡No puedo! ¡Tengo que ir a ver a David! ¡Diles a Fede y Clo que están oficialmente invitadas a cenar para una reunión urgente! —Luego me precipito afuera, hacia el aparcamiento. No puedo ni imaginar la cara que habrán puesto al verme huir.

Vuelvo a tomar aliento cuando llego a la portezuela del coche. Mientras me lleno los pulmones de aire, me paro a pensar en un detalle aparentemente de poca importancia: he entrado y salido de la tienda sin lanzar la mirada de costumbre al escaparate del sinvergüenza. Y esto es algo que no pasaba desde hacía muchísimo tiempo.

Edoardo

Existe una primera vez para todo, incluso para enviar una solicitud de amistad en Facebook. La que se ha hecho con la primicia es la niña del colegio que hace casi quince años que no veo.

De vez en cuando le echo un vistazo al ordenador para ver si me ha contestado. No sentía una curiosidad de este tipo desde hace no sé cuánto tiempo. Hasta me noto distraído: Anna, la secretaria, hace una hora me ha recordado la comida en casa de mis padres y ha esperado en balde mi respuesta, luego debe de haberse alejado perpleja. Cuando me he querido dar cuenta, ya había bajado a comer.

Estoy en el coche y pienso en lo que podría haberle escrito junto con la solicitud de amistad. A lo mejor habría venido a cuento un mensaje para saludarla. Compruebo en la BlackBerry, pero nada, todavía no hay respuesta.

En casa me espera una inusual comida familiar. Ha venido a vernos una prima de mi madre que vive en Nueva York y este fin de semana toca improvisar: la familia perfecta. Mi madre vive para esto, padece el juicio de los demás. Mientras mi padre y yo padecemos sus presiones para que todo salga según las expectativas.

Mis padres viven en una villa en el distrito de la Camilluccia. Antes éramos tres, repartidos por los seiscientos metros cuadrados de interiores y los mil de jardín; hoy quedan dos. Dentro de esos muros, sin embargo, es constante la sensación de que falta el aire. Hasta en el jardín.

La verja pintada de negro se abre. La avenida avanza en medio de una extensión verde, que de niño recorría montado en un triciclo. El exterior de la villa está pintado en amarillo tenue, y las raíces secas de las plantas trepadoras llegan hasta el techo y las grietas. Incluso de día, las ventanas tienen casi siempre las cortinas corridas. *Hitchcock,* el pastor alemán, se me acerca sin ladrar. Frota su hocico en el dorso de mi mano. El peso de sus caderas hirsutas se apoya contra mis rodillas.

Hoy, de nuevo, me sorprendo preguntándome si seré capaz de recitar mi papel.

Detrás de la camarera que viene a abrir la puerta, asoma mi madre con su sonrisa de plástico de costumbre.

—Has llegado tarde, querido —me regaña, indicándole a la mujer que me ayude a quitarme el abrigo—. Ya estamos todos en la mesa.

—¿Quiénes son todos?

—Me he permitido invitar también a Claudia, ya que me ha acompañado al centro a recoger un bolso de Fendi.

En el comedor, la mesa está puesta como si de un banquete de boda se tratara, y Claudia está sentada a la derecha de mi madre. Me sonríe levantando las cejas con una mueca de excusa. A lo mejor luego me dice que no le ha dado tiempo a avisarme, pero ya no creo en lo que dice, sé por dónde va.

Mi tía me saluda con un acento americano que no le queda nada bien. Vive en Nueva York desde hace diez años, no puede haber olvidado el italiano tanto como trata de vendernos, sería un caso patológico.

Mi padre está sentado a la cabecera de la mesa, pero su mente va por otros derroteros. Le pregunto el porqué de su ausencia en la reunión con Martelli, para darme cuenta después de que su respuesta no me interesa, de manera que me dejo distraer por la llegada del arroz con trufa y me pongo un poco en el plato.

Claudia no para de mirarme. Me roza una rodilla con la punta de sus zapatos de tacón, y me recuerda que esta noche tenemos una cena en casa de una pareja de amigos.

—Estoy desbordado de trabajo —le contesto—, creo que tendríamos que anularla.

En la cara de Claudia asoma un gesto de decepción.

—Mi hijo no para de trabajar —le explica mi madre a su prima—. Y con una novia tan guapa, a mí me daría miedo dejarla demasiado tiempo sola. —Dicho esto, le dedica una mirada a Claudia y le sonríe con la acostumbrada complicidad maternal.

—Mañana me voy a Saint Tropez para la sesión de fotos de la que te hablaba el otro día —le dice Claudia mirándome a mí—. Y, por lo visto, esta noche no podré ni siquiera despedirme como es debido.

—Entonces nos despediremos después de esta comida familiar. —Finjo que me siento afligido, pero ni ella ni mi madre parecen aprobar mi respuesta.

A pesar de no tener orígenes insignes, Claudia estudia Derecho y en su tiempo libre trabaja de modelo, es decir, que es la nuera perfecta, refleja plenamente la importancia que mi madre otorga a las apariencias.

También mi tía la mira con admiración, a pesar de haber intuido que no la llevaré al altar. En realidad parece que la tía haya aterrizado en Roma sólo para enterarse de todos los detalles de mi vida: desde el trabajo en la empresa hasta las ocupaciones sociales, no para de asediarme a preguntas. Aun así, mientras le doy la mínima información posible, tengo la sensación de que espera encontrar algo que no encaja, algo triste o negativo que de alguna manera la consuele del hecho de que no soy su hijo: el único que le queda hace algunos años se fue a la India, drogado hasta la médula, y la ha abandonado en Nueva York, donde vive más sola que la una. Creo que esa mueca de envidia puede ser una típica expresión de familia, ya que de vez en cuando se le escapa también a mi madre, cada vez que interactúa con alguien más afortunado que nosotros. Espero de todo corazón no haberla heredado yo mismo.

Mientras tanto Claudia y mi madre han empezado a hablar de bolsos, ropa y vacaciones alrededor del mundo. Ya se ha cumplido la metamorfosis: Claudia se ha quitado el disfraz para dejarse hechizar por el hambriento mundo de las apariencias y de la superficialidad sin control, y ahora parece que lo único que le importa es ser invitada a Cortina por mi familia el próximo fin de año.

Mi padre, entretanto, participa en la conversación con contadas palabras y muchos monosílabos, a veces incluso poco acordes con el resto de las intervenciones. A su alrededor la habitación se ilumina con una luz cada vez más fría. La madera del parqué a lo largo de los años ha ido adquiriendo una tonalidad mortecina, y las cortinas, de ese tejido que parece casi impalpable, cuelgan con la más completa indiferencia. Ha habido comidas en las que me concentraba en la cuenta atrás de los minutos que me quedaban antes de conseguir permiso para levantarme. Hoy la situación no ha variado mucho, mis dedos no paran de tocar la esfera del reloj, y le echo una mirada de vez en cuando.

Estoy a punto de comunicarles a todos que lamentablemente me esperan para una cita, pero Claudia insiste para que nos hagamos una foto todos juntos.

—No te dejo irte. Por favor, está tu tía, la guardaremos como recuerdo.

Le dejo hacer sólo para ahorrar tiempo: negándome atraería ulteriores insistencias por su parte.

Mi madre le indica a la camarera qué botón presionar, entonces nos reunimos todos detrás de mi padre, que se queda sentado sin demasiado entusiasmo. Claudia me aprieta una cadera con una mano y me mira, como si quisiera decirme algo, luego me besa a traición y el flash se dispara en ese instante exacto.

—Otra —insiste mi madre—. Había cerrado los ojos.

Claudia me susurra que me quiere y vuelve a pedirme perdón por el numerito que montó la otra noche, mientras aprieta aún más sus dedos en mi cadera. La miro con una mezcla de pena y odio, sabiendo que después de esta intrusión jamás podré volver a quererla. Y el flash vuelve a dispararse, esta vez con el beneplácito de mi madre, por fin.

Unos cuantos minutos después, estoy otra vez en la calle, libre de respirar todo el aire que quiera, y de volver a comprobar la BlackBerry. Desde el pasado no me han llegado respuestas. Sólo un mensaje de Claudia: «Has huido —me dice—. ¿De verdad no quieres verme antes de que me vaya?».

En realidad creo que no quiero volver a verla nunca más. A su vuelta de Saint Tropez, hablaremos en privado y se lo explicaré con toda la calma del mundo.

El resto del día se pierde entre citas aburridas y rollos que hay que despachar. De la niña del colegio todavía nada.

Es absurdo que siga pensando en ella, se puede decir que no nos conocemos de nada, y no será el fin del mundo si decidiera no aceptar mi solicitud de amistad. Claro, sería el primer rechazo de mi vida, pero, lo dicho, siempre hay una primera vez para todo.

Solidea

Cuando Clotilde y Federica llegan a cenar, por fin estoy lista para soltarles lo que ha pasado.

David no cabe en sí de curiosidad.

—¿Entonces, mi amor? ¿Qué significa esa cara insolentemente feliz?

—Se trata de nuestro Lowell —admito, mientras escurro la pasta en el fregadero de mi cocina azul.

—¿De quién? —me pregunta Federica, que frunce la nariz en una mueca reacia, como si en realidad su mente estuviera corriendo hacia otros parajes.

—¡De Edoardo Magni, chicas!

Y de repente los noto a todos encima, como buitres.

—¿El gordo?

—De gordo nada de nada. ¿Están listas para ver en qué se ha convertido?

Mientras cenamos, nos conectamos a su perfil en Facebook, y nos pasamos el ordenador alrededor de la mesa. Pocas fotos, pero significativas: su encanto sigue intacto, y un montón de amigos lo halagan con mensajes en su muro e invitaciones a participar en los grupos más disparatados.

David, trepador como pocos, remarca que nuestro Lowell es el propietario del vino Adinolfi.

—Por lo visto, no sólo se parece a Ewan McGregor, ¡sino que además es rico a más no poder! ¿No lo sabías?

—¡Qué obsesionado con el dinero! —lo regaño—. No son este tipo de cosas las que le interesan a una niña de ocho años.

—Sí, pero ¡con veinticinco años es de importancia capital, mi amor! —declara sin medias tintas—. Llegada a este punto, tienes que enviarle un mensaje que se salte todas las convenciones y vaya directo al meollo de la cuestión.

—¿Por ejemplo?

—Háblale de mí, ¡quizá con el tiempo haya cambiado de gustos!

—¡Ni lo sueñes!

—¡Eres la misma egoísta e inconsciente de siempre!

Federica se vuelve más impaciente a cada instante; se levanta y me dice:

—Bueno, escríbele que te lo quieres tirar y así acabamos de una vez.

—¡Fede! —la regaña Clotilde—. ¿Qué te pasa?

—Tengo una cita con Andrea y no tengo ganas de llegar tarde por culpa de uno que tendría que haberse follado hace quince años.

Mi hermana alucina en colores.

—¡Eres tremebunda! Y además a Andrea lo viste ayer, la tía no quiere que llegues tarde todas las noches...

—Cierto, por esa razón le he dicho a mi madre que me quedo a dormir aquí.

Entonces me veo obligada a intervenir:

—Mira, prima querida, no puedes hacer lo que te dé la gana. ¿De verdad crees que te voy a dejar quedarte a dormir con uno que no conozco y que podría ser tu padre?

—Ya, ¿y con cuántos años me tuvo? ¿Con trece?

—Considerando que desde tu punto de vista yo habría tenido que follar con Edoardo a los ocho años, diría que es más que posible.

David se echa a reír.

—Tu prima se ha enamorado —nos dice—. ¡Tiene la misma mirada de Britney cuando conoció a Kevin!

Federica vuelve a fruncir la nariz.

—¿Quién?

—¿Cómo que quién? —se agita David, en su mejor interpretación de maricón histérico—. ¡Kevin Federline! ¡El cabrón de los cabrones! Como la mayor parte de los hombres, a fin de cuentas.

—¿Y yo tengo pinta de estar enamorada de un cabrón? Te equivocas y mucho: nuestra relación se basa única y exclusivamente en el sexo.

—Déjalo ya, Fede —trata de intervenir Clotilde.

Y mientras ellos empiezan a discutir sobre la sustancial diferencia entre sexo y amor, yo espero encontrar lo uno y lo otro con un mensaje, pero delante de la página en blanco me bloqueo. Lanzo una mirada hacia el suelo, desde donde *Matita* y *Schopenhauer,* que ya se han vuelto amigos inseparables, me observan poniendo muecas cada uno a su manera.

«Hace tiempo sabías cómo inspirarme, ahora que has encontrado un nuevo amigo ya no sabes qué decirme, ¿verdad?».

Matita suelta un gemido y esconde la cabeza entre las piernas de ese ratón, casi levantándolo en el aire.

«Bien, listilla, escóndete, vendida».

David vuelve a ocuparse de mí.

—¿Entonces, mi amor?

—No sé qué escribir, odio esto de Facebook. Hubiera sido mejor si no me hubiera conectado y nos hubiéramos encontrado en algún lugar en persona.

—¡No digas tonterías! —me regaña, hundiendo la cucharilla en uno de mis yogures de malta sin ni siquiera haberme pedido permiso para abrirlo—. Tendrías que escribirle algo muy intelectual, yo qué sé, quéjate de las convenciones sociales y de cómo éstas nos hacen perder nuestra esencia poco a poco a lo largo del camino de la vida...

—¿Qué?

David resopla, levantando los ojos al cielo.

—¿Por qué sigo hablando contigo? ¡Eres incluso más sosa que Charlotte en *Sexo en Nueva York!*

—En situaciones como ésta, no hace falta más que una palabra —interviene Federica—. Mejor dicho, dos, con dos interrogantes: «¿Follamos? ¿Dónde?». Punto.

—¡Ha hablado Samantha! —vuelve a azuzarla David. Mientras tanto Clotilde, con tal de no seguir escuchándolos, se ha puesto a echar agua a los platos en el fregadero antes de meterlos en el lavavajillas.

Federica resopla y se pone el abrigo.

—¿Qué haces? —me pregunta—. ¿Me das cobertura esta noche o no?

—De ninguna manera —insisto, yendo a pescar en mis defectos esa pizca de autoridad que me queda.

—¿Hablas en serio?

—Habla en serio, sí —confirma David levantando la barbilla, cruzando los brazos y desplazando todo el peso de su cuerpo sobre la pierna izquierda. Luego se echa a reír—. ¡Me encanta interpretar el papel del viejo insoportable!

—Va, por favor, ¡déjenme ir!

Por suerte Clotilde se encarga de intervenir y lo hace con un tono despótico que apenas conocía en ella.

—¡Ya está bien! —exclama—. ¡Te llevo a casa! Además estás atrasada en el estudio, ¡si sigues así al final este año te suspenden de verdad!

—¡Vaya dramón! ¡Entonces me iré a Jamaica sin diploma! —replica Federica mientras se deja arrastrar fuera de mi piso.

Una vez solos, vuelvo a pedirle consejo a David.

—¿Entonces? ¿Qué le escribo?

—¡No, por favor! ¡Ya vale, mi amor! —me contesta con impaciencia, a la vez que se pone la cucharilla en la boca para acabar de chupar los restos de mi yogur de malta, el muy glotón—. ¡Además lo que te sugiero no lo entiendes! —Después se prepara para ir vete a saber dónde.

—¿Te vas ahora?

Levanta a *Schopenhauer* con una mano y por poco no logra que vomite en la alfombra del comedor.

—Mientras hablábamos, ¡se me ha ocurrido cómo volver a intentarlo con Rodrigo! —me dice.

—¿De verdad?

—Deja que me vaya. De todas formas, salga como salga, no me esperes despierta. ¡A las malas, me voy a ver a un *fucking friend!*

—¿Un *faqui...* qué?

—¡Ya está bien, mi amor! ¡Hablar contigo es como relacionarse con Felipe de Edimburgo, el príncipe consorte!

—¿Quién?

Levanta los ojos al cielo, abanicándose con una mano.

—En fin, me voy, ¡tu ignorancia podría llegar a ser contagiosa!

—¿Y *Schopenhauer*? ¿Te lo llevas contigo?

—¡Claro! Necesito su ayuda —me contesta, como si fuera lo más obvio del mundo, como por ejemplo el hecho de que la Tierra da vueltas alrededor del Sol o algo por el estilo. En un instante él y su horrible pincher desaparecen detrás de la puerta.

Vuelvo, sola e inconsolable, a mirar la pantalla del ordenador. No se me ocurre nada que pueda escribir: me parece todo tan fuera de lugar... Será mejor que vea una comedia romántica y me deje inspirar por las palabras de algún guionista genial. Voy a ver cuáles son las propuestas de la televisión.

Hay pocas películas irrenunciables como *Notting Hill*. El momento en el que Hugh Grant participa en la última conferencia de prensa haciéndose pasar por un periodista y Julia Roberts le pide que repita la pregunta sobre sus intenciones de quedarse para luego contestar: «Indefinidamente» logra siempre causarme un par de escalofríos de emoción. Por no hablar de cuando al final los volvemos a encontrar juntos en un viejo banco de madera, y ella está embarazada, con la mirada perdida y la cabeza apoyada en sus piernas: siempre el mismo efecto, aunque ya la haya visto al menos unas diez veces.

Y esta noche para variar no me defrauda. Lo que pasa es que al final de la peli vuelvo a pensar en Matteo y en todos nuestros bonitos recuerdos compartidos. Sea cual sea el lugar al que dirijo la mirada, él está allí. A lo mejor será también porque he visto esta peli más veces con él que sola. Por suerte, la gorda de *Matita* se encarga de distraerme: aunque *Schopenhauer* se haya ido, a ella ya le gusta dormir en mi cama y de hecho me espera, como la compañera de toda una vida, debajo de las sábanas.

Terrible.

Sin embargo no tengo ganas de echarla: supongo que esta noche haré otra excepción.

Me meto en la cama a su lado con el ordenador encendido en las rodillas. Vete a saber si no se me ocurre algo para escribirle.

Enseguida vuelvo a sumergirme en Facebook, a mirar la foto de Edoardo, y mientras rebusco en su perfil para descubrir si tiene novia. A lo mejor he pasado por alto este detalle. Se me ocurre ir a buscarlo entre los usuarios que están en línea en este momento.

¡Dios mío, aquí está! Él también en Facebook a las once y cuarto de la noche.

Tengo que hacer acopio de coraje y escribirle en el chat.

«Anímate, Solidea, puedes hacerlo, estoy segura. Y además quiero verte espabilada, no te portes como una tonta».

«¿Eres tú de verdad? ¿Mi gran amor de la infancia?».

Dios, tengo que haberme vuelto loca para hablarle de esta forma. Los dedos actúan por cuenta propia. Segura y espabilada, vale, pero esto me parece exagerado.

Me entran ganas de desconectarme, peor, de esconderme bajo tierra. Siempre puedo decir que no era yo, que un amigo me ha gastado una broma. David, el loco de turno, me ha arrancado el teclado de las manos. Eso es, ha sido David, es culpa suya.

Desde el otro lado no llega ninguna respuesta. Pensará que estoy loca de remate.

Por suerte, un segundo después su ventana se abre e invade la pantalla.

«Y tú tienes que ser la niña del colegio —me contesta—. Has conservado los mismos ojos de entonces».

El corazón me sube a la garganta, late tan fuerte que despierta a *Matita*.

—Es él, *Matita*, el mítico Edoardo Magni. Y en este momento está dentro del ordenador y está chateando conmigo. ¿Te das cuenta?

Ella me mira, volviendo el hocico a un lado. Emite el indolente gemido de costumbre, para después darse la vuelta hacia el otro lado.

«Desagradecida, sigue durmiendo. Si todavía tengo ganas, te lo explicaré todo mañana cuando nos despertemos». O quizá cambie de idea, y me guarde toda esta historia para mí sola.

Edoardo

uando llego a casa desde la oficina, en la red me
espera una sorpresa: por fin Solidea ha aceptado
mi solicitud de amistad y, como por arte de magia, está
entre mis contactos.

Sin embargo no me ha escrito nada, ni un saludo.
Debe de haberse amoldado a mi falta de cortesía. Habría
sido mejor si le hubiera escrito algo. Hasta el banal y previsible «¿te acuerdas de mí?» habría sido mejor que nada.

¿Qué me pasa? Nunca he sido paranoico. Será culpa de la red, estas redes sociales acabarán por volvernos locos a todos.

De todas formas nada me impide satisfacer mi curiosidad y echar un vistazo a su perfil, total ya estoy aturdido...

Ha publicado un álbum de fotos.

Se trata de una cena familiar: hay personas mayores, jóvenes, los rasgos de todos son semejantes. La atmósfera parece acogedora. Entre los familiares reconozco a
las dos hermanas propietarias de la histórica librería-papelería cercana a la escuela. Al fin y al cabo no han enve-
jecido demasiado en estos últimos años. La más delgada,

la del pelo rizado, tiene que ser la madre de Solidea. La recuerdo detallista en la tienda y de andares casi militares cuando venía a recoger a su hija a la salida de la escuela. Más de una vez se la llevó a casa arrastrándola de un brazo; Solidea se dejaba hacer sin quitarme los ojos de encima. Un día hasta llegó a gritarla.

—¡Solidea! —la riñó—. Deja de mirarlo de esa manera. Es de maleducados, ¡no se hace! —Mientras, le daba tirones para alejarla y ella no apartaba la mirada de mí, embobada.

Y ahora vuelvo a encontrarlos a todos en Facebook, casi quince años más tarde. El pequeño gran mundo de la librería-papelería justo en medio de una cena de familia. Está también la abuela de Solidea, la señora con el pelo blanco y el collar de perlas que cuando yo era pequeño me vendía las gomas de borrar y los cromos Panini. Solidea la abraza a menudo en las fotos, y abraza también al perro, el perro simpático que sale en la foto de su perfil. Su forma de abrazar tiene que ser bastante arrolladora, porque no para de desordenar peinados, incluido el pelo del perro. Además tiene una sonrisa particularmente dulce y una familia que sabe a familia, a comidas consumidas en medio de charlas y risas, al placer de pasar un tiempo juntos. Me recuerda lo agradable que era cada septiembre, antes de que comenzara la escuela, hacer acopio de libros y cuadernos en esa tienda que sabía a nuevo, a mochila todavía por estrenar y a libros aún por abrir.

De la contemplación del álbum de Solidea me distrae Andrea, que irrumpe en mi casa envuelto en perfume y con una botella de Châblis.

—¿Teníamos una cita romántica para cenar? —bromeo mientras lo dejo pasar.

—No me ha dado tiempo de avisarte: yo sí tengo una cita romántica, aquí en tu casa.

—Si necesitabas mi piso me lo podías haber pedido con algo de antelación. ¿Y ahora qué hago? ¿Voy a pedirle ayuda a Cáritas?

—No, te quedas con nosotros. En un momento llegará la cena, he pedido unas especialidades chinas en el restaurante de abajo.

—Espera un momento. ¿Quiénes somos nosotros?

—Viene Federica, la chiquilla —me contesta mientras coloca la botella en la nevera.

—¿Lo dices en broma? ¿Y por qué la has invitado a cenar aquí?

—Ayer se quejó de que no tenemos vida social —aclara, mientras saca todo lo necesario para poner la mesa como es debido—. Entonces se me ocurrió que podía llevarla a cenar a casa de mi mejor amigo.

—¡Qué idea tan mona! —digo riéndome de él—. Pero ¿no era sólo una cuestión de sexo? ¿De sexo puro y duro?

—Claro, pero una cena se la concedes a todas. Después te dejamos en paz y me la llevo a casa para seguir esa conversación sobre el sexo puro y duro, que, por cierto, para que conste, se vuelve cada vez más puro y duro, te lo puedo asegurar.

A juzgar por el tiempo que tarda eligiendo las copas, diría que esta vez está colado por ella.

—¿Están bien éstas?

—No sé, son de Baccarat, decide tú. —Y me dejo caer en el sofá pensando que al fin y al cabo un poco de comida china no me viene mal.

Jamás he visto a Andrea tan nervioso: está encendiendo todas las velas. En unos instantes este loft parecerá un velatorio. Por suerte en la tele hay un concurso que me relaja.

—¿Has llamado a Gianni por el asunto de los vinos para su local?

—Me he olvidado —admito estirando los labios en una mueca culpable.

El número lo marca directamente él.

—Vamos, habla con él. Es un amigo —me dice mientras me alcanza el auricular.

Charlo un rato por teléfono con Gianni. Nos ponemos de acuerdo sobre los vinos y concluyo la llamada prometiendo que iré a verle muy pronto. Cuando cuelgo, todavía no hay señal ni de comida china ni de la chica que tenía que llegar de un momento a otro.

Tocan el timbre y Andrea se pone de pie de un salto, como un niño durante un examen. Corre a contestar.

—¿Quién era?

—La comida china —contesta un tanto decepcionado.

—¿Y la jovencita?

—¿Y yo qué sé? Lleva media hora de retraso.

—Llegará —lo tranquilizo mientras vuelvo a hacer zapping con el mando a distancia.

Sin embargo, un SMS en su móvil me desmiente enseguida.

—Dice que tiene que ir a casa de su prima y que vendrá dentro de una hora —me informa Andrea, y es la primera vez, desde que le conozco, que le veo sufrir en serio—. Vaya cabrona —se queja—, al menos me lo podía haber dicho antes.

—Entonces te gusta de verdad. Oh, ¿no será que te estás enamorando de una de dieciocho años? ¡Ahora resulta que tendré que afeitarme la cabeza si ganas la apuesta!

—No digas estupideces. Te he dicho...

—Ya, vale, lo pillo, es única y exclusivamente una cuestión de sexo —me anticipo bromeando al tiempo que arremeto contra los raviolis al vapor que acaba de sacar de la caja—. ¿Qué quieres que te diga? ¡Habrá que esperarla!

El problema es que esperamos demasiado y nos da tiempo no sólo de acabar con toda la comida, hasta el último grano de arroz cantonés, sino de ver una policiaca en la tele. Por desgracia la ansiedad de Andrea no conoce freno, tanto que no me deja ver a gusto la película. Abre y cierra el móvil sin parar y justo cuando el asesino está a punto de salirse con la suya decide llamarla para saber por qué no ha venido todavía. Por culpa de esa llamada no sabré nunca cómo pudieron descubrir al culpable.

Al final Andrea cuelga henchido de dolor.

—Dice que no la dejan salir de casa, ¡no sabe qué coño inventar!

Y tanto que la creo. Yo, si tuviera una hija de dieciocho años, la dejaría encerrada bajo llave y establecería el toque de queda a las ocho.

—Estoy sufriendo —admite Andrea, que apaga el móvil.

—Ya lo veo.

—Ojo, sólo porque tenía ganas de llevármela a casa para continuar esa conversación...

—Sobre sexo puro y duro. Vale, lo importante es que tú te lo creas.

—Te aseguro que no se trata de nada serio.

—Pues es una pena, Andrea, porque ya va siendo hora de que te comprometas.

—Ya, pero éste no es el caso.

—Vale, vale, lo entiendo. Al fin y al cabo, con una de dieciocho años es mejor que la cosa se quede así.

—Hombre, nos llevamos trece años, tampoco es que sea una tragedia.

Está enamorado. Puede negarlo hasta la muerte, pero está enamorado. El «publicista llenalocales» ha caído con una muchachita de dieciocho años. ¿Y quién lo recupera ahora?

—Voy al Rhome —concluye, y se pone la chaqueta—. Hay una fiesta. ¿Vienes?

Esta noche tampoco tengo ganas de seguirle el juego.

—Otro día —le contesto, porque creo que prefiero entrar en Facebook para ver si Solidea se ha dignado contestarme.

—Me estás deprimiendo. ¿No será por culpa de la hija de puta de Claudia?

No adivina mi estado de ánimo ni de casualidad. Aunque, siendo tan amigos, tendría que ser algo automático. Al menos es una buena persona en la que puedo confiar a ciegas. Y, con los tiempos que corren, no es poco.

—Si insisto, ¿crees que puedo convencerte de venir conmigo?

—No te conviene perder el tiempo.

—¡Vaya amigo! —me riñe con ironía.

—Bueno, si para ti es importante, te acompaño.

Por suerte decide sonreír.

—No es tan importante, me guardo el comodín para la próxima vez que lo necesite.

—Conmigo no tienes que guardarte los comodines.

—Si es por eso, tú tampoco.

Antes de que el ascensor se lo trague, se me ocurre pensar que la mirada enamorada de Andrea es menos frecuente que el cometa Halley, y no puedo evitar una sonrisa.

Cuando me quedo solo, aprovecho para volver a entrar en Facebook.

Casi cada vez que me conecto a la red alguien me escribe en el chat. ¿Y para qué? A veces sólo para decirme «hola» sin pretensiones de entablar una conversación, con lo que no hago más que perder el tiempo. Es lo que hace, por ejemplo, Vincigrassi, que después de la cena de ayer se ha dado prisa en añadirme a sus contactos. Estoy a punto de ir a las opciones del chat para aparecer desconectado, cuando me llega otro mensaje.

Esta vez no es estúpido ni una pérdida de tiempo. Era lo que estaba esperando.

«¿Eres tú de verdad? ¿Mi gran amor de la infancia?».

Es ella, la niña del colegio. Me sonríe desde la foto en la que abraza a su simpático perro.

Se me ocurre decirle que ha conservado los mismos ojos de entonces.

Como si lo hubiéramos hecho siempre, empezamos a escribirnos. Las preguntas son muchas, demasiadas, diría yo. Y el tono de sus mensajes es dulce, travieso.

«¿Cómo te sentías al ser marcado tan de cerca?».

«Me han acusado de pedofilia todos mis compañeros de clase, podría denunciarte».

«Mi madre no paraba de regañarme, decía que tú eras demasiado mayor y que yo era demasiado descarada».

La verdad es que era guapísima. Y, de haber tenido ella unos años más, me habría enamorado.

«El mundo es pequeño visto desde la red, ¿no te parece?».

Estoy de acuerdo con ella. Y Facebook es, quedándome corto, desconcertante. Sin embargo ella afirma que lo detesta, a pesar de que lo usa: «Desde tu punto de vista, ¿a cuánta gente de la que se encuentra en Facebook le es concedido encontrarse también en la vida real?».

Es una pregunta que no me había hecho nunca. Me limito a considerar el placer de haber vuelto a encontrarla.

«He soñado con que nos encontraríamos al menos un millar de veces —confiesa, sincera, como había pensado que sería—. Imaginaba que nos encontraríamos en un lugar romántico, que me reconocerías prácticamente enseguida y que el hecho de verme adulta te impresionaría».

«No ha sido tan distinto».

«Nos hemos encontrado en la red, como cada día se encuentran otros millones de personas».

«Pero te puedo asegurar que me has impresionado y que te he reconocido casi enseguida».

«¿Has visto la película *Serendipity*?».

«Sinceramente, no la recuerdo».

«Intenta verla en cuanto puedas. Eso sí que es desafiar al destino. Dos personas se encuentran en un momento equivocado de su vida y deciden escribir su número de teléfono en un billete de cinco dólares esperando volver a dar con él un día. El final está cantado, como en muchas comedias románticas, pero demuestra que nuestras pequeñas exigencias se hallan encima de un tablero en el que el destino se lo pasa bien confundiendo todas las jugadas».

«Quizá en nuestro caso el destino ha querido que nos encontráramos en Facebook».

«No, créeme, el destino está furioso con el tal Facebook —me escribe, y los extraños razonamientos hilados por su cabeza desatan toda mi curiosidad—. La red permite encontrarse a cualquiera —me explica—, mientras que el destino es mucho más selectivo, y decididamente más romántico. Creo que para nosotros tenía pensado algo distinto, menos previsible. El problema es que no hemos tenido la paciencia de esperar».

Habla del destino y de sus intenciones como si se tratara de un tipo con barba al que le gusta mirarnos desde arriba. Y su convicción es más contagiosa que la de un niño. Mientras escribe, puedo imaginarla: tan soñadora que parece que pertenece a otra época, en cierto modo sigue siendo la niña que no se cansaba de mirarme.

Nos hacemos compañía mientras me preparo un café y ella se calienta una taza de leche. Nos describimos nuestros días, nos explicamos algo de nuestras vidas, todo rigurosamente en Facebook.

Su perro es una hembra y se llama *Matita*, y en este momento está durmiendo en su cama; su cocina es azul y la taza en la que está bebiendo, su favorita, ha sido recientemente rota y arreglada por un tal David, un amigo suyo gay que se le presentó en casa el otro día y que parece tener toda la intención de quedarse «indefinidamente», como dice Julia Roberts en *Notting Hill,* la peli que acaba de ver en la tele. Es la segunda peli romántica que cita. De hecho admite tener debilidad por las películas en las que hay al menos tres escenas de amor y una petición de perdón, a ser posible que sea el hombre quien le pida perdón a la mujer. ¿Por qué? «Porque con todo lo que tenemos que sufrir por cuestiones genéticas, eso es lo mínimo que pueden hacer por nosotras».

Ah, se ha olvidado de añadir un detalle al listado de características que la llevan a preferir una peli a otra: «Si hubiera un toque parisino, tal vez incluso que estuviera ambientada en París, sería increíble, aunque me conformo con la música o el estilo de la decoración». A este propósito, me cita *French Kiss,* subrayando el hecho de que casi todas las películas con Meg Ryan la enloquecen.

«Me encanta Truffaut», le digo. Le cuesta esconder su entusiasmo: «Estaba segura de que tendrías gustos sofisticados —comenta—. Mi cultura cinematográfica no es tan limitada como pudieras imaginar. Yo también adoro a Truffaut, y podría volver a ver todas sus películas, desde la primera hasta la última, nunca me canso de ellas».

«Me ocurre lo mismo».

«¿Sabías que a Truffaut le gustaba repetir que una persona se forma entre los siete y los dieciséis años y que el resto de su vida vivirá de todo lo que ha asimilado entre estas dos edades? No es casualidad que en esa época yo estuviera perdidamente enamorada de ti».

Me divierte su forma de sacar este tema acorde con la tenacidad que mostraba de niña. «¿Te das cuenta de que así me echas encima una gran responsabilidad?».

«Eso lo ha dicho Truffaut. En cambio mi abuela sostiene que, entre todos sus nietos, yo soy sin duda la más interesante. Entonces es posible que la estima de mi abuela te la deba un poco a ti».

«¿Qué edad tenías cuando viste la primera película de Truffaut?».

«Creo que doce».

«Entonces se lo debes también a él».

Nos prometemos una velada hecha de palomitas y Truffaut. «Pero será el destino quien decida cuándo —establece—. No quiero dejarte mi número de teléfono, quiero darle al destino la posibilidad de hacer que nos encontremos en algún lugar».

Sonrío. «Pero ¿no tienes ganas de volver a verme?».

«Me muero de ganas. Pero la idea de ir a tomar un café después de una banal llamada telefónica me deprime. Eres el amor de la infancia con el que he soñado, te mereces un encuentro diferente, algo realmente especial».

Es increíble que ella esté hablando de amor y expectativas hacia mí y que todo eso no me moleste. Este tema en boca de cualquier otra mujer me habría parecido fuera de lugar. En cambio ella es simpática, me recuerda a una mariposa de mil colores, se posa sobre mí con ligereza. Y además este juego, esta idea de dejarlo todo en manos del destino, me divierte, y acaba aumentando el deseo de verla.

«Mientras tanto, ¿qué hacemos? ¿Seguimos escribiéndonos en Facebook?».

«Sí, quedemos prisioneros de este limbo —me contesta añadiendo una carita sonriente—. A la espera de que el destino siga su camino».

«Oye, eres increíble. ¿Y estás segura de que el destino nos ha preparado algo?».

«A lo mejor podemos echarle una mano».

«¿Qué quieres decir?».

«No sé, podríamos darnos algunas coordenadas de referencia. Como por ejemplo decir que vamos al cine, pero sin especificar cuál, y ver si vamos al mismo».

Ahora toca otra carita sonriente. Es una idea.

«¿Has ido alguna vez al cine solo?».

«Sinceramente, no».

«Es algo que tienes que probar —me dice—, como ir por la tarde. Si te gusta el cine, te aseguro que el efecto es completamente diferente... Me gustaría ir contigo a ver una reposición de Truffaut, *La noche americana* o *Jules y Jim,* quizá en una filmoteca. En este momento estoy mirando el cartel de *Jules y Jim* que casualmente tengo colgado en la entrada. Qué guapa era Jeanne Moreau. Y qué precioso está París en esta película».

«¿Al final fuiste allí en tu viaje de fin de curso de tres meses antes de la selectividad?».

Esta vez tarda un poquito más en contestarme. «¿Lo recuerdas? —me escribe luego—. Me habías prometido que me llevarías allí contigo».

Me confiesa que pasó mucho tiempo fantaseando sobre ese viaje. Tiene la sensación de que fue a partir de ese día cuando empezó a amar París sin haber estado nunca. Me dice que su casa está llena de fotos de la ciudad, empezando por el beso delante del Hôtel de Ville, el beso que un día le dará al hombre amado, y un peatón hará una foto para guardar ese momento para siempre.

Me pide que le hable de esa ciudad, que le cuente si he estado allí a menudo, aunque sea por motivos de trabajo. Le digo todo lo que se me ocurre, pero le confieso que prefiero mucho más Roma, sin lugar a dudas.

Chateando y bromeando, por la ventana empieza a entrar la luz del día. No nos hemos dado cuenta de que la noche ha volado y todavía no tenemos nada de sueño. Pero reímos. Reímos porque hay una primera vez para todo. También para pasar una noche entera delante del ordenador en compañía de una persona que no ves desde hace casi quince años.

Solidea

He pasado toda la noche chateando con Edoardo Magni. Sí, eso: toda la noche.

Me despierto con ojeras y nuestras charlas, escritas en negro sobre blanco, siguen dando vueltas por mi cabeza. Jamás había chateado con alguien antes, y no sé si es mérito del ordenador y de la distancia que de alguna manera hace que te sientas más protegida, pero he estado desinhibida y espabilada como nunca. Pensándolo ahora con la mente fresca, casi me dan vergüenza muchas de las cosas que le he escrito.

Hemos hablado de todo. En cierta manera ha sido también una liberación poderle confesar por fin todo lo que pensaba de él cuando era niña y que jamás me atreví a decirle. Creo que, en muchos momentos a lo largo de esta noche, he llegado a escribirle sin pensármelo antes, sin reparar en las consecuencias de mis ideas, pero, eso sí, con una confianza intuitiva en su buen juicio.

He descubierto que adora el cine y que ha ido un montón de veces a París. Compartimos el mismo amor por Truffaut, pero no por su ciudad: por delante de la Ville Lumière, él prefiere, y por mucho, nuestra Roma. Es un hombre que viaja mucho, tanto por trabajo como por placer; tiene un montón de conocidos, pero pocos que pueda considerar amigos, y una educación estricta, que lo empuja a portarse de una forma muy meditada.

Está licenciado, qué suerte la suya, y es claramente más culto que yo; por suerte he tenido la lucidez de citarle una frase de Truffaut, yo, que para estas cosas tengo muy mala memoria; al menos le habrá hecho olvidar el ridículo que he hecho al creer que el Hôtel de Ville era un hotel y no el ayuntamiento, como me ha explicado él, que naturalmente habla el francés como el italiano, ya que cursó la primaria en Ginebra.

No hemos hablado de nuestras vidas sentimentales, pero creo que está libre, si no imagino que no habríamos pasado la noche chateando de esa forma. Y, por una vez, durante unas cuantas horas seguidas no he pensado en Matteo. Me parece un muy buen principio.

Me he atrevido a explicarle mi punto de vista sobre nuestro encuentro, y hemos empezado un juego del que se podría decir que de momento parece divertido: azuzaremos al destino, sin intercambiarnos dirección ni número de teléfono, para ver si hubiéramos podido encontrarnos incluso sin Facebook. Él me puede encontrar en la librería-papelería, aunque no sabe que pronto la cerraremos; no me parece que venga a cuento contárselo. De todas formas ha prometido que no pasará a verme, a no ser que se lo pida yo, porque al fin y al cabo si no fuera por Facebook ni habría recordado que la tienda pertenece a mi familia.

Me gustaría que nuestro primer encuentro no fuera una banal consecuencia de nuestra amistad en la red. Después de tantos años dedicados a fantasear, es lo mínimo que me puede conceder. Aun así confieso que, después de esta noche, me muero de ganas por encontrarme lo antes posible delante de él.

Facebook será, a lo mejor durante poco tiempo, nuestro limbo. Después llegará el deseado encuentro, vete a saber dónde y cuándo, como dicen en aquella canción, no recuerdo cuál. Mientras tanto quiero prepararme para ese día.

Para empezar he tirado de la nevera toda la comida grasienta, yogur de malta incluido (cuando he leído en el envase la cantidad de calorías que contiene, casi me da algo). Luego he decidido que me apuntaré lo antes posible a un gimnasio para perder ese par de kilos que he acumulado estando sin moverme detrás del mostrador de la tienda.

Cuando, hacia las diez de la mañana, cruzo el umbral de esa prisión, mi madre y mi tía dejan de servir a los clientes para escrutarme alucinadas: llevo un par de gafas oscuras y los auriculares del iPod empotrados en mis orejas para conseguir la energía necesaria de *Ma che freddo fa* de Nada, canción triste donde las haya, que a mí sin embargo me sienta de maravilla, sobre todo cuando «el chico que me ha decepcionado» y que «ha robado de mi cara esa sonrisa que no volverá jamás» ahora no es lo primero en lo que pienso: ni le he echado un vistazo a Mundo Animal para ver si está allí. Puede que el amor esté volviendo, «para un corazón de chica», porque, además, «¿qué es la vida sin el amor?». Tienes toda la razón, Nada, «es sólo un árbol que ha perdido sus hojas».

—Solidea —me reprende mi madre—, ese iPod que desaparezca ya; sabes que no me gusta que lo lleves aquí.
—Pero yo finjo no haber oído nada y corro abajo, a la mesa de echar las cuentas, para conectarme al ordenador.

Lo encuentro en el chat.

«En este momento sin ti me aburro», le escribo.

Me envía una cara sonriente.

«Creía que jamás acabaría así», escribe él.

«¿Acabar cómo?».

«Pasando tanto tiempo en Facebook».

«Siempre puedes desconectarte».

«Es difícil si sé que estás al otro lado».

Siento que volveré a perder la cabeza por él.

Quiero ver una imagen de Edoardo Magni que no esté sacada de las pocas que aparecen en su perfil, que ya me las sé de memoria. «¿Por qué no cuelgas algunas fotos nuevas?».

«Te las envío en un mensaje mejor, no aguanto la idea de ponerme en un escaparate».

Mi madre y mi tía me recuerdan dónde estoy. A duras penas lo dejo para subir a echar una mano.

Desde que estamos a punto de cerrar, la tienda nos juega malas pasadas. Nos esconde cosas, llegan las cajas al almacén, de repente desaparecen y no hay quien las encuentre. La tensión está en el aire, se corta con un cuchillo. No les hemos dicho nada a los clientes, pero muchos sospechan algo y mantienen una actitud indagadora, lo que nos complica la tarea.

De repente entra la abuela en la tienda (estábamos hablando de actitudes indagadoras); camina con el bastón, sin el andador, y su presencia nos deja, quedándome corta, pasmadas.

No refunfuña tanto como de costumbre, mira a su alrededor con una expresión afligida y perdida y te dan ganas de abrazarla fuerte.

Mi madre se deshace enseguida de un cliente, cuelga el cartel fuera de la puerta y la cierra con dos vueltas de llave. Cuando quedamos sólo nosotras cuatro, la abuela se desploma en una silla y se echa a llorar.

Ahí está esa primera señal del dolor que estaba esperando. Como un alfiler que me penetra silencioso en el pecho.

—¿Se lo han dicho? —pregunto en voz baja.

—Ayer por la noche —contesta mi tía.

Mi madre va al baño y le trae un vaso de agua. Yo me arrodillo a su lado, le cojo las manos y se las beso. Huelen a naranja, tiene que haber cogido alguna en el mercado.

Escucho a la tía susurrar detrás de mí, diciéndole a mi madre:

—Esta mañana no deberíamos haberla dejado sola. ¿Ves cómo está ahora?

La abuela me mira.

—Tu querido abuelo, estrellita mía, vive aquí dentro —me dice, recuperando el aliento y recogiéndose el chal sobre el pecho—. Señor, ¿cómo es posible que no se den cuenta?

Después su mirada empieza a recorrer la estancia, los papeles apilados y los estantes, para cargarse de recuerdos.

—De pequeña trepabas hasta la cima de la escalera y gritabas que no querías volver a bajar, sí, porque me decías que allí te sentías segura —me cuenta sin mirarme—. No sabes la de azotes que te daba, estabas siempre en medio, loca de ti, y me hacías perder la paciencia.

El alfiler sigue clavado en mi pecho, está ganando espacio para llegar todavía más adentro y hundirse en un dolor que se difunde lento por todo el cuerpo. En los ojos de mi abuela está la tienda como era hace muchos años, como la había creado mi bisabuelo, y está su historia de amor con el *abuelo que ya no está* y el infinito reconocimiento tanto por la felicidad dada como por la recibida, pero sobre todo está la amargura de saber que este lugar, con todos sus rollos de papel, no nos sobrevivirá a nosotras y no permanecerá sobre la tierra con ese mismo cartel blanco y azul que había pintado el abuelo, cual testimonio de nuestras pequeñas existencias. Ahora veo todo esto en los ojos de mi abuela, y me llega también el dolor, al principio sólo imaginado, ahora en cambio como una picadura fina y cargada de veneno, y no sé cuánto tiempo se quedará clavado en mi corazón.

Por suerte me reconforta pensar que puede ser que haya vuelto a encontrar un amor y que superaré también este momento hallando la fuerza en algún lugar dentro de mí, quizá en los libros que leeré, en las películas delante de las que ya no me dormiré por el cansancio y en la sensación de libertad que pronto, de eso estoy segura, campará a sus anchas.

Los chicos se asoman al escaparate. Mamá se anima y les abre la puerta.

—¿Qué hace la abuela en la tienda? —pregunta enseguida Clotilde. Los tres están preocupados, porque la han visto secarse las lágrimas con un pañuelo.

—¿Ha pasado algo?

—Nada grave, no se ha muerto nadie —los tranquiliza mi tía, bastante expeditiva.

—Pero tenemos que hablar —continúa mi madre con tono grave—. Luca, por favor, cierra la puerta con llave.

Luca obedece, ahorrándose las muecas de protesta que caracterizan su vida de patán desatado. Después los tres se quitan la mochila de los hombros y nos miran a la espera de aclaraciones.

—Desafortunadamente la escuela pronto cerrará —empieza a hablar mi madre, sin dar rodeos.

Federica suspira aliviada.

—Pero hace ya tiempo que lo sabíamos —replica.

Mi madre y mi tía intercambian una mirada perpleja.

—Lo que entonces no han intuido —toma la palabra mi tía— es que sin la escuela la tienda no podrá sobrevivir.

En sus ojos la misma confusión que asomó en los míos hace unos días, cuando me lo dijeron, pero con toda seguridad además una punzada de dolor, y puede que también la sensación de que el suelo se está agrietando debajo de sus pies por primera vez desde que llegaron al mundo.

Después de explicarnos por encima los planes de cierre, mi madre y mi tía nos piden disculpas porque no estarán en casa a la hora de la comida, ya que tienen que arreglar muchos temas de papeleo y no pueden perder tiempo. Pronto colgarán en el escaparate el aviso de liquidación. En ese momento los clientes sabrán cuál es la situación y, si quieren, podrán aprovecharse de los descuentos.

A los chicos los llevo yo a casa, como el otro día. Esta vez subo al coche también a la abuela.

A lo largo del trayecto se apodera de nosotros un aire tan trágico que ni la dulzura de la voz de Gabriella Ferri cantando *Remedios* puede disolver.

Federica observa fijamente la carretera a través de la ventanilla con una cara cargada de sufrimiento y melancolía que no va con ella. Me asombra detectar tanta sensibilidad en un alma rebelde e inconsciente como la suya. Luego se da la vuelta y me susurra:

—¿Esta noche me cubres las espaldas? Digo que voy a dormir a tu casa. —Y entonces entiendo que no se trata de sensibilidad, el suyo es un amor que acaba de nacer y sólo tiene tiempo para sí mismo. Tiene suerte de que la abuela acabe de dormirse, porque, aunque esté sorda, ciertas cosas no se le han escapado nunca. De todas formas le digo que sí, resignada, pero la obligo a prometerme que mañana pasará todo el día estudiando; no quiero que acabe como yo. Menos aún ahora, que, sin la tienda, será difícil para todos encontrar un lugar en el mundo.

Cuando llegamos a casa, la asistente social ha preparado la comida, pero la abuela está demasiado cansada para comer; quiere que la ayude a echarse en la cama. A decir verdad ninguno de nosotros tiene mucha hambre: Federica se pone a charlar por teléfono, Clotilde abre un libro porque dice que tiene que estudiar y Luca enciende la Playstation para jugar a un videojuego en el que sumas puntos disparando a la muchedumbre inocente.

La abuela está tan falta de fuerzas que se deja guiar por mis brazos sin el acostumbrado pudor. La tiendo en la cama, le pongo bien la almohada debajo de la cabeza y le quito los zapatos. Me pide el rosario, quiere tenerlo entre sus dedos.

—Estrellita mía —me dice—, hazme un favor, tráeme también ese joyero, anda. Quiero tenerlo aquí en la mesita de noche, así al despertar no tengo que levantarme para cogerlo.

Ahí dentro se encuentran las cartas del *abuelo que ya no está*. Ahora que ella ha cerrado los ojos, podría aprovechar para echarles un vistazo, pero la expresión al mismo tiempo angelical y de sufrimiento de la abuela me daría remordimientos de conciencia. Con una mano parcialmente abierta posada en el colchón, parece que se la está dando a alguien, quizá al *abuelo que ya no está* y que en este momento duerme a su lado.

Hoy sí que no puedo volver a la tienda, deseo volar a Facebook para chatear con él. Esta relación es peor que una droga.

Una vez en casa, se me ocurre grabar un vídeo con la webcam y adjuntárselo en un mensaje, para que vea lo que hasta el momento sólo le he descrito.

—Como ves, aquí estoy, ésta es mi casa —empiezo después de unos malogrados intentos—. Sí, es cierto, como puedes ver me enloquece París, sin haberlo visto jamás. No te extrañe lo de la bañera en el comedor, es que en el baño no cabía y a mí me enloquece lo retro...

Después de unos minutos, me contesta con otro videomensaje. Está en la oficina, pero me promete que esta noche enviará otro cuando llegue a su casa para que yo conozca dónde vive.

En vídeo es incluso más guapo que en foto. Y su voz no ha cambiado mucho, ha ganado un matiz ronco que no le queda nada mal y que le otorga un aspecto de persona que ha vivido mucho. Me pregunto dónde puede estar el engaño. Porque siempre hay algo oculto.

—En este despacho hace tiempo trabajaba mi padre. Ahora él trabaja..., bueno, digamos que trabaja en la que era la oficina de mi abuelo —me cuenta, dejándome intuir por el tono de la voz que hay algo en su relación que no funciona—. Ésta, antes de encontrarte —continúa con tono de broma—, era una empresa que pasaba de generación en generación, y ahora peligra por culpa de Facebook y de una niña caprichosa y soñadora que ha decidido obligarme a pasar la mayor parte de mi tiempo aquí dentro...

«¿Crees que esto es una pérdida de tiempo?», le escribo en el chat.

«La verdad es que ahora es como si no pudiera vivir sin ello».

Y a mí me parece un sueño: Edoardo Magni volcando toda su atención en mí. Chicos, estamos hablando de Edoardo Magni: en la escuela no eran sólo mis ojos los que estaban clavados en él, porque también lo estaban los de la mayoría de las chicas. Digamos que los míos eran los que más llamaban la atención, ya que no era más que una enana con trenzas que con ocho años creía que se lo sabía todo sobre el amor y los problemas de la vida.

En cierto momento David entra en casa con *Schopenhauer* bajo el brazo y una cara de borracho infeliz. Tengo que despedirme deprisa de Edoardo y quedo con él después de cenar.

David está mucho menos eléctrico que de costumbre. A *Schopenhauer,* en cambio, le parece un milagro volver a pisar el suelo de casa después de no sé cuántas horas paseando. Hasta llega a cubrir de besos a mi *Matita.*

—¿Qué ha pasado?

Por lo visto esta vez David ha decidido enviar a *Schopenhauer* de emisario a casa de Rodrigo. De modo que le ha puesto un *pen drive* en el collar, lo ha dejado delante de la puerta de su casa, después ha llamado al timbre y se ha alejado de la puerta. ¿Adivinan lo que ha puesto en el collar de *Schopenhauer?* La canción de *Moulin Rouge,* faltaría más. ¿Entonces es reincidente?

—Ya te lo he dicho —insiste David—, si me quiere, ¡tiene que aceptarme con todas mis obsesiones!

—¿Y te parece la mejor manera de pedir perdón? ¿Recordarle que te enloquece un actor de Hollywood y que si te quiere tiene que aceptarlo a la fuerza?

—¡No hay nada por lo que pedir perdón! ¡Sólo estoy tratando de que vuelva a acogerme en casa!

Y cree que insistir en las razones que han empujado a Rodrigo a echarlo de casa es la mejor táctica. Vale, y como si no fuera suficiente, encima esta vez le ha pedido ayuda a esa rata espantosa. Si de verdad estaba buscando un golpe de efecto, podría haber preparado unos carteles y haber escrito encima una confesión romántica, como en esa película de Hugh Grant, ¿cómo se llamaba? Sí, *Love Actually.*

—¡Otra vez con pelis de ésas! —resopla en mi cara—. Pero... ¿no te aburren?

Decido no volver a sacar el tema, me conformo con observar la cara toda ojos de *Schopenhauer* mientras pienso que el pastel salado fue mejor idea.

David abre la nevera y grita:

—¡Horror! —Luego se da la vuelta, me mira con los ojos fuera de las órbitas y me pregunta—: Pero ¿adónde ha ido a parar todo lo que, en este planeta, utilizan los seres humanos para nutrirse y que normalmente se llama comida? ¿Sabes de qué estoy hablando?

—He decidido hacer régimen para prepararme para el fatal día del encuentro.

David frunce los labios.

—¿Me he perdido algo?

—Aparte de una noche entera chateando y toda una larga serie de declaraciones que ahora no te voy a explicar, diría que no te has perdido nada.

En un instante se pone a gritar y a pegar saltos por todo el comedor.

—¿Estás loca? ¡Quiero todos los detalles!

Para ahorrarle la espera, le cuento lo más importante y le enseño el vídeo de la oficina.

Babea.

—Me entran ganas de invitarte a cenar —me dice irónico, estirando los labios en una mueca de envidia verde—. La última cena. Después te besaré y observaré cómo te arrastras por una colina llevando una cruz en los hombros.

—Muy amable. ¿Hoy te ha dado por las citas cultas?

—Hoy me ha dado por encontrar a alguien exactamente igual que él. Palabra de Guillermo Agitaperas.

Para aumentar la dosis, le restriego que esta noche quiero proponerle un encuentro en el cine. Le explico el juego del destino y escribo un mensaje a Edoardo. Naturalmente la película elegida es la comedia romántica más esperada de la temporada.

David me escruta con los ojos casi cerrados.

—Pero... ¿y esa idiotez? —me dice—. En fin, ¿qué significa esa historia absurda del destino y del encuentro perfecto, mi amor? Así que van a ver la misma película, pero no se dicen en qué cine, y esperan encontrarse. ¿Qué has fumado? ¿Orégano? No quiero ser la Federica de turno, pero explícame cuándo tienes intención de chupársela y así acabamos con todo esto de una vez por todas.

Esta vez soy yo la que le da volumen a su pelo con el secador y apenas me oye. Y soy yo la que le dice:

—¡No me esperes despierto, querido! No voy a ver a un *faqui...* no sé qué, como tú; en mi caso presiento que quizá encuentre al hombre de mi vida.

David, en el papel del perfecto comemocos, me observa salir de la habitación con una sonrisa forzada. Tiene a *Schopenhauer* en brazos y está jugueteando con un dedo alrededor de su oreja.

—¡Eres una puta!

—¡Y tú una puta loca!

—No sabes una palabra de inglés, y él es un importante hombre de negocios. No te lo mereces, mi amor.

—Lo he perseguido durante casi veinte años, creo que me lo merezco, y tanto que sí. —Le sonrío, luego le digo «adiós» con la mano y cierro la puerta detrás de mí.

Edoardo

Hace más de una semana que Solidea y yo chateamos cada día. Hasta hemos intentado encontrarnos en el cine, como había propuesto ella, pero el destino no nos ha favorecido. Por primera vez en mi vida me he encontrado solo en una sala de proyección viendo una comedia romántica. Esta mujer está batiendo conmigo un montón de récords.

La he visto en vídeo, más de una vez. Hasta nos hemos invitado a nuestros respectivos pisos, siempre a través del ordenador. Primero en Facebook y ahora a través de Skype. Por lo visto este limbo está organizado en cercos: ¿podrán nuestros héroes alcanzar el paraíso?

En estos días, Claudia me ha llamado a menudo desde Saint Tropez. Ya le he dicho que tengo que hablar con ella. Por teléfono es dulce, dócil, creo que tiene una idea aproximada de lo que estoy a punto de decirle. Volverá la próxima semana, pero repite que, de haber sido por ella, nunca se habría ido, dice que no había peor momento para estar lejos el uno del otro. Y estoy de acuerdo con ella.

De tanto perseguirme por Internet, Solidea ha batido un nuevo récord: es la primera persona en la que pienso cada mañana al abrir los ojos. Su vitalidad me contagia. Me gusta su mirada sobre el mundo, esos desvaríos de su cabecita que te arrastran lejos; pero, sobre todo, me gusta la sinceridad de su mirada. Tengo que admitir que la niña del colegio se ha convertido en una chica fantástica.

Estoy a punto de salir de viaje. Tengo que ir a la Toscana a visitar las obras del Château Relais, el hotel de lujo que estamos construyendo. Escribo a Solidea para decirle que me hubiera gustado llevármela conmigo. Y por primera vez duda, me confiesa que no sabe durante cuánto tiempo podrá seguir resistiendo la tentación de concederme una cita en condiciones.

Mientras tanto quiere que le describa las maravillas de la Toscana y la historia de nuestro proyecto.

«¿Nunca has estado en Florencia?».

«Sólo una vez», me dice, con el chico del que estuvo enamorada durante nueve años. Me habla de él: tiene un nombre y un apellido, pero ella lo llama sencillamente «el sinvergüenza», porque la dejó por otra sin demasiadas excusas, sólo un «lo siento» mascullado cuando estaba borracho. La otra en cambio recibe el nombre de «la del cardado», y según lo que cuenta está volviendo infelices a todos los perros del barrio, porque no hace otra cosa que comprar cachorros en la tienda del sinvergüenza para tratarlos luego como muñecos de peluche.

Parece que no se ha recuperado del todo de esta historia, y que la presencia de la tienda de animales del sinvergüenza justo delante de su librería-papelería todavía la hace sufrir un montón.

«Sufro por los cachorros —relativiza ella—; por él ya no demasiado».

Es ese «ya no demasiado» lo que me hiere. Aunque ¿puedo tener celos a causa de alguien con quien sólo intercambio mensajes desde hace unos diez días? Si no fuera la niña del colegio, sería imposible.

Le explico el proyecto: se trata de una estupenda villa de la Toscana del siglo XVI que se encuentra en una de las haciendas vinícolas del grupo. Se me ha ocurrido transformarla en un Château Relais de alto *standing* en el que se venderán los vinos de la empresa. El paisaje a su alrededor es precioso, se encuentra en una de las pendientes que desde Valiano di Montepulciano bajan dulcemente hacia Val di Chiana y el lago Trasimeno, y naturalmente está rodeada de viñedos.

«Me habría gustado verla. ¿Cómo de avanzadas están las obras?».

Eso es lo que duele. Por desgracia vamos atrasados y estamos gastando mucho más de lo previsto. Mi madre está demasiado ocupada yendo de compras y mi padre se dedica a desaparecer. ¡Si al menos pudiera contar con la familia, a lo mejor el peso que llevo en los hombros resultaría más ligero!

Es la primera vez que hablo de este asunto con alguien.

«A veces es mejor que la familia no esté al tanto de nuestras preocupaciones —me dice—. Hay expectativas que oprimen más que la indiferencia».

Me cuenta que ella no está viviendo un buen momento, la librería-papelería está a punto de cerrar y el dolor que lee en la mirada de su familia es más inaguantable que cualquier deuda.

Hasta hace poco tiempo consideraba la tienda una prisión, hasta había llegado a odiarla. Tenía la sensación de que los clientes le robaban su tiempo, y para más inri cada vez que levantaba la mirada más allá del escaparate no podía hacer otra cosa que reflexionar sobre la ruptura de un amor. Hoy lo que más le preocupa es haber entendido demasiado tarde que esa tienda era su futuro, y que en todo ese papel apilado que ella creía odiar estaban en realidad escritas todas sus esperanzas.

Mi mariposa parece haber perdido su atractiva ligereza, pero pensamientos tan profundos la hacen especial. Me confiesa que todavía no se da por vencida, está pensando en ir más allá para intentar salvar la tienda y es como si la vida le hubiera ofrecido la posibilidad de redimirse.

También su optimismo es contagioso, y mientras entro en la autopista pienso que, de alguna manera, debo tratar, como ella, de mirar más allá. Al otro lado de la ventanilla se suceden las imágenes de un paisaje rural próspero y variado: ovejas pastando, algún cartel publicitario, edificios comerciales y un par de granjas arropadas por verde hierba. Mañana me espera un día difícil en la obra, trufado de discusiones y cabreos, pero hay un objetivo al final del túnel: la previsión de la idea original. Y no debo olvidarla, es la única manera que tengo de salir de ésta intacto.

Solidea

Hasta la fecha no hemos tenido suerte. El destino todavía no nos ha concedido un encuentro. Mientras tanto habrán pasado diez días, aunque, eso sí, de lo más intensos que pueda recordar.

Después de chats, mensajes y envíos de fotos y vídeos de todo tipo, hemos pasado a Skype, y ahora nos hacemos videollamadas con regularidad. Mientras tanto el deseo de vernos ha crecido. Pronto ese deseo «se graduará y se sacará el carné de conducir».

Justo al mismo tiempo que el amor vuelve a alegrar mis días, la situación de la tienda se deteriora a una velocidad incontrolable. Esta mañana mi madre me ha cogido en un aparte y me ha pedido que vuelva a vivir en su casa. Ha sido peor que una ducha fría.

—Si alquilamos la tuya, me quedaré más desahogada —me ha explicado mientras de un vasito de plástico sorbía poco a poco un café de máquina—. Quiero que tengamos una nueva fuente de ingresos y alquilando la casa de la plaza Mancini podríamos conseguir una suma importante. Este año las chicas irán a la universidad... De verdad que tendré muchos gastos.

He imaginado mi bañera con pies de 1912 rota y arrancada para que entren los nuevos inquilinos, y ha sido en ese momento cuando me he dado cuenta de la importancia de las consecuencias del cierre de la tienda sobre mi vida. ¿Y la libertad? ¿El tiempo sólo para mí? En realidad más bien se trata de dar marcha atrás, sin ni siquiera tener la perspectiva de volver a estudiar.

—¿Has pensado qué trabajo podrías buscar? —me ha preguntado mi madre, leyendo en mis ojos la desesperación más negra.

He ido corriendo a comer con Bonelli, necesitaba hablar con él. Ahora entiendo por qué no estaba de acuerdo conmigo la última vez que nos vimos.

—El barrio está de luto —me confiesa, después de pedirle al camarero una ensalada de pollo—. La idea de perder la librería-papelería no le gusta a nadie.

—Si tengo que ser sincera, a mí tampoco. —Me llevo las manos a la frente y suspiro—. Profesor, tenía usted razón, la presencia de Matteo al otro lado de la calle ha conseguido que me olvidara de mi vida. ¿Cómo he podido llegar a creer que el cierre de la tienda iba a ser una liberación para todo el mundo?

Bonelli tuerce la boca esbozando una mueca de tristeza; luego saca un sobre del bolsillo. Me mira con expresión solemne.

—Esta carta la ha escrito la señora Marcella, pero es de parte de todos los clientes, yo incluido. Como puedes ver, aquí están todas nuestras firmas.

Frunzo el ceño.

—¿Habla en serio?

—No te la quiero leer, porque quisiera que las primeras en hacerlo fueran tu madre y tu tía, pero está dirigida a la tienda.

—¿Y la ha escrito la señora Marcella?

—Sí, nada menos que la pesada de la señora Marcella, querida Solidea —confirma Bonelli, con un deje de amargura en la sonrisa—. Dice que desde que ha visto los carteles de liquidación en el escaparate no ha parado de verter lágrimas, porque la idea de perderlas la hace sufrir demasiado. Por lo visto, son uno de sus más apreciados remedios contra la soledad.

La vida de la tienda se despliega delante de mis ojos como una vieja película: las felicitaciones de Navidad de parte de los clientes, los huevos de Pascua, nuestras distendidas charlas; mi madre y mi tía azuzándose la una a la otra cada vez que hablaban del encanto del abogado Di Pierro, y cuando cotilleaban sobre la locura del carnicero o sobre la artritis de la anciana que se encarga del guardarropa en la tintorería de enfrente. Dentro de esa tienda hay un mundo entero a punto de desaparecer en una liquidación absolutamente prematura.

—Su consejo de que nos convirtiéramos en una librería no estaba nada mal —admito, tratando de encontrar su apoyo—. Mi madre y mi tía están preocupadas por el futuro, han actuado por prudencia, ya que aún no tenemos acuciantes problemas económicos. He pensado en lo que me dijo, y es verdad que en el barrio no hay una auténtica librería. La nuestra tiene pocos libros y son casi todos de texto, y bien pensado falta también un lugar de encuentro y lectura...

Una sonrisa entusiasta ilumina el rostro de Bonelli.

—Querida Solidea, me gusta escucharte hablar de esta forma —me dice.

—Usted, profesor, conoce a muchas personalidades del mundo literario —continúo—, podríamos organizar lecturas y transformar el espacio central de la tienda, donde están ahora todos esos artículos de papelería de poca calidad, en una especie de sala de estar. En casa tengo un viejo sofá, ese que se da cierto aire al de la serie televisiva *Friends*... Con un poco de esfuerzo nuestra «librería» podría convertirse en un lugar donde celebrar encuentros culturales. ¿Qué le parece?

Da la impresión de que el profesor Bonelli ha recuperado algo de su habitual confianza y estima hacia mí: me da la mano, como para infundirme valor, y me dice que está verdaderamente orgulloso de mí y que esto es lo que esperaba escuchar de la Solidea que él conoce. Está listo para apoyarme, también para ayudarme a convencer a mi madre y a mi tía si es necesario. Luego me pone la carta en la mano y me dice:

—Mientras tanto deja que la lean. Entenderán que no están solas en esta apuesta, el barrio está con ustedes.

Tal y como el profesor y yo esperábamos, mi madre y mi tía, al leer las palabras de la señora Marcella, no hacen otra cosa que conmoverse, tanto que cuando les presento la propuesta de transformarnos en librería incluso dejan una puerta abierta. Naturalmente tendré que ayudarlas a digerirla y, además, tendrán que pasar unos días, pero estoy segura de que si nos empleamos a fondo, podemos salir adelante.

Corro a la mesa de echar las cuentas, necesito hablar con Edoardo.

Está a punto de salir hacia Toscana. Es un viaje de trabajo, creo que he entendido que está construyendo un hotel de algún tipo.

Estuve por esa zona una vez, junto con el sinvergüenza. Cuando Edoardo me pregunta por él, le cuento toda la historia, incluyendo las fotos del viaje a Perú que tenía publicadas en Facebook. Con Edoardo me convierto en un río desbordado, no hay secretos. Y también es justo que sepa las dificultades que está pasando la tienda y mis proyectos para el futuro. Si es cierto que le gusto, entonces tiene que hacerse con el paquete completo.

De vuelta a casa encuentro a David bailando *Womanizer* delante de MTV. Sostiene a *Schopenhauer* en una mano y lo menea como si de un micrófono se tratara. Sólo espero que no vuelva a vomitar.

En cuanto me ve, se lanza hacia el ordenador con la intención de hacerse con el control, mientras se queja de que desde que Edoardo y yo hemos empezado esta especie de cibernética y aburridísima relación su vida social en la red sufre las consecuencias.

—Como si no fuera suficiente la atmósfera dulzona de este piso, que escupe por doquier besos y encajes franceses, ¡ahora me toca aguantar tus patéticas sonrisas delante de una webcam!

Me siento generosa y enamorada, por lo tanto le concedo desperdiciar algún que otro minuto, tiempo que aprovecha para fundar un club de fans de la cerdita Peggy de los Teleñecos. ¿La razón?

—Recuerda —me dice—, hay una cerdita Peggy dentro de cada uno de nosotros.

Y también esta vez levanto las manos y me abstengo de cualquier juicio. Acto seguido le cuento las novedades sobre la tienda.

—¿Me equivoco o te morías de ganas de liberarte de esa tumba? —me pregunta, distraído por su querida cerdita Peggy.

Cuando le explico que la alternativa es dejar el piso para volver a vivir con mi madre y mi abuela, empieza a preocuparse en serio y me pregunta si hay algo que pueda hacer para ayudarme. «Veo que por fin he conseguido tu atención, pedazo de egoísta...».

Aprovecho el momento para quitarle el ordenador y ponerme a los mandos del teclado.

Lo primero que veo al entrar en Facebook es que Sara Carelli se ha atrevido a etiquetarme en una inverosímil foto de primaria. Si bien es cierto que no quiero tener secretos con Edoardo, también lo es que todo tiene un límite.

De todas formas, por lo visto él también parece tener algún secreto.

Edoardo acaba de ganarse una etiqueta en una foto de familia, probablemente una comida o algo por el estilo para celebrar lo que sea. Reconozco a su madre, la altiva señora Magni, que sigue siendo prácticamente la misma de hace quince años, y a su lado está Edoardo, que en una foto se besa en los labios con una chica guapísima. Y la chica en cuestión es también la propietaria del álbum, cuyo título es «Mi novio». No faltan algunos comentarios: amigos que preguntan para cuándo es la boda, otros que se felicitan por la entrada oficial de

Claudia en la familia, hecho por lo visto acontecido hace poquísimos días.

Creo que me he quedado blanca. David se atreve con un comentario idiota:

—¿Ves, mi amor, lo que pasa cuando te haces la romántica y aplazas tanto la primera cita? —Luego se da cuenta de que no es momento para bromas. En un instante he perdido todas mis fuerzas. Me ayuda a tenderme en el sofá y levantar las piernas, después va por un vaso de agua y azúcar.

«Tiene novia», no paro de repetirme.

—¿Cómo he podido ser tan estúpida?

—No, mi amor, no. ¡No me gusta que hables así! —me riñe David, después de llamar a Clotilde y Federica para una reunión.

Y yo que creía que estaba a punto de nacer una de las más hermosas historias de amor de todos los tiempos. En cambio tiene novia, y esas fotos no dejan lugar a dudas.

Me acerco al ordenador, necesito chatear con él, quiero una explicación.

Nada, no está en línea. Me había avisado de que en Toscana le costaría conectarse. O a lo mejor sólo se trata de una excusa, porque no sabría qué decirme.

Después de unos minutos, llegan Federica y Clotilde. Entran a toda prisa a Facebook para ver la prueba del delito. Y enseguida se ponen a analizarla, hasta con expresión concentrada, como si estuviéramos en *CSI*.

Analizando los datos, nos convencemos de que ha sido impreciso, un poco cabrón quizá, pero si no lo llamamos a testificar no podremos estar seguros de su culpabilidad.

Acto seguido, la atención de David es atrapada por un *reality*, Federica se pone al teléfono con su Andrea, del que sigue diciendo que follan como conejos pero que no se trata de amor, y mi hermana me acaricia la espalda, mientras que yo, delante del ordenador, espero a que Edoardo vuelva a aparecer en Facebook.

Después de un rato abandono y le dejo el teclado a Clotilde. Mientras ella comprueba el correo, yo me quedo con la barbilla apoyada en su hombro. Mi cara habla claro: todos mis sueños se me han estrellado encima.

Pero de sueños no se vive, tiene razón David. Y me recuerda que, al fin y al cabo, la vida ha sido buena conmigo: he sufrido por culpa de Matteo, eso es cierto, pero también hay gente a la que dan por culo todos los días. Y si la que se quema es una historia de chat en sus inicios, no será el fin del mundo. Ojalá estuviera de acuerdo con él.

De repente algo en la página de Clotilde atrae mi atención.

Se trata de un corazoncito rosa, está allí, entre las noticias de los amigos de mi hermana, y al lado del corazoncito está el nombre de Matteo escrito en letras mayúsculas. Parece que ha pasado de tener «novia» a ser «soltero».

¿Qué broma es ésta?

Los chicos vuelven a abalanzarse sobre el ordenador. ¡Esos buitres!

Es así, el perfil de Matteo no miente. No está entre mis contactos; por esa razón, si no hubiera estado Clotilde jamás habría podido descubrirlo: la del cardado ha sido abandonada. Muerta, liquidada, anulada. Hasta hay un viejo amigo nuestro que en el muro de Matteo ha escrito: «¡Solidea *forever!*».

Dios, no puedo creer que esto esté pasando de verdad.

Ahora que lo pienso, hacía tiempo que no la veía en la tienda. Para ser sincera, hacía tiempo que la tienda de animales ya no estaba en mi mente.

Mi primera preocupación, en contra de lo que esperan todos, no es para Matteo, ni para nuestro futuro juntos, es para esos dos pobres perros abandonados en el arcén de una calle.

—¿Y quién te ha dicho que han sido abandonados?

—Si no lo han sido, les espera un futuro muy triste. Matteo ha sido un inconsciente al vender dos cachorros a una chica como ésa. Sola será incapaz de mantenerlos... La ética del trabajo antes que nada.

—¿Eras tan fastidiosa cuando estaban juntos? —me pregunta Federica levantando los ojos al cielo.

David, en cambio, me dedica una expresión perpleja.

—Diría que por fin lo estás olvidando, mi amor. En lugar de pensar en una manera para volver a conquistarlo, ¡te preocupas por dos perros que apenas conoces!

Es cierto, me preocupo por los perros, seguro, porque he podido constatar que tienen más corazón que muchos humanos, y ahora que miro más detenidamente las fotos de Matteo en su perfil, esa caradura que hace tiempo me enloquecía sin remedio, me doy cuenta de que sobre todo me preocupo por él. No me gusta saber que está triste. Desde que lo hemos dejado, por mucho que haya sufrido, nunca he deseado que se sintiera mal. Si sufre él, sufro yo también. Siempre ha sido así.

La idea de que vuelva a estar disponible no me deja indiferente. Digamos que me molesta más ese beso que

Edoardo ha intercambiado con su presunta novia. A veces el amor es como el juego de un trilero en el que acabas convenciéndote de que la carta está en el lugar equivocado. Es decir, siempre te gana él.

Antes de ir a dormir, le escribo un mensaje a Edoardo. Dos páginas de mensaje, si hay que ser precisos.

Matita se queja porque quiere que apague la luz. ¿Qué les parece? Hacer que vuelva a dormir en la cuna a estas alturas es ciencia-ficción. Gracias a esa rata de *Schopenhauer* ahora tengo a una peludísima pareja que duerme a mi lado y no para de quejarse: le es imposible, no puede dormirse con la luz encendida.

Lo siento por ella, sigo escribiendo. Tengo muchas cosas que decirle a Edoardo, y como siempre no quiero dejarme nada en el tintero. Ese beso me ha dolido; me ha llevado a reflexionar.

Entre un pensamiento y otro, una línea y otra, sale la cara de Matteo: solo y abandonado, debajo del cartel de Mundo Animal, al otro lado de la calle, por fin libre de desandar el camino. En mi fantasía estoy a punto de bajar de la acera para ir a su encuentro, pero en un instante mi mente es catapultada hacia Edoardo y su sonrisa encantadora. Quisiera poder tenerlo en mis brazos, pero ese beso sigue flotando en mi cabeza y un escalofrío de celos se extiende por mi columna vertebral.

Sigo en este columpio hasta que se me cierran los ojos y decido cederle el paso al sueño, en la esperanza de encontrar un poco de paz al menos. Mi vida siempre ha sido así. Llegan todos juntos: los desengaños y los amores.

Edoardo

Los días en la obra son pesados y complicados. Siempre te dejan encima una sensación de no haber acabado algo. Los obreros terminan pronto, a su alrededor todo sigue pendiente, pero su cabeza ya vuela lejos de tus proyectos, sólo desean volver a casa para quitarse de encima el sudor del esfuerzo. Yo también, al final de una difícil estancia en Toscana, subo al coche tratando de alejar de mi cabeza las cuentas que no salen.

Todavía no he podido conectarme a Internet: entre el estrés y las discusiones con los proveedores, me he olvidado de cargar la BlackBerry, y no hablo con Solidea desde ayer por la tarde. Me muero de ganas de volver a casa también para hablar un poco con ella.

A la vuelta, Roma me acoge con el tráfico de todas las tardes. Decido pasar por la oficina para arreglar unos papeles. Cuando estoy a punto de girar hacia el garaje, lo veo: mi padre, que invita a subir en el coche a una mujer de color.

Al principio imagino que se trata de una camarera que a lo mejor ha venido para una entrevista y él le está haciendo el favor de acompañarla, luego me fijo en el elegante traje que lleva puesto, en la sonrisa de mi padre, en la mirada circunspecta que lanza a su alrededor antes de subir con ella, y me doy cuenta de que los dos tienen una relación. Confirmada por otro lado por los brazos de ella, que, una vez resguardados detrás del cristal ahumado del coche, se precipitan alrededor de su cuello.

Es mi padre. En su pelo blanco se mueven lascivas dos largas manos oscuras con las uñas pintadas de rojo. Es mi padre, y está con otra mujer.

No puedo hacer otra cosa que seguir recto y adelantarlos. Me siento sucio sólo por haberlos descubierto, tan clandestinos y deshonestos. Tan alejados del mundo.

La escena sigue grabada aún en mi mente cuando entro en mi edificio y el portero me farfulla algo sobre un juego de llaves. Me habla, pero sigo pensando en el pelo blanco de mi padre horadado por los dedos de esa mujer. Sólo al abrir la puerta de casa me doy cuenta de lo que estaba tratando de decirme.

La figura de Claudia aparece delante de mis ojos.

—¡Sorpresa!

Solidea

Mientras espero recibir respuesta por parte de Edoardo al mensaje que le he escrito, descubro que a mi familia le ha gustado la idea del profesor Bonelli y está lista para volver a ponerse en juego por última vez. Pero esperan de mi parte todo el empeño posible para que la iniciativa de los encuentros semanales de lectura se transforme cuanto antes en una realidad concreta. No puedo ocultar mi agitación, tengo miedo de no estar a la altura de la tarea. Por suerte Bonelli ha decidido apoyarme. Por esta razón preparamos una estrategia.

Para empezar, hemos decidido resucitar una tradición que mi abuelo empezó hace muchos años: cada vez que estaba a punto de aceptar nuevos productos invitaba a toda su familia a comer fuera. Decía que hay que acoger toda novedad con una celebración, es una forma como otra cualquiera para tratar de convertirla en un muy buen negocio.

Esta vez David se suma a la familia, ya que al parecer se ha establecido en mi piso. Le he dado la tarea de elegir dónde comer y sus preferencias han recaído en un restaurante japonés que acaba de abrir. La verdad es que el propietario es un amigo de Rodrigo y él espera encontrarlo allí. Al fin y al cabo yo también lo espero, quizá Rodrigo, cuando lo vea, decida volver a acogerlo en su casa, a él y a esa rata de *Schopenhauer.*

Tan pronto como me pongo detrás del mostrador de la tienda, ordenando ideas y estrategias, levanto espontáneamente la mirada más allá del escaparate para ver si en la tienda de Matteo hay alguien.

Increíblemente hoy está cerrado. Fuera han puesto el cartel de «luto», aunque no se trata de un luto de verdad, normalmente es más bien una excusa. De todas formas, debe de haber tenido una buena razón para no abrir. Por muy irresponsable que sea, nunca cerraría sin una razón sensata. En realidad me imagino que su cerebro está de luto, eso sí: la del cardado tiene que habérsela jugado bien.

El primer día de trabajo con la perspectiva de la nueva iniciativa no empieza de la mejor forma: estoy un poco distraída por el escaparate de Matteo, y otro poco por la tardanza de la respuesta de Edoardo. Sin hablar de todas las subsiguientes paranoias. La tal Claudia, a quien he visto en Facebook, es de una belleza asombrosa: ¿cómo puedo ni siquiera plantearme competir con una criatura como ella? Parece fabricada en un laboratorio. Mira ese cuerpo. Será mejor olvidarme del tema. Por otro lado, los mitos se juntan con otros mitos, no se dan por satisfechos con chicas normales, que encima venden cuadernos y gomas de borrar. Creo que voy a enloquecer. Mientras tanto el profesor Bonelli me llama para proponerme un listado de escritores y poetas a los que podríamos intentar llamar para los encuentros de lectura. Ojalá conociera al menos a uno de ellos. Por lo visto no sólo soy una chica normal y un tanto gordita (aunque los que me quieren se conforman con describirme como una belleza imponente), sino también ignorante. ¿Puedo esperar conquistarle en la primera cita? Quizá sea mejor que me centre en el trabajo y deje de atormentarme.

También Alessandro, el novio de mi hermana, está participando en la iniciativa. Para los encuentros culturales necesitamos amplificador y micrófono y, ni hecho adrede, él tiene una tienda que vende este tipo de cosas. Naturalmente no nos cobra ni un euro. También el carnicero se ha ofrecido a ayudarme y ha llamado a su yerno, que se ocupa de hacer mudanzas, para llevar el sofá de *Friends* a la tienda. El humor general, tanto de mi familia como de todo el barrio, ha cambiado de forma radical. Incluso la abuela ha dejado de remover los recuerdos con ese semblante melancólico que nada tenía que ver con ella. Ha vuelto a ser la persona quejumbrosa de siempre.

De vuelta a casa, a la hora de cenar, David me acoge con una sorpresa.

Matita y *Schopenhauer* están disfrazados de la cerdita Peggy y la rana Gustavo, dos personajes de los Teleñecos, y de su collar cuelga un cartelito que dice: «Estaremos siempre contigo, pequeña Sole. Porque, recuerda: los novios pasan, los amigos permanecen».

Tengo que admitir que algunas ocurrencias de David son geniales. Sin embargo la cerdita Peggy y Gustavo no parecen muy contentos con el número que les ha tocado interpretar: al final, pasar todo el día con un desocupado del calibre de David no debe de ser fácil. Puede que los cachorros de la del cardado se lo pasen mejor.

Aun así la mayor sorpresa me la da Edoardo: lo encuentro conectado en Facebook. Dice que no tiene tiempo para una videollamada, lo esperan en una cena de trabajo, pero considera importante explicarme la situación.

Por lo visto la estancia en la Toscana ha sido dura, ni siquiera ha podido conectarse a Internet. Las fotos de la comida familiar las acaba de ver, si no habría encontrado la manera de contactar antes conmigo. Claudia ya pertenece al pasado, me lo puede jurar por lo que más quiere. Sostiene que no me había hablado de eso sólo porque su historia ya se estaba acabando y no tenía sentido ponerme al tanto de la situación. Quisiera poder creerle, pero no puedo. Ese beso sigue dando vueltas por mi cabeza, no me deja en paz.

«Créeme, Solidea, no hubiera empezado todo esto contigo si estuviera a punto de casarme, como dices. No es mi estilo».

«Todo esto contigo». Eso es lo que ha dicho, negro sobre blanco. Entonces él también percibe que ha nacido algo. Algo especial. Si pudiera mirarlo a los ojos, a lo mejor todo sería más fácil.

«Tengo ganas de encontrarte —me escribe Edoardo—. También puedo esperar a que el destino siga su camino. Como bien dices, por un lado es más emocionante, aunque no te oculto que es arduo resistir la tentación de correr a tu tienda a buscarte».

Tiene que irse a la cena. Nos ponemos de acuerdo para encontrarnos mañana después de la hora de comer en Facebook, pero antes de irse hace una última petición. «Confía en mí, Solidea —me dice—. En mi vida no hay nadie más».

Llegados a este punto tenemos que encontrarnos, incluso de forma banal, no importa. La idea de dejarlo todo en manos del destino empieza a consumirme. Necesito verlo para poder confiar en él y necesito confiar en él para volver a vivir.

¿Nos habríamos encontrado sin Facebook? Es una pregunta que se hacen millones de personas. Vete a saber cuántos hijos nacerán gracias a Facebook, cuántos serán los hijos de la globalización. Incluso una mujer como yo, que hubiera preferido nacer en otra época, tendré que aceptarlo tarde o temprano.

Me voy a dormir pensando en él. Matteo se asoma a mi mente justo un par de veces, pero por suerte puedo alejarlo casi enseguida, ayudada por los gemidos de *Matita,* que llegan muy oportunos: ella también parece querer recordarme que en la vida siempre hay que mirar hacia delante. A veces también hacia atrás, eso es cierto, pero sólo para recuperar algo bonito que hemos dejado en suspenso, como en el caso de Edoardo Magni.

Edoardo

Cuando sorprendo a Claudia en la entrada de mi piso no puedo sonreírle contento, como quizá ella hubiera esperado.

—¿Qué haces aquí? —le pregunto, después de un instante de duda.

Claudia logra disfrazar su contrariedad, es lo suficientemente lista para entender que cualquier escándalo sería el definitivo golpe de gracia.

—He conseguido volver antes —me contesta con pretendida dulzura—. Quería darte una sorpresa.

Parece recién salida de la peluquería, lleva uno de mis vestidos favoritos y se ha bañado en perfume de los pies a la cabeza. Aprecio el esfuerzo pero, no sabría cómo decirlo, llega tarde.

Se acerca mirándome con ojos felinos.

—Te he echado muchísimo de menos —confiesa, y casi puedo escuchar su ronroneo de gata.

No quiero enfrentarme a ella, no hoy, no ahora. Sigo maltrecho por el espectáculo vergonzoso que me ha ofrecido mi padre. Me dejo caer en el sofá, exhausto.

—¿Problemas?

—Claudia, estoy cansado —admito mientras me paso una mano por el pelo—. Hay tantas cosas de las que tenemos que hablar..., pero ahora no me parece el momento adecuado. Podríamos ir a cenar mañana, así aclaramos esta situación de una vez.

Ha entendido perfectamente a qué me refiero, pero trata de ganar tiempo y va por todas. De manera que me quita los zapatos, me masajea los pies, dice que jamás me ha visto tan pálido y me aconseja que descanse.

—Tienes razón —digo, cazándola al vuelo—. Será mejor que te vayas, te llamo mañana por la mañana.

Claudia levanta las cejas y muestra una expresión perpleja.

—Mis padres están fuera de la ciudad —me dice. Y parece tratarse del resultado de un razonamiento—. No tengo llaves para volver a casa. Creía que me quedaría aquí, si no te molesta. Sólo esta noche.

No me deja alternativas, será mejor aclararlo todo lo antes posible.

—Escucha, Claudia...

Pero ella me interrumpe enseguida.

—Edo, cariño, sé que estás cansado. No te preocupes, mañana por la noche hablaremos de todo con tranquilidad. Me quedo a dormir aquí, en el comedor. Sé que hay algo que no va bien, y no quiero ser entrometida; te repito que se trata sólo de esta noche. Si no, no sabría adónde ir...

Siendo considerado, imagino que aclararlo todo ahora sólo nos llevaría a empeorar la sensación de desasosiego, y además al final de una relación importante una última cena de despedida es lo mínimo que puede hacerse.

—Duermo yo en el sofá —la tranquilizo, y voy hacia la cocina para comprobar qué hay en la nevera.

—Te he preparado la cena —me anuncia sonriendo, como la mejor de las amas de casa—. En el horno encontrarás tu asado favorito relleno de alcachofas.

Nos miramos y nos quedamos mudos durante unos segundos. Podía habernos ido de otra manera, es cierto. Si ella hubiera actuado de una forma menos impulsiva, podrían haber pasado muchas cosas que no llegaron a pasar, pero ya es tarde para toda esta actuación. Más de una vez he visto en los ojos de Claudia cosas que jamás hubiera querido ver y ahora también, mientras pone la mesa con esmero y aliña la ensalada, pienso en el hecho de que sus acciones son siempre el resultado de un cálculo muy meditado. Hablaremos esta noche durante la cena, de repente me doy cuenta de que no tiene sentido esperar hasta mañana. Voy a ducharme para luego decirle todo lo que opino.

Cuando llego a la habitación y me quito la corbata, me parece que he estado aguantando el aliento durante no sé cuánto tiempo. El pelo de mi padre y las manos de esa mujer siguen en mis pensamientos. Trato de alejarlo con algo placentero y enseguida aparece la sonrisa de Solidea, tan llena de entusiasmo.

Corro a entrar en Facebook.

Antes de fijarme en los numerosos avisos de la comunidad, me precipito al correo para leer su mensaje.

Claudia se está preparando para la última cena juntos, pero, por lo visto, Solidea cree que estoy a punto de casarme.

«Querido Edoardo —me escribe—: De niña pensaba en ti casi todo el día. Mi madre me reprendía porque me veía errar por casa con cara de ensueño. A veces soñaba con ser tu princesa, otras una bailarina y tú mi director. Por no hablar de cuando, en la bañera, pasaba horas con el champú en el pelo, me veía como una sirena que te salvaba de un naufragio. Sé que es cosa de ingenuos el primer amor. Algo que no se puede llevar al ámbito de la realidad, sino que debe quedarse en el mundo de la imaginación, porque además, cuando nos encontrábamos en la escuela, a menudo me daba por satisfecha con un saludo y luego huía de ti. Y sé que probablemente intercambiar mensajes contigo y volver a fantasear sin haber vuelto a verte es algo igualmente ingenuo. Como, por otro lado, lo es creerte prisionero de este limbo y esperar que el destino nos permita volver a encontrarnos lo antes posible. Sin embargo yo había creído en ello a pies juntillas, como buena ingenua que cree en los cuentos, en los que las cosas acontecen por arte de magia, curiosamente en el lugar y en el momento adecuado. He creído en ti, en todo lo que nos hemos dicho, y de forma estúpida he imaginado que no había otra mujer en tu vida. Pero, por lo visto, me equivocaba. Según las fotos que he visto, estás a punto de casarte. ¿Es eso posible? ¿De verdad existe otra princesa a punto de arrastrarte lejos de mis sueños? Ahora soy adulta, mis hombros son más fuertes, estoy segura de que lo superaré sin demasiados problemas. De todas formas me voy con una pena: entre nosotros podía haber llegado a nacer algo, algo verdaderamente especial, o a lo mejor nos habríamos encontrado y todo habría acabado con una charla alrededor de la mesa de un bar, pero no lo sabremos nunca, porque yo soy de las de antes y no me gusta molestar a la gente ya ocupada. Muy a mi pesar, te dejo en sus brazos. Con un beso virtual. Como todos los que nos hemos dado hasta el momento».

¿Qué es esto de la boda?

Me basta con ver las fotos en las que me ha etiquetado Claudia para entender lo que ha ocurrido.

Lo que ha pasado es que Claudia, probablemente con la intención de marcar un territorio sobre el que siente que ha perdido el control, ha publicado en Facebook las fotos que nos hicimos en mi casa antes de que se fuera. Así puestas, sugieren que es una comida para celebrar que hemos fijado una fecha para casarnos. No quiero imaginar cómo le debe de haber sentado a Solidea encontrárselas servidas en bandeja de esta forma.

Quisiera llamarla a través del Skype, pero en este momento no está conectada. Podría hacerlo más tarde, explicarle todo de viva voz, pero Claudia está al lado y no quiero que se generen mayores malentendidos. Prefiero enviarle un mensaje.

Sin embargo, cuando estoy a punto de escribirle, la veo aparecer de repente. No puedo perder esta ocasión, así que olvido la cena que me espera al otro lado y me pongo a escribir en el chat.

Por muy difícil que sea explicarse por ordenador, pruebo a describirle mi situación con Claudia y trato de convencerla de que entre nosotros ya ha acabado todo. Ella duda, parece que le asusta fiarse de mí. Le digo que he tenido un mal día y no he podido conectarme antes, pero que si hubiera sabido lo de las fotos me habría precipitado a aclararle todo. Y añado: «Me vuelves loco cuando me dices que de niña soñabas con ser mi princesa. Yo también tengo ganas de encontrarte. También puedo esperar a que el destino siga su camino. Como bien dices, por un lado es más emocionante, aunque no te oculto que es arduo resistir la tentación de correr a tu tienda a buscarte».

Duda, me doy cuenta por el tiempo que tarda en contestar. Claudia me llama. Tengo que despedirme: «Me esperan para una cena de trabajo —le digo, un poco molesto por tener que mentirle—. ¿Nos vemos mañana hacia las dos en nuestro limbo? ¿Qué te parece?».

Solidea accede con una carita amarilla sonriente, pero imagino que no será fácil volver a ganarme su confianza. Me queda el tiempo justo para una última y desesperada apelación: «Confía en mí, Solidea. En mi vida no hay nadie más».

—¿Qué haces? —me pregunta Claudia, asomándose a la puerta—. ¿No vienes a cenar?

—¿Por qué has publicado esas fotos en Facebook? —me apresuro a reprocharle.

Claudia saca a relucir una sonrisa formal.

—Sales muy bien en ellas —se justifica—, creía que te gustaría.

—Sabes muy bien lo que opino sobre ciertas cosas. ¿A qué estás jugando, Claudia?

Por fin logro que se quite la máscara.

—Si hay alguien aquí que está jugando, ése eres tú —me acusa rabiosa—. ¿Se puede saber qué problema tienes conmigo?

—Lo sabes muy bien. Ya no funcionamos juntos.

El tiempo apremia, Claudia adopta una expresión indignada y cercana a la histeria, ya la conozco. Puede que abandone este piso incluso antes de que el asado se enfríe.

—¿Y entonces por qué no me dices a la cara que ya no me quieres, que en el fondo jamás me has querido?

—Es lo que estoy tratando de decirte desde antes de que te fueras —le contesto con calma—. Me has decepcionado profundamente y tú lo sabes.

Claudia me fulmina con una mirada de odio y después sale corriendo. La sigo con una triste corazonada.

Una vez en la cocina, coge la bandeja del horno y la tira al suelo. Tengo que despedirme de un asado relleno de alcachofas que tenía una pinta deliciosa.

—¡Eres un cabrón! —grita enfurecida—. ¡Y yo, pobre ilusa de mí, sigo preparándote sorpresas! ¡No te mereces nada!

Tratar de calmarla sería inútil, cuando se pone así lo único que hay que hacer es esperar a que se le pase. Como era de prever, me mira con los ojos llenos de lágrimas y me acusa de ser un digno hijo de mi madre, embotellado y con denominación de origen, aludiendo a mi trabajo.

Pero, con un cambio inesperado, esta vez, en cuanto se da cuenta de que se está pasando, trata de recuperar el control sobre sí misma. En un instante se seca los ojos y se arregla el peinado.

—De todas formas mañana durante la cena hablaremos largo y tendido de esto —me dice mientras se arrodilla para recoger el asado y volver a ponerlo en la bandeja.

—No, mañana no hablaremos de esto —digo mientras intento esconder una sonrisa de incredulidad, porque su actual locura no tiene precedentes—. Resolvemos este tema ahora, y después lo hablas con calma con un buen psicólogo.

¡Pobre de mí!

—¿Te estás mofando de mí? —vuelve a increparme—. No te permito que me trates así, ¿está claro?

Admito que me lo he buscado, la sugerencia del psicólogo me la podía haber ahorrado. Aun así sus reacciones me lo ponen fácil.

—Claudia, yo quiero terminar —le digo sin más demora—. No puedo seguir así. He pensado mucho sobre ello, y no eres la persona adecuada para mí.

Sigue gritando un poco más, luego se para, como si de repente se hubiera dado cuenta de las consecuencias de mis palabras.

—¿De verdad lo estás tirando todo por la borda?

—No soy yo el que ha empezado —le hago notar convencido.

—¿Me estás dejando en serio?

Mira a su alrededor, algo perdida. Sostiene en sus manos la bandeja del asado que acaba de recoger y la observa con aire mortificado.

—No puedo creer que estés haciendo esto.

—Pues yo creo que deberías haberlo visto venir.

Apoya la bandeja, se arregla el pelo, trata de reponerse. Como si quisiera recuperar la poca dignidad que le queda, me suelta que no quiere quedarse en este piso ni un minuto más. Recoge sus cosas y se dirige hacia la puerta.

—¿Adónde vas? —le pregunto, sin esconder cierta preocupación—. ¿No estaban fuera de la ciudad tus padres?

Su mirada escupe veneno.

—Prefiero ir a casa de una amiga —me contesta— antes que quedarme aquí con un cabrón de tu talla. —Dicho esto, cierra la puerta tras de sí para dejar este piso de una vez por todas... O eso espero.

Como siempre, me pongo a recoger los restos de sus locuras. Una alcachofa ha ido a parar debajo del lavavajillas. Vaya día más absurdo. Uno de esos que te dejan hecho trizas. Incluso he perdido el apetito.

Decido acostarme.

Me siento mal por Claudia. No soy tan insensible como puede parecer, pero cuando una historia empieza a ir por estos derroteros lo mejor es cortarla de raíz. El sufrimiento es tan tenaz que puede dejarse arrastrar durante años. Mis padres saben muy bien de qué hablo.

Ahora sé adónde había ido a parar la cabeza de mi padre en los últimos tiempos. Está viviendo una historia de amor. O a lo mejor sólo se lo está pasando bien. De todas formas, me gustaría que encontrara la energía necesaria para romper su matrimonio. Estoy seguro de que sería una liberación para todo el mundo.

Me duermo pensando en que tendría que encontrar la fuerza para enfrentarme a él. De alguna manera tendré que hacerlo.

En el sueño, se agolpan en mi cabeza imágenes sin sentido: hay manos oscuras con las uñas pintadas de rojo que me agarran, me estiran por todas partes. Cada vez hay más, no me puedo zafar. Si me intento escabullir es incluso peor, se vuelven violentas.

Me despierto en medio de la noche con el aliento entrecortado, sudoroso y con un deseo salvaje de romperlo todo. Y la veo allí, justo en medio de mis piernas. Las manos en mis rodillas y su boca peligrosamente cerca de mi sexo.

—¿Estás loca, Claudia? ¿Qué haces aquí? ¿Cómo has entrado?

Esta vez ha decidido emplear su mirada de cervatillo.

—Lamentablemente no he encontrado a nadie que me acogiera en su casa esta noche —me contesta mordiéndose ligeramente los labios.

La cojo con fuerza por los brazos, tengo que sacarla de ahí. Sigo agitado por el sueño y ella parece salida directamente de una portada de revista. La miro con ganas de desahogarme sobre su cuerpo. Ella deja caer la cabeza hacia atrás para mostrarme su rendición, y yo no puedo aguantarme: la beso con prepotencia en el cuello. Claudia acaricia con sus manos mi pelo y responde al beso con igual pasión.

Sin embargo de repente pienso en las consecuencias y me detengo. Si no lo dejamos ahora, jamás saldremos de este juego.

—Tienes que devolverme las llaves —le digo al tiempo que enciendo la luz—. No puedes entrar así, cuando te dé la gana, y presentarte en mi casa en medio de la noche.

En la penumbra era mucho más seductora. Ahora me mira con rabia. Vuelve a ponerse la camiseta y se mete debajo de las sábanas.

—¿Qué haces?

—¿Qué quieres que haga? Duermo —contesta molesta—. Las llaves las he dejado en la entrada. Mañana dejaré de molestar.

Me quedo parado, tratando de poner orden en mis pensamientos. Después me levanto para ir hacia el comedor. Dormiré en el sofá.

Pero los ojos de Claudia me llaman insistentes.

—Quédate y duerme conmigo —me pide, levantando las mantas—. Lo hemos hecho durante año y medio, una noche más no cambia nada.

—Esta noche no —le contesto apoyando una mano en el picaporte de la puerta—. Todo ha cambiado.

Solidea

Hemos ido todos a Somo, el restaurante que ha elegido David para que celebremos la tradicional comida familiar que esperamos que nos traiga buena suerte con la nueva librería. Está también el profesor Bonelli, nuevo miembro oficial de la alegre compañía, ya que es cocreador de las nuevas iniciativas de la tienda. En este momento está ayudando a la abuela a bajar del coche.

El problema es lograr sentarla una vez dentro, ya que la mesa está empotrada en una especie de tarima sobre la que hay que subir... Como era de esperar, entre todas las mesas disponibles David ha reservado la más incómoda. Ver a la abuela escalar con la cadera hecha polvo, tres camareros sujetándola y la falda subiéndosele por encima de las enaguas es un espectáculo triste, como mínimo.

—Sabiendo que iba a venir una persona de noventa años, ¿no se te ha ocurrido escoger una mesa un poco más accesible?

David, que desde que hemos entrado no hace otra cosa que mirar a su alrededor con la esperanza de divisar a su Rodrigo, me contesta:

—Pero, mi amor, ¡ésta es la mejor mesa! ¡Y éste es un restaurante *fussion*, de tendencia! ¿Qué sabes tú de eso?

—¿*Fusi...* qué? —le pregunto, sin perder de vista las acrobacias de la abuela—. Lo que me preocupa es que después tendremos que sacarla de ahí.

De alguna manera, por suerte, al final logramos sentarnos todos en un puzle perfecto que recuerda al Tetris, y a mí me toca justo al lado del tercer intruso: el novio de mi hermana, que, desde que nos ha conseguido un amplificador y micrófono, ha sido acogido felizmente en casa.

Clotilde le da la mano todo el rato, no se separan ni para leer el menú. Al parecer él es capaz de aguantarla incluso ahora, que está en plena histeria antes de la selectividad; por esta razón en nuestra casa se ha ganado el título de «el hombre más paciente del año».

Federica, sentada delante de mí, parece haberse mudado a otro mundo. Tiene una expresión enamorada, mucho más controlada. Nos ahorra sus nefastas ocurrencias sobre sexo y las muecas de asco ante el cariño que se muestran Alessandro y Clotilde. Sigue sin estudiar, pero no podemos pedirle demasiado. Al parecer Andrea la ha invitado a su casa para presentarla ante la familia. En cuanto pueden hacen todo lo posible por verse, pero si le preguntas si están juntos, la respuesta de Federica es siempre la misma: «Follamos como condenados, pero no se trata de una historia de amor».

Hoy es un día especial, así que fingimos no haber oído nada; hasta la abuela finge no haber oído nada y coge en sus manos los palillos y empieza a farfullar sobre las «extrañas costumbres de este desgraciado mundo».

Mientras tanto aumenta la excitación de David a cada instante que pasa; no para de mirar alrededor. Ha pedido sake para todos y se ha salido del Tetris que formamos para precipitarse a saludar al propietario del restaurante. A la vuelta nos lo presenta:

—¡Gianni, mi amor! ¿Has visto cómo al final he venido a verte? Prácticamente ésta es mi nueva familia.

Con el pretexto de que nos aconseje al menos una especialidad que debamos probar, David trata de sonsacarle alguna indiscreción sobre su amado Rodrigo, desafortunadamente sin éxito. El tal Gianni se comporta con impecable profesionalidad y nos aconseja incluso el vino.

Y hablando del vino acontece lo imprevisto.

No sólo nos aconseja un Nobile de Montepulciano de las bodegas Adinolfi, sino que subraya con orgullo que el propietario, Edoardo Magni, es un querido amigo suyo.

David y yo intercambiamos una mirada sorprendida.

—Perdona, Gianni —le digo con cierta ansiedad—, ¿has dicho que eres amigo de Edoardo Magni?

Gianni asiente.

—¿Por qué? ¿Lo conoces?

—¡Íbamos a la misma escuela!

—¿En serio? Era un cliente habitual de mi anterior restaurante, y me ha prometido que también vendrá a verme aquí.

Ahora soy yo la que se excita, tanto que en comparación David parece un novato. Sólo quiero volver a la tienda para conectarme a Internet. Ahora sé que el destino nos habría juntado de todas formas, incluso sin Facebook; ésta es la mejor prueba. A lo mejor hubiera acontecido en este mismo restaurante, ese encuentro imprevisto que he estado imaginando durante años. Lo mejor será citarse directamente aquí, para una cena romántica con velas. Era la idea que estaba esperando.

Clotilde, Federica y David entienden a la perfección las razones de mi repentina ansiedad y, a diferencia de los demás, no se quedan pasmados al ver la caradura con la que envío a Gianni a la cocina para que nos traiga rápido lo que le hemos pedido.

—Total el sushi se sirve crudo, ¿verdad? ¡Entonces no debería tardar mucho!

De vuelta a la tienda, me precipito a la mesa de echar las cuentas y entro a toda prisa en Facebook. Finalmente tomo aliento.

Desafortunadamente Edoardo todavía no se ha conectado. Es la primera vez que llega tarde a una cita. Pero me ha dejado un mensaje en el correo.

Un mensaje que es peor que un puñal en el pecho.

«Querida Solidea —escribe, y el tono ni siquiera parece el suyo—: Hasta este momento no he sido sincero contigo, y no puedo seguir así. He meditado mucho sobre ello: soy un hombre y tengo que asumir mis responsabilidades.

»Lo de Claudia no se ha acabado, nuestra relación es tempestuosa, a veces difícil de gestionar, pero seguimos enamorados el uno del otro. Más ahora, que Claudia espera un hijo.

»Pronto nos casaremos, es justo que lo sepas. Te pido por favor que elimines mi contacto en Facebook y en todo lo demás sin añadir más palabras. Soy abyecto, lo sé, pero renunciar a encontrarte y saber cómo podría haber sido nuestra vida de haberse producido ese encuentro antes me pesa demasiado y no me atrevo a eliminarte de mis contactos. Pero hay un niño de por medio, recuérdalo, y si yo no soy lo suficientemente fuerte e intento volver a contactar contigo, tendrás que serlo tú por mí: no vuelvas a confirmarme como amigo, te lo pido por favor. Como mujer, puedes imaginar lo que significa tener un hijo, y estarás de acuerdo conmigo si te digo que Claudia no merece un trato tan mezquino por nuestra parte. Te lo ruego, elimina mi contacto, bórrame y no vuelvas a buscarme nunca más. Soy un gusano asqueroso, lo sé. Pero al menos ahora lo sabes y no correrás el riesgo de enamorarte de mí».

Pero qué hijo de puta: ¿«No correrás el riesgo de enamorarte...»? ¿«Si yo no soy lo suficientemente fuerte..., tendrás que serlo tú por mí»? ¿«Claudia no merece un trato tan mezquino por nuestra parte»? Mezquino lo serás tú. Pero ¿con quién he estado hablando hasta este momento? Quiero llorar.

Vuelvo a la caja registradora con cara de luto. Pido a mi madre y a mi tía permiso para irme, necesito enterrarme en algún lugar.

Mi madre empieza a reñirme, pero la tía le da un toque y, abriendo los ojos de par en par, le hace notar que dos lágrimas acaban de resbalarme por las mejillas, sin que yo pudiera hacer nada por evitarlo.

La última vez que lloré delante de ellas acababa de encontrarme a Matteo en una fiesta, borracho perdido, en los brazos de otra mujer.

Me dejan irme sin comentar nada. Luego envían a Clotilde y Federica en misión de reconocimiento para enterarse de la envergadura del desastre en el que me he visto involucrada.

Me he puesto un bañador para sumergirme en mi bañera con pies de 1912; llevo una máscara refrescante alrededor de los ojos y no quiero hablar con nadie. Creo que estoy en las últimas.

Pero David, Clotilde y Federica están todos a mi alrededor, y el ordenador está encendido para iniciar un nuevo episodio de nuestro *CSI* personal: esta vez el objeto de nuestras investigaciones es la última y chocante carta de Edoardo Magni.

—¿Qué vas a hacer? —me pregunta Clotilde—. ¿No quieres contestarle nada?

Creo que me conformaré con borrarlo de Facebook y de mi vida, tal como él me ha pedido. Naturalmente una parte de mí espera encontrárselo en el chat para hablar en directo, pero luego me pregunto para qué: lo único sobre lo que no se puede discutir en ese mensaje es que en medio de todo hay un niño inocente y no podemos olvidarlo. Además el hecho de que hoy no esté conectado no deja lugar a dudas: el gusano asqueroso no podría enfrentarse conmigo.

A David se le va la cabeza y empieza a buscar casos de famosos con los que comparar la situación: Daniel Ducruet cuando traicionó a Estefanía de Mónaco con una stripper; Hugh Grant cuando fue sorprendido con una prostituta mientras salía con la guapísima Liz Hurley; y llega a sacar hasta el ejemplo de Bill Clinton cuando dejó que se la chuparan debajo de la mesa. Pero ya se sabe que si no habla de cotilleos y mamadas no está contento.

Federica, justo en medio de nuestras discusiones intelectuales, llama mi atención sobre algo que quizá podría consolarme.

—¿Has visto, Sole? —me dice señalando el ordenador—. Matteo te ha enviado una solicitud de amistad.

¿Estamos hablando de Matteo, mi Matteo?

Sí, justo él.

¿Lo ves? Tenía razón: llegan siempre todos juntos, los desengaños y los amores.

Edoardo

El timbrazo insistente del teléfono me despierta de repente. Contesto con la voz ronca por el sueño.

Tardo unos segundos antes de darme cuenta de que al otro lado del teléfono se encuentra el padre de Claudia, que me está preguntando dónde está su hija.

—Está en mi casa —lo tranquilizo. Luego me aclaro la voz y le pregunto—: Pero ¿no estaban fuera?

—Ojalá —me contesta—, tarde o temprano tendré que convencer a mi mujer de que se tome unas vacaciones.

Deduzco que Claudia me ha mentido y que seguramente no es la primera vez. Gracias a ella, me levanto con la espalda rota: estos sofás de diseño, de última generación, no puede decirse que sean cómodos.

Sin embargo cuando voy a la habitación con la intención de enfrentarla me doy cuenta de que se ha ido. La cama está deshecha, pero en la almohada ha dejado las llaves junto con una nota.

«Tú lo has querido», pone. Y suena amenazante, como todo lo que tiene que ver con ella, por otra parte.

* * *

Esta mañana entro en la oficina realizando movimientos bruscos. En mi mente un único objetivo: buscar la fuerza necesaria para enfrentarme a mi padre.

Su escritorio está vacío, si se exceptúan sus inútiles trastos. Cada vez que lo busco, no lo encuentro.

Por suerte Anna, la secretaria, me informa de que el presidente ha llamado justo antes de que yo llegara para citarme a comer en I Piani, el restaurante al que, hasta hace cierto tiempo, íbamos a menudo, también con mi madre. Fantástico, así podremos hablar del tema con toda tranquilidad.

Me espera al final de la sala, sentado a una mesa preparada para tres personas. Me asalta la sospecha de que también esté a punto de llegar mi madre y su cara tensa parece confirmarlo. Sin embargo, cuando se lo pregunto evita contestarme, e insiste en que necesita hablar conmigo.

—Lo hemos ido aplazando durante demasiado tiempo —me dice.

Estoy total y absolutamente de acuerdo con él.

—En los últimos tiempos nuestra relación no ha sido fácil, me doy cuenta de ello —continúa después de tomar un trago de agua—. Hemos tenido opiniones discordantes sobre el futuro de la empresa. Tu madre ha querido lanzarse a la conquista de nuevos mercados, acompañando nuestros productos merecedores de muchos premios con vinos de calidad inferior, lo que ha dañado la imagen de la empresa. No es ningún secreto que no me siento a gusto dirigiendo un Consejo de Administración que no apoya mis decisiones.

No puedo hacer más que darle la razón. Y a toro pasado creo que algunas de las decisiones que hemos tomado no eran tan previsoras como mi madre y el señor Santi, su hombre de confianza además de administrador delegado de la empresa, esperaban.

—Te he llamado para adelantarte mi decisión de dimitir.

No creía que hubiéramos llegado a este punto.

—No puedes estar hablando en serio.

—He dedicado a esta empresa cuarenta años de mi vida —me contesta, casi con melancolía—. Te puedo asegurar que nunca he hablado tan en serio. Tu abuelo fue como un padre para mí, y tengo que admitir que en el transcurso de los años he aceptado muchas cosas que no iban bien en mi matrimonio entre otras razones por la inmensa estima que sentía hacia él. Pero ya han pasado varios años desde que falleció, y tu madre y yo nos hemos enfrentado a momentos muy difíciles. Es triste constatar que no hemos sido capaces de salir adelante. Pronto te lo comentará ella misma. Hemos decidido divorciarnos.

Estoy bastante aturdido, pero tengo la impresión de haber acogido la noticia con una sensación de liberación.

—Ya eres un hombre —continúa mi padre, al tiempo que coge un trozo de pan—, y estoy seguro de que me entiendes. Como también estoy seguro de que en la empresa saldrás adelante incluso sin mí.

Estas palabras en cambio me queman por dentro. Soy su hijo, tendría que ser lo más importante para él. Sabe muy bien lo mucho que me asusta la idea de quedarme solo en la dirección de la empresa; aun así parece que no tiene intención de dar marcha atrás.

—No puedo creer que hayas decidido abandonar de esta manera. Necesitamos tu experiencia. A lo mejor nos hemos dado cuenta tarde, pero sabes muy bien que la empresa notará muchísimo tu ausencia. Te ruego que lo pienses con detenimiento.

—Ha sido una decisión muy difícil —insiste mi padre, mientras desmenuza el trozo de pan entre sus manos—. Pero al mismo tiempo he meditado mucho sobre ella. Ya te lo he dicho, eres un hombre, tienes a mucha gente valiosa que trabaja a tu lado, y nunca has necesitado un guía.

Lo sé, es el orgullo el que habla por su boca en este momento. Por lo visto nuestras diferencias cuentan más que el amor que siente por mí.

—¿Y qué harás? —le pregunto, con la mirada cargada de rabia.

—Tengo dinero suficiente para retirarme —me dice, disfrazando la melancolía con una estúpida sonrisa optimista—. Y también he decidido invitarte a comer para que participes de algo maravilloso que me ha pasado.

Me aterra la idea de haber intuido para quién es el tercer cubierto.

—Me he enamorado, Edoardo —me confiesa, sin poder aguantar el entusiasmo—. De una mujer extraordinaria. En contadas ocasiones he conocido a una persona tan generosa y sensible. Deseo que la conozcas.

No puedo creer que quiera hacerlo: presentarme a esa mujer así, después de meses de silencio. ¿Cree que es suficiente una conversación para recuperar la comunicación con su hijo, decirle que quiere divorciarse, dejar la empresa y presentarle a su nuevo amor? Tiene que haberse vuelto loco.

—Todo esto es absurdo —me limito a afirmar, y lanzo una mirada malévola al asiento vacío.

—Para mí esto es volver a nacer, hijo mío —declara sin titubear un instante—, y descubrir que la vida a veces puede decidir darte una nueva oportunidad.

—¿Y ahora —le pregunto con un tono que manifiesta toda mi contrariedad— qué harás? ¿Te la vas a sacar de la manga y esperas que comamos los tres juntos como una familia alegre?

En su cara el entusiasmo acaba dejando lugar a la pena.

—No te lo tomes así, te lo ruego.

—¿Y cómo tendría que tomármelo? ¿Brindando por tu nueva vida? Felicidades, papá, por todos tus esfuerzos para salvar al menos parte de la que has vivido hasta ahora. ¿Cómo es posible que ni tu hijo merezca una segunda oportunidad?

Esta última declaración me ha salido como un sollozo, y ahora siento cómo pugnan por salir otros, junto con la presión de la sangre, que me causa un hormigueo en la garganta y en las mejillas.

—Espera un momento...

—No, espera tú. ¿De verdad crees que me voy a quedar a comer aquí contigo y con esa mujer como si nada? Podrías haberme ahorrado este mal trago y haber tratado este asunto de otra forma, pero tengo que dejar de una vez de esperar algo de ti. La verdad es que siempre has sido un pobre hombre que hubiera debido divorciarse hace mucho tiempo, o al menos haber tenido el buen gusto de mantenerme alejado de tus rencores.

Mi padre está tratando de decirme algo, pero ya es tarde, me he levantado de la mesa y me apresuro hacia la entrada. En el camino atropello a un camarero, haciéndole volcar un plato de espaguetis en el suelo.

Cuando salgo del restaurante, la veo: la mujer de color de manos largas con las uñas pintadas de rojo. Me mira con cara de perro apaleado.

Generosa y sensible, sí, tanto como para conseguir que mi padre haya enloquecido.

No vuelvo a la oficina, lo dejo todo en suspenso, como si ya no me importara nada de nada. Paso por casa, me pongo un pantalón y un par de zapatillas deportivas y luego me acerco al parque más cercano para ponerme a correr.

Corro intentando olvidar que lo he perdido, pero al mismo tiempo soy consciente de que en realidad no lo he tenido nunca como es debido.

Corro hasta la puesta del sol, corro hasta que me duelen las piernas y me falta el aliento. Corro esperando que se me pase, pero algo me dice que esto no se irá fácilmente, porque en realidad todo empezó hace mucho tiempo.

Las malas noticias no se acaban aquí. He faltado a mi cita virtual con Solidea, pero no me doy cuenta hasta la hora de cenar, cuando vuelvo a conectarme a la red. No encuentro ni un mensaje, tan sólo una mala noticia en las notificaciones de la página: ella y el sinvergüenza ahora son amigos. Ella y el hombre del que me juró que no quería volver a saber nada han establecido contacto a través de Facebook. Eso puede significar muchas cosas, no quiero sacar conclusiones precipitadas. Pero el hecho de que ella ya no esté entre mis contactos sólo puede significar una cosa: ha decidido eliminarme de Facebook. Y de su vida entera.

Solidea

He decidido eliminar el contacto de Edoardo. El sistema de Facebook me ha preguntado: «¿Estás seguro de querer eliminar tu conexión con Edoardo Magni? Esta acción no se puede anular».

No ha sido fácil. Me he quedado en remojo en la bañera toda la tarde, luego me he decidido.

Zas, como sacarse un diente, a la espera de que el dolor pase lo antes posible.

Por otro lado he aceptado a otro amigo, aunque amigo amigo no será nunca, ya que cada vez que pienso en él vuelvo a recordar también nueve años de amor, y me resulta difícil ocultar que durante mucho tiempo he esperado este acercamiento.

Cuando llego a la tienda, a la hora de apertura, me doy cuenta de que los dos estamos levantando los cierres metálicos casi al mismo tiempo. Nos miramos, cada uno desde su acera, y nos sonreímos, como hacía mucho tiempo que no pasaba.

Matteo me invita a desayunar en la cafetería de la esquina. Me parece tan raro volver a hablar con él... Hemos estado juntos toda la vida y sin embargo a ratos me paro a preguntarme quién es ese que está a mi lado y si de verdad es él.

Le ha crecido un poco el pelo y ha ganado unos kilos, pero sigue teniendo esa cara de pillo que antes me enloquecía.

—Ayer cerraste la tienda —le digo—. Pusiste la excusa del luto.

—A decir verdad —me contesta casi con dificultad—, no se trataba exactamente de una excusa. Sí que hubo un luto. Más o menos.

—¿Quién murió? —pregunto palideciendo de repente.

—No murió, por suerte ahora se encuentra mejor. Está en el veterinario con suero.

—Pero ¿quién?

—*Cotton Ball* —me contesta—. El pastor de los Abruzos de Debora. Debes de haberlo visto alguna vez por la tienda.

No sabría decir si me alucina más el hecho de que haya estado mal o de que lo hayan llamado *Cotton Ball*. Por otro lado, qué puedes esperar de alguien que se llama Debora, a lo mejor incluso con «h» final.

—¿Qué le pasó?

—Casi me da vergüenza decirlo...

—¿Por?

—Porque toda la culpa es mía, por vendérselo.

—¿Qué le pasó?

Al final Matteo se deja convencer y me cuenta lo que pasó.

—Debora se olvidaba a menudo de darle de comer —me explica—, por esta razón estaba desnutrido; pero lo peor fue que lo dejó sin beber durante casi tres días. Cuando el veterinario y yo le preguntamos cómo había podido olvidarse de eso, ella contestó que era culpa de *Cotton Ball,* que jamás le había pedido nada.

¡Dios mío, es peor de lo que pensaba!

—Ya lo sé, no digas nada —se me adelanta Matteo, rascándose la cabeza—. Ya me siento suficientemente culpable. Ahora por suerte se ha acabado todo. Mi relación con ella, quiero decir.

Ya está, sabía que tarde o temprano iría directo al grano. Pero no tengo ganas de sacar ese tema, es un camino peligroso. El riesgo es que sin darme cuenta me convierta en la perfecta confidente, y no tengo la menor intención de dejar que eso pase.

—¿Y el otro cachorro? —le pregunto para cambiar de tema—. ¿El labrador?

—Naturalmente se lo hemos quitado. Ahora está en casa de mi madre; por cierto, si supieras de alguien que pudiera estar interesado... ¿Y tú cómo sabías que yo le había vendido también un labrador?

Sabía que me delataría yo solita... ¿Y ahora qué hago? Podría confesarle que desde que me dejó no hago otra cosa que espiarle desde el escaparate, pero ¿por qué darle también esa satisfacción? ¿No son suficientes las que ha tenido hasta el momento? En la medida de lo posible, trato de limitar el daño.

—El barrio es pequeño, ya lo sabes —me justifico aparentando indiferencia—. Aquí acabas sabiéndolo todo de todos.

—Por cierto, estoy contento de que hayáis decidido no cerrar la tienda. Me gusta la idea de la librería y de los encuentros de lectura. Iré a verte a menudo.

Ésa es la única faceta de todo el asunto que me cuesta digerir: por lo visto, no será fácil librarse de él. Se me ocurre organizar un primer encuentro tan malo que Matteo sea el único espectador. A lo mejor acompañado por una nueva pareja con el pelo cardado. Porque, tarde o temprano, encontrará a otra con el pelo cardado, digo yo, y vete a saber durante cuánto tiempo seguiré atormentándome con la mirada pegada al escaparate.

—Estoy contento de volver a verte —admite Matteo, que paga la cuenta—. Te veo bien y siempre es agradable hablar contigo.

Me está mirando con esos ojos, lo conozco bien. Tan sólo con que lo intente, volveré a caer.

—Por favor, no le cuentes nada a nadie esta historia de *Cotton Ball* —me dice cambiando de actitud—, si no, ¿qué van a pensar de mí en el barrio? Sé que eres una amiga y que puedo confiar en ti.

Ya estamos. Sólo faltaba el golpe de gracia. Después de nueve años de amor, ahora me he convertido en una amiga. Y llegados a este punto, la solicitud en Facebook no es otra cosa que la consecuencia de este generosísimo razonamiento. Gracias, Matteo. Por nada.

Cuando los días empiezan mal, siempre hay que temer que acaben peor, mi abuela lo dice a menudo, pontificando desde su pesimismo cósmico. Y a veces tiene razón. Como hoy, por ejemplo, que es un día para recibir palos. Dicho y hecho, de vuelta a la tienda, me espera otro.

Increíble, acaba de entrar en la tienda la madre de Edoardo Magni. Y no está sola, sino que la acompaña la ya tristemente conocida Claudia Lucidi.

Parece que el destino ha pasado de estar desaparecido a perseguirme con saña. No sólo se ha despertado tarde, sino también malhumorado.

Como hacía años que no se veían, mi madre y mi tía han saludado a la señora Magni cálidamente y ahora la atienden con la cordialidad que era de esperar. Sin embargo, aunque no conozcan la historia con todos los detalles, me lanzan miradas de preocupación, imaginando que no me ayuda en nada haberme encontrado con ella en la tienda y encima en compañía de la futura nuera.

—Fíjese que le estaba diciendo a la novia de mi hijo —explica la señora Magni a mi madre— que justo en la escuela de aquí atrás Edoardo fue a la secundaria. Y hoy ella me trae aquí a comprar... ¿Qué estabas buscando, querida?

—Las postales napolitanas de las que tienen la exclusiva —le contesta la guapísima Claudia, y luego desenfunda su sonrisa publicitaria.

—¡Lo pequeño que es el mundo! —concluye la señora Magni.

—Pues sí —le da la razón mi madre—. Es verdaderamente pequeño.

A veces demasiado, añadiría yo. Por suerte, para concluir rápido, mi tía se aleja diciendo:

—Enseguida le acerco las postales, señora.

Mientras tanto mi madre y la señora Magni siguen intercambiando sonrisas y felicitaciones, hablando del cierre de la escuela, de los buenos tiempos pasados y de los profesores que han quedado; Claudia, cómo no, se me acerca para que pueda admirarla en todo su esplendor.

En vivo es incluso más bella si cabe. Parece falsa, como la sonrisa de su futura suegra. La barriga sigue plana, pero la piel es muy luminosa, como dicen que es la piel de todas las mujeres que esperan un hijo.

—¿Usted útilizaría estas postales pintadas a mano como invitaciones para una boda? —me pregunta, mientras aleja de su cuello un sinfín de rizos.

De mal en peor. ¿Por qué el destino ha decidido castigarme de esta forma? A mí, que siempre he confiado tanto en él. No es justo.

—Depende —contesto tragando quina dolorosamente.

—¿De qué depende?

Y ahora encima adquiere el tono de la típica cabrona.

—De cuántos sean los invitados y...

—En fin, da igual —me interrumpe, liquidando deprisa la conversación—. Mejor hacerlo de la siguiente manera: compro una muestra, se la enseño a Edoardo, mi novio, y luego decido. A lo mejor vuelvo a pasarme por aquí.

Espero que no.

Dicho esto, vuelve a acercarse a su suegra, que enseguida deja de charlar con mi madre e insiste en pagar la cuenta.

Abandonan la tienda mirándose con coquetería, como en las mejores familias, y enseguida mi madre y mi tía se me acercan preocupadas. No tengo intención de abrir la boca ni de fingir que todo está bien; me limito a pedir permiso para volver a casa.

—Confiamos en la promesa de que te tomarías en serio la organización de la nueva librería... —se atreve a recordarme mi madre, pero mi tía le da un codazo y susurra que es mejor que hoy me dejen en paz.

Edoardo

He llamado a mi madre porque necesito hablar con ella. Estaba de compras con Claudia. Será mejor aclarar esta situación lo antes posible. Por desgracia tiene «una infinidad de cosas que hacer» y le falta tiempo para verme. Si no fuera mi madre, pensaría que está tratando de evitarme.

Me obliga a ir hasta la peluquería para decirle que, una vez que acabe de teñirse el pelo, la espero en la cafetería de delante.

Llega a la mesa del bar, después de elegir una tonalidad rojo fuego que, sinceramente, me parece demasiado agresiva para una mujer de su edad. Por lo visto también su pelo es exactamente como ella: incapaz de calmarse.

Cada uno de sus movimientos delata la inquietud propia de alguien que tiene miedo de perder el control. Tiene la sonrisa de plástico de costumbre impresa en la cara, lo que me indica su renuencia a enfrentarse conmigo.

—¿A qué se debe, querido, toda esta urgencia?

—He hablado con papá.

Con sólo nombrarlo, todo su inútil andamiaje se viene abajo.

—Ah —me contesta, levantando una ceja para señalar su contrariedad.

—¿Queremos hacer como si no ocurriera nada?

Saca un cigarrillo del paquete y lo enciende con su imperecedera elegancia.

—¿Qué quieres que te diga? Que desaparezca con esa mujer de la limpieza. Ya no me importa.

—No te portes como una niña...

—Es tu padre quien se porta como un niño liándose con una a la que le dobla la edad y que encima es negra. Luego la gente habla, ¿y crees que me gusta lo que van diciendo de él por ahí?

—A mí me interesa sólo lo que opinas tú, mamá. Y no me gusta que utilices esa palabra.

—¿Qué palabra?

—Negra.

—¡Dejemos ya de fingir que somos tan buenos! —Da una ávida calada al cigarrillo y luego lo apoya con rabia en el cenicero—. Es negra y no es culpa mía. Y es una aprovechada, si hay que decirlo todo, que espera pegar un salto en su miserable existencia. Pero si creen que van a conseguir un céntimo más de lo que les toca...

—Te lo repito, no quiero hablar de él. Me interesas tú. Sólo quiero saber cómo estás.

—Muy bien —me dice volviendo a lucir su sonrisa de plástico—. Una liberación. Y todo mejorará todavía más cuando se haya llevado de casa el último par de calcetines.

—¿Te ha dicho que también quiere dejar la empresa?

—¡Ojalá lo haga! ¿Crees que sirve de algo allí dentro? Todo el día despatarrado en un escritorio y cobrando sin trabajar su generoso sueldo.

—No hables así, te lo ruego.

—Es la verdad, Edoardo. Y lo sabes perfectamente. Mi única pena es que...

—Yo espero que vuelva a pensárselo bien, sabes que la empresa lo necesita.

—No digas tonterías, querido mío. Aunque no pase a menudo por la oficina, estoy informada al respecto y te aseguro que...

—Ha adoptado una posición defensiva, mamá, olvidándose de sus propios intereses, y la culpa es también nuestra...

—¿Cómo puedes defenderlo así? Tu padre es un gusano, un hombre que...

—Ya está bien. —No tengo ganas de dejarme envenenar por su rabia. Ya tengo demasiadas preocupaciones por mi cuenta.

—Tienes razón, ya está bien. Cambiemos de tema, querido —renuncia—. No merece la pena darle tanta importancia. Hablemos de ti, entonces. ¿Cómo van las cosas con Claudia?

—¿No te lo ha dicho?

—¿El qué?

—Ya no estamos juntos. Por mí no hay problema si siguen siendo amigas, pero intenta dejarla fuera de mi vida, por favor.

Creo que le he causado otra decepción. Pero de ésta se recupera rápido.

—¿Por qué amigas? —replica—. Me gustaba la idea de tener una nuera guapa, sólo eso.

—Es posible que un día la tengas. Y yo esperaré que conserve su personalidad y no se transforme en un clon tuyo.

—Ahora estás siendo maleducado.

—Soy realista.

—¿No querrás decir ahora que tu relación ha acabado por mi culpa?

—En este caso hubiera acabado de todas formas.

Mi madre se relaja, y antes de apagar el cigarrillo en el cenicero me dice:

—Pero era linda, Claudia; muy linda.

—Y estaba loca. De atar.

—Por todos los cielos, querido. Una pizca de locura no molesta a nadie —dictamina mientras nos despedimos.

Esta última afirmación suya me hace pensar en Solidea. ¿Cómo es posible que haya decidido borrarme de esta forma? No podría justificarla ni con esa «pizca de locura» de la que habla mi madre. Nos estábamos conociendo, y nos gustábamos. Su entusiasmo hacia mi persona era, quedándome corto, arrollador, no puedo creer que haya decidido desaparecer sin ni siquiera un adiós de cortesía, una explicación mínima.

De vuelta a casa no me resisto y pruebo a enviarle otra solicitud de amistad en Facebook. Pero no hay respuesta por su parte. Me ignora como si fuera un desconocido. No me gusta cerrar de golpe una relación tan particular como la nuestra, lo mínimo que puedo hacer para sentirme a gusto conmigo mismo es enviarle un mensaje: «Llegados a este punto, sólo me queda desearte toda la felicidad del mundo, ¿no?», le escribo, tratando de apaciguar mi alma.

* * *

Una tarde, sobre la hora de cenar, viene a verme Andrea; esta vez trae una de nuestras mejores cosechas de Barolo.

—Deduzco que se trata de otra cita romántica. —Lo dejo entrar en casa con una sonrisa resignada—. Sin embargo esta vez te felicito por tu elección del vino. Te importa mucho esta chica, ¿verdad?

—La botella nos la vamos a tomar tú y yo —aclara Andrea, y deja el vino en la mesa—. Quiero pasar una velada con mi mejor amigo, al que le está pasando algo, y quisiera entender de qué se trata.

Por fin logramos hablar un poco, del fin de mi historia con Claudia, de lo increíble que ha sido el reencuentro en Internet con la niña del colegio. Andrea se queda sorprendido.

—Y luego soy yo el pedófilo, ¿no?

—Ahora tiene veinticinco años, habría sido posible.

Pero lamentablemente no ha habido nada. Ella había dicho que no quería tener que arrepentirse luego de habernos reencontrado, y al final seré yo quien se arrepienta.

—Federica ha cumplido los dieciocho, no corro el riesgo de ir a la cárcel, lo ha dicho hasta mi padre, que además la ha encontrado adorable.

—Vaya, vaya, se la has presentado a tus padres. ¡Entonces es algo serio! Ya no me queda más remedio, ¡tendré que afeitarme la cabeza!

—Deja tu pelo, no se trata de algo serio, sólo de un polvo muy serio —afirma él, aunque esta vez tiene una sonrisa divertida—. Sexo puro y duro, ¡te lo aseguro!

—¡Deja de decir estupideces de una vez!

Solidea

David ya no sabe qué inventar para que vuelva a sonreír. Es tanto el tiempo que estoy en remojo en la bañera, que pronto me saldrán aletas.

De niña era capaz de quedarme horas dentro, con el champú en la cabeza, fantaseando sobre infinidad de cosas. A menudo imaginaba ser una sirena que salvaba a Edoardo de un tremendo naufragio. La fantasía nunca me ha faltado. Sin embargo ahora mi mente está completamente vacía y todas las palabras, las de David incluidas, las más divertidas, crean un molesto eco. Sólo quiero que me dejen en paz.

Edoardo se ha atrevido a enviarme otra solicitud de amistad en Facebook. Y como la he ignorado, me ha escrito un mensaje: «Llegados a este punto, sólo me queda desearte toda la felicidad del mundo, ¿no?».

Malvado. Malvado, malvado, malvado. Ni sé cómo interpretar su locura. ¡Y decir que parecía tan dulce y equilibrado! No es más que un loco que deja embarazada a una mujer para después ir de lánguido con la siguiente. De la peor especie.

Hace casi una semana que finjo estar enferma. Y he pasado tanto tiempo metida en la bañera con agua tibia que al final he cogido un resfriado. Al menos ahora por teléfono mi voz sí parece de enferma.

Sé que no podré seguir así mucho tiempo: la tienda me espera. Volver a organizar la librería y prepararnos para la inauguración no es algo que se haga todos los días. Tengo miedo de haber subestimado esta aventura, ¿y si nuestros encuentros de lectura resultan un desastre total? Me siento presa del pesimismo cósmico heredado de la abuela. Y como si no bastara, esta noche David ha sido invitado a una fiesta de disfraces que tiene como tema la famosa serie televisiva *Sex and the City Party*, y ya me ha advertido que no aceptará un no por respuesta. Y luego dice que soy yo la que se queda atrasada: todavía con *Sexo en Nueva York*, ¡ya está bien!

Tiene planeado vestirse como el personaje de Samantha y se ha comprado una peluca rubia. Está muy claro que le gusta sacar el putón que vive dentro de él, porque también en carnaval aprovecha para disfrazarse de zorra.

—Yo no voy —intento decirle—, a no ser que vayan también Clotilde y Federica.

—Oye, tu hermana ya se encuentra dominada por el pánico, porque falta poco más de un mes para la selectividad, y Federica esta noche va a la fiesta de cumpleaños de ese Andrea con el que folla como una posesa. ¿Qué le voy a hacer? Tienes que venir con mis amigos y no fastidiar. ¡Verás qué bien te lo pasas! Es una de esas situaciones kitsch y un tanto deprimentes en las que sacamos a lucir lo peor de nosotros mismos.

—¡Si no sé ni cómo vestirme!

—Mi amor, ¡pero si tú eres Charlotte! ¡Ponte uno de esos conjuntos de primera comunión y ya estás lista!

No sé si tomármelo como un cumplido o aprovechar la ocasión para mostrarme ofendida y decirle que no tengo intención de acompañarlo. Por desgracia tengo la curiosa sensación de que, diga lo que diga, no serviría de nada, porque de la fiesta de *Sexo en Nueva York* de esta noche no me libra nadie.

Me rizo el pelo y me visto con lo más raro que encuentro en el armario, con combinaciones inusuales y atrevidas, porque yo no soy Charlotte, jamás en mi vida me he sentido Charlotte; soy más bien Carrie.

—¡Pero Charlotte jamás se vestiría así! —me reprocha David tan pronto como me ve salir de la habitación.

—De hecho soy Carrie —le hago notar molesta, y él por suerte evita hacer cualquier comentario; se limita a levantar las cejas, como diciendo: «Haz lo que quieras».

En el coche somos cuatro Samanthas y una Carrie. Es decir, cuatro gays y una pobre chica que claramente habría preferido quedarse en remojo en su bañera.

Pero la fiesta no está nada mal. Para empezar la han organizado en un estupendo barco en el Tíber, cerca de Ponte Sisto, y Roma de noche, vista desde aquí, impresiona. En la lejanía se ve también la cúpula de San Pedro iluminada. Además, en contra de lo que esperaba, hay gente guay, bien vestida; claro, cuesta distinguir a los hombres de las mujeres, pero aunque no estuvieran disfrazados el problema seguiría siendo el mismo. Bien pensado, en eso consiste la diversión, ¿no es así? ¡Quién lo diría, las fiestas de David!

Me gusta la decoración: una explosión de fucsia, composiciones de tul y orquídeas gigantes. Para acceder al barco hay que bajar por una de las dos antiguas escalinatas de mármol que se juntan en una rica balaustrada, donde un saxofonista se está luciendo con una fantástica pieza de jazz. En el amplio muro central se proyectan las escenas más significativas de la famosa serie televisiva y todos sus personajes, duplicados como por arte de magia, llegan al barco para lanzarse a bailes desenfrenados.

David está lanzado, va por su segundo Long Island y no creo que quiera parar. Me había adelantado que planeaba sacar a relucir lo peor de sí mismo, pero yo no creía que hasta este punto: de vez en cuando nos regala una imitación del personaje que interpreta, y a todos los chicos lindos que pasan les grita:

—¡Estoy soltero! ¡Estoy soltero!

Por suerte, antes de abandonarme en el pandemónium de nostálgicos de *Sexo en Nueva York,* me presenta a «su segunda mejor amiga», una tal Tania que lleva una peluca roja, es decir, la abogada Miranda. Es linda, me parece simpática y sin demasiados pájaros en la cabeza.

Tania y yo decidimos lanzarnos a una moderada consumición de bebidas alcohólicas junto con un chico de gafas que dice haberse disfrazado de Steve. En la serie es el novio de Miranda, y por la manera en que le guiña el ojo a Tania supongo que en el mundo real aspira a lo mismo.

—Pero ¿Charlotte no llevaba el pelo liso? —me pregunta Steve tomando entre sus dedos uno de mis mechones rizados.

—En realidad soy Carrie —le contesto ya resignada.

David está desatado en la pista de baile. Claro, acaban de poner *Womanizer*, y él se da por satisfecho con poco.

En la barra se nos acerca un tío bajito sin pelo que lleva un traje azul perfectamente planchado. Me mira como si acabara de ver a la Virgen.

Un instante después se presenta:

—Soy Stanford —me dice con una molestísima voz nasal—, el amigo gay de Charlotte que en realidad no es nada gay, y tú eres guapísima.

Sólo me faltaba esto.

—Encantada, Carrie, es decir, Solidea.

—Ah —dice decepcionado—. Creía que eras mi amiga Charlotte. Entonces voy a buscarla a otro lugar —añade, y se aleja molesto.

Tania y yo estallamos en una carcajada.

—¿Ves lo que pasa si no te amoldas a lo que los demás ven en ti? —me dice volviendo a tomar aliento.

—¡Sobre todo lo que pasa si te tomas un ácido de más! —añado, arrancándole otra carcajada.

David vuelve a la barra, todo sudoroso, para beberse el tercer Long Island de la velada.

—¿Te lo pasas bien?

—No se está mal aquí. Nostálgico y patético, en su punto.

—¡Mi amor, un poco de entusiasmo! Mira a tu alrededor, ¡está lleno de tíos buenos! No me gusta cuando te quedas estancada entre una subespecie de aspirante a veterinario sin posibilidades y un hombre de negocios prácticamente casado que encima es un cabrón.

La cara de Edoardo Magni pasa por mi cabeza.

—Pero era guapo, ¿verdad? —le digo con aire soñador.

—En fin, nada especial —liquida la conversación con una mueca y la mirada puesta en la pista de baile.

—¡Admite que te encantaba! ¡Si decías que hasta se parecía a Ewan McGregor! Eso incluso yo lo puedo suscribir.

—¡Smith Jerrod! —exclama David, con la mirada perdida vete a saber dónde.

—De verdad que creía que se parecía a Ewan McGregor —insisto, esperando que no se dé cuenta de mi ignorancia sobre el nombre que acaba de citar.

—Pero ¿qué es lo que has entendido? —me reprocha, de repente cardiaco—. ¡Ha llegado Smith Jerrod! —Y me señala a un tío al final de la pista.

Creo que acabo de reconocer en ese tío musculoso y rubio que está cerca de la entrada el semblante de su ex novio.

—Pero ¿ése no es Rodrigo?

—¡Sí! —me contesta, nervioso y sin embargo moderando el tono de voz—. ¡Pero esta noche es Smith Jerrod, el novio de Samantha!

Cómo se complican la vida estos gays.

David se controla y no da saltitos, se arregla la peluca y me pregunta:

—¿Cómo estoy?

—Eres... Samantha —lo tranquilizo con una sonrisa.

También Tania trata de infundirle valor, con una especie de mantra que parece conseguir darle fuerza.

—Recuerda —le dice—, tú eres el número uno, David. Le rompes el culo al mundo, o, si lo prefieres, el mundo te lo rompe a ti.

David se echa a reír y se aleja hacia la pista.

Smith y Samantha se reconocen como en una de esas viejas pelis en las que ella camina despacio y él no puede quitarle los ojos de encima. No necesitan decirse nada. Se alejan en el bullicio, felices por haberse vuelto a encontrar, por fin.

Sin embargo la idea de que David pronto abandonará mi piso parece dejarme aturdida por miedo a la soledad.

Me doy la vuelta para buscar consuelo en los ojos de Tania, pero ya se han perdido en los de Steve. Es cierto, esta noche se puede decir que la realidad ha superado la fantasía.

Por suerte una de las tres Samanthas con las que hemos llegado a la fiesta está a punto de volver a casa, y resulta que es la propietaria del coche. Me ahorro el taxi.

Durante el viaje de vuelta, le cuento toda la historia de mi vida, empezando por la primaria y Edoardo Magni. Cuando llegamos a mi casa, me sonríe un tanto aturdida, imagino que estaba esperando la aparición de mi portal como el pueblo judío la llegada de Moisés.

Hay un Porsche gris parado debajo de mi casa. El motor está encendido y hay alguien dentro. A Samantha se le escapa un chiste:

—Si no se va, choco con su trasero, así después, con la excusa del parte del seguro, si el conductor es guapo, la velada sigue con un choque de otro tipo.

Nos reímos por última vez, luego el Porsche se aleja y bajo del coche. Por las prisas con las que Samantha arranca dudo si está persiguiendo al tío del Porsche o se moría de ganas de dejarme. Algo me dice que se trata de la segunda hipótesis.

En la habitación me encuentro delante de la mayor de las sorpresas, justo lo que me faltaba: *Matita* y *Schopenhauer* duermen a pierna suelta en mi cama. Si creen que voy a ir a dormir a esa vieja cuna chirriante que le compré a *Matita,* se equivocan totalmente.

Desafortunadamente me duele en el alma la idea de despertarlos y echarlos fuera de las mantas. Lo mejor será que me gane un pequeño espacio y pruebe a ver si cabemos los tres.

Edoardo

Esta noche es el cumpleaños de Andrea. En contra de lo que todo el mundo esperaba, no ha organizado su habitual fiesta para más de mil personas en el local de moda de la ciudad. Este año seremos en total unos cincuenta, en la terraza de su casa. Síntoma de que la tal Federica a sus dieciocho años está consiguiendo que madure un poco.

Viene excitadísimo a abrirme la puerta. Me lleva a un aparte para decirme dos cosas que considera extremadamente importantes: una es que Federica ya está allí y se muere de ganas de presentármela, la otra es que lamentablemente también ha venido Claudia, y me asegura que él no la había invitado.

Ya se acerca a saludarme. Andrea nos deja solos un poco cortado.

—¿Qué haces aquí? —le pregunto.

—He sido amiga de Andrea durante un tiempo —me dice—, quería felicitarlo en persona.

¿Cómo no se da cuenta de que está completamente fuera de lugar? Sigo pensando que necesitaría ver a un

buen psicólogo. No quiero hablar con ella cuando se vuelve tan entrometida. Además no hay quien la aguante.

—¿Adónde te vas?

—A la fiesta, Claudia. Y a decir verdad, tu presencia aquí no es grata.

Baja la mirada, humillada. Sus suspiros de perro
apaleado consiguen que me sienta como un gusano asqueroso.

—Me voy —me dice—. Había venido para verte.
La verdad es que tu ausencia me lleva a portarme de forma ridícula. Te pido perdón.

Se acerca al ropero para recoger su chaqueta, pero
su victimismo hace que me sienta culpable.

—Soy yo quien te pide perdón, quédate —la detengo—. No haces el ridículo. Tienes toda la razón, Andrea
es también amigo tuyo y estoy seguro de que se alegrará
si te quedas para celebrar su cumpleaños.

—¿Y tú —me pregunta— también te alegrarás?

Podría contestarle que sí y estoy seguro de que dentro de poco volveríamos a vernos y hablar como si nada,
o en cambio decirle que no y quedarme con el sentimiento de culpabilidad. Prefiero escoger una respuesta más
ambigua.

—Quiero que estés bien —le digo—. Tampoco es
fácil para mí, pero tenemos que ser pacientes.

Claudia se da por satisfecha con mi ambigüedad y
decide seguirme al comedor.

Ya ha llegado más o menos todo el mundo.

En medio de la confusión, una chica jovencísima,
con un vestido mínimo, me mira con insistencia.

Mientras saludo a los amigos, ella no deja de mirarme con un descaro que resulta casi violento. Después

llega Andrea y la besa en los labios, entonces entiendo
que se trata de Federica y mi incomodidad crece de manera exponencial.

—Edo —me llama Andrea—, ven, te quiero presentar a una persona.

Me acerco, y los ojos de Federica no dejan de mirarme fijamente, como si quisieran hacerme una radio-
grafía. Claudia me sigue sin enterarse.

—Ella es Federica —me dice Andrea sonriendo—.
Y él es Edoardo, te he hablado mucho de él.

La chica alarga una mano con cara de pasmada.

—Te había reconocido —me dice—. Eres Edoardo
Magni, no podía imaginármelo.

Ahora es Andrea quien se siente incómodo, y Claudia da un paso más para acercarse y enterarse mejor de
lo que está pasando.

—Soy la prima de Solidea Manenti —me explica
Federica sin entusiasmo, que aparta su mano nada más
estrechar la mía. Luego se dirige a Andrea—: Me has hablado mucho de él, sí, pero no me has contado lo más importante. —Me mira con indignación—. Tu amigo espera un hijo y está a punto de casarse.

Claudia retrocede. La miro sin entender nada. Ella
también parece sorprendida, pero su forma de torcer la
boca y abrir los ojos de par en par resulta algo forzada.

—Tiene que haber un malentendido —le explico a
Federica, sorprendido y al mismo tiempo contento de
descubrir que es la prima de Solidea.

—Ningún malentendido —me contesta, todavía molesta—. Tu mensaje en Facebook lo dejaba bien claro. Le has
pedido que te eliminara de sus amigos y ella lo ha hecho.
Ahora eres libre de vivir tu vida, así que déjala a ella en paz.

Andrea está en apuros.

—Federica, por favor...

—No, Andrea, no te preocupes —lo tranquilizo.

—¿Quién es la tal Solidea? —pregunta Claudia, aunque su expresión sigue sin convencerme, como si tratara de disfrazar su creciente ansiedad.

—¿De qué mensaje hablas? —insisto.

—Se lo has enviado tú —me contesta Federica—, tendrías que saberlo.

—Yo no le he enviado ningún mensaje de este tipo.

—¿Se puede saber de una vez quién es la tal Solidea? —pregunta de nuevo Claudia, aún más tensa.

—Ésta tiene que ser la famosa Claudia, tu futura esposa y la madre de tu hijo —afirma Federica, que emplea un tono más cortante a cada instante que pasa—. Estamos todos muy contentos por ustedes, así que ahora deja de molestar a Solidea y tú cásate en paz.

Andrea vuelve a intervenir:

—Federica, ahora cálmate. Tiene que haber un error. —Luego me mira en busca de ayuda.

Claudia en cambio trata de evitar mi mirada, se la ve irritada, hasta que al fin logro entender el porqué de su extraña expresión.

—¿Tú no sabes nada de esta historia del mensaje?

Claudia se aleja molesta.

—¡Eh, no me mires de esa forma! Están locos y no tengo ganas de dejarme arrastrar por su locura.

La sigo hasta la entrada, la agarro por una muñeca y la obligo a enfrentarse conmigo.

—¿Escribiste tú ese mensaje? Te conectaste a Facebook desde mi ordenador la última noche que dormiste en mi casa, ¿no es así?

Claudia resopla, alzando los ojos al cielo.

—No sé de qué estás hablando, Edoardo. Déjame salir, no quiero quedarme en esta casa ni un minuto más.

Está mintiendo, es tan evidente...

—¿Cómo has podido hacerme esto?

—¿Y tú qué? —De repente cede y vuelca encima de mí todo su rencor—. ¿Y todas esas idioteces que se han escrito sin que yo supiera nada? El destino, que haría que se encontraran, y otras bobadas de muy mal gusto que ya ni recuerdo.

—Lo tuyo sí que ha sido un acto de mal gusto —le contesto indignado—. ¿Cómo has podido atreverte a entrar en mi página y escribir un mensaje como ése? Eres tan mezquina que no sé qué decir.

—¿Y te atreves a llamarme mezquina? ¡Tú y esa quiosquera dan lástima!

—Tú sí que das lástima, Claudia. ¡No eres digna ni de atarle los zapatos!

—Esto es demasiado. Déjame ir, no quiero escucharte ni un segundo más.

Esta vez dejo que recoja su chaqueta del ropero sin mover un dedo.

—Muy bien, vete —añado—. No quiero volver a verte nunca más.

A nuestro alrededor se ha agolpado un pequeño grupo de invitados. Claudia sale del piso diciendo:

—¿Qué están mirando? —Después baja las escaleras a toda prisa y desaparece de mi ángulo de visión.

Mi primer pensamiento es volver junto a Federica. Tengo que hablar con Solidea y explicarle lo que ha pasado.

Andrea ha coseguido calmarla, ahora parece dispuesta a escucharme.

Esperamos la llegada de la tarta de Andrea contándonos la historia con todo lujo de detalles. Ella quiere darme el número de teléfono de Solidea, pero yo prefiero su dirección.

Ella y Andrea me acompañan hasta el coche.

—Esta noche Solidea iba a una fiesta de disfraces —me explica Federica—. Si vas ahora todavía estará despierta.

Subo al coche después de darle las gracias.

—¡Qué guapo, encima tienes un Porsche! —añade con un deje infantil y simpático en la voz.

Andrea y yo intercambiamos una mirada divertida, luego arranco y me despido.

Sin embargo, cuando llego a la casa de Solidea pienso que a lo mejor me estoy volviendo entrometido. Para nuestro primer encuentro ella quería algo especial. Recuerdo una promesa que le hice hace muchos años y, cuando otro coche me hace señales detrás, decido alejarme mientras maquino un plan alocado.

Solidea

Me despierta la insistencia del timbre del telefonillo, que por poco no me agujerea un tímpano. Será David, con una de sus tragedias. Me arrastro hasta la entrada.

—¿Quién es?

—¡Soy Federica! Estoy aquí con Clotilde, ¡hemos hecho de todo para hablar contigo! ¡Abre la puerta de una vez!

¿Se han vuelto locas? ¿Saben qué hora es?

Ya ves, las ocho. Ni he oído el despertador. Y el dolor de cabeza es, como mínimo, insoportable. Será culpa del mojito que tomé ayer por la noche.

No me da tiempo ni a abrir la puerta y ya Federica y Clotilde entran corriendo en casa presas de una gran agitación.

—Llevamos toda la noche tratando de llamarte, ¡siempre tienes el móvil apagado! —Sus voces se solapan y no se entiende nada, creo que sigo durmiendo y que esto es una pesadilla.

—¡Silencio! —Las regaño mientras pongo el agua a hervir, porque necesito urgentemente un café—. ¡De una en una, por favor!

—¡Se trata de Edoardo Magni! —me explica Federica, y con tan sólo oír ese nombre recupero enseguida toda la lucidez necesaria para seguir cualquier tipo de razonamiento.

—¿Qué ha pasado?

—No te lo vas a creer... —continúa, y se detiene a tomar aliento—. ¡Ayer por la noche me lo encontré! Parece increíble, pero ¡es el mejor amigo de Andrea! Habré oído hablar de él al menos un millón de veces, pero no podía imaginar que fuera él, ¿me entiendes?

El destino no para de servírmelo en bandeja de plata, precisamente ahora que estaba a punto de dejarme en paz. No es justo. Sin embargo tengo la sensación de que, para bien o para mal, lo que Federica está a punto de decirme tendrá consecuencias importantes en mi vida.

—¿Y entonces? ¿Qué increíble acontecimiento se produjo? ¿La tal Claudia dio a luz un equipo de futbolín?

—¡Sí, se trata exactamente de Claudia! ¡Es todo falso! Te lo juro, ¡se lo ha inventado todo! ¡La he visto yo con mis propios ojos! ¡Es una cabrona! ¡Y él está divino!

Está tan alterada que sigo sin entender nada.

—¿Puedes explicarte bien?

—Lo que Federica está intentando decir —interviene Clotilde más calmada— es que ayer por la noche encontró a Edoardo en la fiesta de Andrea y ha descubierto que ni tiene novia ni espera ningún hijo.

—Eso ya lo sabía —la corrige rápidamente Federica—. Habré oído hablar de él un millón de veces, ¡y hasta sabía que andaba metido en una relación virtual en Internet! ¡Sólo que no podía imaginar que se tratara del mismo Edoardo!

Vuelvo a quedarme completamente confundida, puede que por mis pulsaciones, que han subido hasta el infinito.

—¡No lo entiendo!

Han vuelto a hablar las dos a la vez. Al final Clotilde logra salirse con la suya y continúa ella sola:

—Claudia se lo inventó todo para alejarlos al uno del otro...

—¡Sí! Imagina qué cabrona, de alguna forma logró acceder al ordenador de Edoardo y ¡escribirte ese mensaje fingiendo ser él!

—¿Hablan en serio?

—Te lo juro —insiste Federica—. Sé que parece increíble, pero ¡así es! Ella es una arpía, se leyó todos tus mensajes y después te escribió el que recibiste. Naturalmente, después lo borró para que Edoardo no entendiera el porqué de tu repentino alejamiento. Él se limitó a observar que lo habías eliminado y cuando intentó volver a solicitar tu amistad y tú lo rechazaste pensó que no querías volver a saber nada de él. Además Facebook le había notificado que tú y Matteo habían vuelto a ser amigos y por lo tanto creyó que habían vuelto a salir juntos y que por esa razón no querías volver a hablar con él. ¿Te das cuenta?

Por supuesto que me doy cuenta, y me entran ganas de llorar. Puede que de felicidad, no lo sé. Es un extraño amasijo de emociones. Lo único que sé es que pocas veces los latidos de mi corazón habían ido tan rápido.

—¿Entonces no espera ningún bebé?

—¡Qué va! Es más, ayer por la noche la echó delante de todo el mundo. ¡Estaba fuera de sí!

¡Dios mío, que alguien me diga que no estoy soñando!

—Luego quería tu número de teléfono...

—¿Y se lo diste? —le pregunto esperanzada.

—No me dio tiempo, ¡porque después cambió de idea y me pidió tu dirección!

Lo sabía, ese cabronazo del destino vuelve a jugárnosla. Tengo que entrar en Internet y decirle que quiero verlo lo antes posible. El destino ya me da igual, ahora mismo lo odio, estoy segura de que no nos había preparado ninguna sorpresa, tenía sólo la intención de volverme loca.

Me arreglo el pelo y me asomo a la ventana, con la estúpida idea de sorprenderlo en la acera, a lo mejor blandiendo un ramo de flores como Richard Gere en *Pretty Woman*.

Naturalmente no hay nadie. Tengo que correr a Facebook. Clotilde y Federica me siguen impacientes.

Mientras el ordenador se conecta a la red, la puerta de entrada se abre.

Entra David, todavía más alterado que Federica y Clotilde hace un instante.

—He recibido sus mensajes ahora mismo —nos dice—. Entonces, ¿es verdad lo que me han dicho sobre Edoardo Magni?

—¡Sí que es verdad! —le contestan al unísono las chicas.

Estoy sorprendida.

—Pero ¿no estabas con Rodrigo?

—¿Por qué? ¿Vuelven a estar juntos? —pregunta Federica.

—¡Parece que sí! —grita David todo excitado.

—Para ti esta hora todavía es de madrugada, ¿cómo has conseguido despertarte?

—Mujer, ¡ante una emergencia «Edoardo Magni» no se le pueden pegar a uno las sábanas!

Un instante más tarde nos agolpamos los cuatro alrededor del ordenador.

No está conectado como esperábamos, pero descubrimos que me ha enviado un mensaje. Sin duda el más romántico que jamás se haya escrito.

Querida «niña del colegio» —dice Edoardo—, hay tantas cosas que decir que no sé por dónde empezar. Espero que tu prima Federica ya te haya comunicado lo esencial: no espero ningún hijo y, si antes Claudia pertenecía al pasado, ahora ni siquiera quiero oír su nombre.

Ayer por la noche hubiera podido llamarte, estuve a punto de conseguir tu número, pero luego pensé que tu romanticismo habría preferido, con mucho, verme debajo de tu casa en medio de la noche. Una vez llegado delante del portal, cambié de idea: ese tipo de sorpresa en las condiciones actuales de nuestra «relación», si así se la puede llamar, habría podido incluso resultar entrometida. Entonces pensé en algo mucho más especial para nuestro primer encuentro.

Estoy completamente convencido de que la sorpresa que el destino tenía pensada para nosotros era que nos encontráramos en Facebook, porque hoy en día es una herramienta como cualquier otra, un lugar como cualquier otro, al fin y al cabo. Pero, como mereces mucho más que una herramienta como cualquier otra, un lugar como cualquier otro, se me ha ocurrido que el sitio ideal para nuestra primera cita es la ciudad con la que siempre has soñado y que todavía no has podido visitar.

En el aeropuerto te espera un billete electrónico, el avión sale a la una. Sólo tienes que atreverte a subir y dejar definitivamente el pasado atrás. Te esperaré delante del Hôtel de Ville, debajo del cartel de la parada del metro, no tiene pérdida. He calculado que estarás allí sobre las cuatro de la tarde. No te preocupes, esperaré todo el tiempo necesario, pero si no te veo llegar, captaré el mensaje y volveré a casa, con un pequeño gran pesar: el de no haber podido volver a verte en persona.

Más tarde, si quieres, podrás respirar por primera vez el aire de París y verme en carne y hueso, como hasta hace pocos días esperabas. Sinceramente deseo que no haya cambiado nada.

Te espero.

Dios mío.

—¡Están locos de remate! —se pone a gritar David, dando saltitos histéricos por todo el comedor.

Los cuatro tenemos los ojos húmedos por la emoción, incluso la rebelde Federica.

En ese mismo instante le llega un mensaje al móvil: es Andrea, que le pide que me diga que me conecte corriendo a Facebook.

Hecho. Ahora sólo tengo que volar a París. Como en una peli romántica. La primera que me viene a la mente es *Algo para recordar.* Así que estas cosas no le pasan sólo a Meg Ryan...

Me tiemblan las piernas. Me voy a París. Lo veré allí. ¿Es una broma? ¿Y quién puede sobrevivir a todo esto? Como mínimo me dará un infarto en cuanto las ruedas del avión rocen la pista del aeropuerto Charles de Gaulle. Siempre hay gato encerrado.

—¡Tranquilízate! —no para de repetir David, consiguiendo ponerme todavía más nerviosa.

Me parece que me falta tiempo para organizarme. No sé por dónde empezar.

Por suerte mi hermana se encarga de la parte práctica y se pone a buscar una maleta. Encuentra una bolsa de viaje medio rota en el trastero, debajo de seis dedos de polvo.

—Eres una trotamundos —ironiza David mientras me peina—. Verás que París superará cualquier expectativa —continúa, casi más emocionado que yo—. Recuerda, mi amor, ¡querré todos los detalles! ¡Y prométeme que te pondrás las pilas con el servicio de habitaciones! —Es mi sueño desde siempre: ¡atiborrarme con el servicio de habitaciones de un hotel de cinco estrellas!—. Ah... —concluye, ya en un estado de ensueño—. Estar o Bienestar, ¡yo sabría dónde estar! Palabra de Guillermo Agitaperas.

Delante del armario abierto, Federica está seleccionando cuidadosamente la ropa.

—¿Y esto qué es? —pregunta sacando un jersey de punto con ochos.

—¿Y tú qué crees?

—Como mucho puede servir de minivestido —propone, y continúa con sus pesquisas en el armario, en busca de algún vestido escandalosamente corto que me siente bien.

Estoy demasiado trastornada para tomar la iniciativa, lo dejo todo en sus manos. Antes de llegar al aeropuerto tengo que pasar por casa de la abuela para recoger el pasaporte, me temo que para dejar el país el carné de conducir no es suficiente, y sobre todo tengo que decirles a mi madre y a mi tía que me voy a París. Les va a dar algo.

Se ocupa Federica y las llama poniendo el altavoz del teléfono de casa.

—¡Hoy Solidea no va a trabajar! ¡Se va a París!

—Pero ¿qué dices? —contesta mi madre desconcertada—. ¿Federica? ¿No estás en la escuela?

—No hemos ido, ¡se trataba de una emergencia romántica, mamá! —interviene Clotilde, mientras dobla la ropa en la bolsa de viaje.

—Clotilde, ¡tú también! ¿Han perdido el juicio? ¡Pásame a tu hermana!

—Mamá, ¡Edoardo me ha invitado a París! ¡Estoy demasiado emocionada para explicártelo todo, y además no tengo tiempo! ¡El avión sale a la una!

—¿De qué me hablas? —Luego desiste y se despide a medio camino entre el shock y la felicidad—. Por favor, ten cuidado, ¡no seas imprudente! —añade con un deje de resignación en la voz.

En un momento estamos listos para irnos y ya tengo la bolsa colgada del hombro. Antes de salir de casa sin embargo echamos un vistazo al reloj y nos damos cuenta de que apenas son las nueve y media. Llevamos un ligerísimo adelanto, diría yo.

Al menos los cuatro aprovechamos para recuperar el aliento.

Dejo la maleta en el suelo.

—Tienes todo el tiempo del mundo —me tranquiliza David—. Tienes que ir a ver a tu abuela, ¿verdad?

—Sí, y la casa de la abuela no está de camino, de manera que cojo el coche y luego vuelvo a pasar por aquí, así cargamos la maleta y me acompañan al aeropuerto. ¿Les parece bien?

—Perfecto, entonces nos vemos en un ratito.

Como en toda peli romántica que merezca ese nombre, siempre hay un golpe de efecto en el último instante.

El mío se llama Matteo y me lo encuentro delante del portal.

—Estaba preocupado —me dice, después de saludarme cabizbajo—. Hacía tiempo que no te veía en la tienda, tu tía me ha dicho que has tenido gripe.

Lo conozco demasiado bien, podría descifrar cada uno de sus pasos: si no tuviera algo importante que decir, no habría venido hasta aquí.

Me siento violenta, levanto la mirada hacia la ventana para ver si David o las chicas se han asomado. Por suerte está cerrada.

—Tengo prisa, Matteo. ¿Podemos hablar en otro momento?

Él también me conoce al dedillo y sabe que en este preciso instante estoy huyendo de él: por primera vez en diez años mi mente está ocupada en algo más importante.

—¿Adónde vas?

Podría decirle «a París» y gozar del espectáculo de su desesperación, pero al fin y al cabo ¿de qué espectáculo estamos hablando? Es mi Matteo: si él sufre, yo también; siempre ha sido así.

—Tengo que ir a una cita —le digo, tratando de alejarme—, y no puedo llegar tarde.

Matteo baja la mirada. Hay algo entrañable en su manera de apartarse.

—No te entretengo —me contesta con voz apagada—. Hablaremos otro día.

Nos miramos, nos quedamos en silencio durante
no sé cuántos segundos.

—¿Qué querías decirme?

—Es un largo discurso. Nos vemos otro día.

Me pone de los nervios cuando se porta así. Se hace
de rogar, necesita sentirse importante, como siempre he
dejado que se sintiera, por otro lado. Pero esta vez no
tengo ganas de perder el avión por dejar que esa mirada
me la juegue, de manera que me despido y voy hacia el
coche. Cuando llego a la portezuela, sin embargo, es más
fuerte que yo: me doy la vuelta y lo busco. Sigue allí en
la acera, en la misma posición en la que lo he dejado. Mi
mueca resignada lo convence de cruzar la calle.

Se me acerca con un suspiro larguísimo.

—Si pienso en lo que te he hecho pasar, me siento
como un gusano asqueroso —admite, y se mete las manos en los bolsillos, lo que muestra su incomodidad.

—He pasado página —le digo con una sonrisa poco
persuasiva. Sé exactamente adónde quiere ir a parar, y antes creía que eso era lo único que deseaba. Hubiera vuelto con él, sin condiciones, con todos sus animales y su
comida para perros. Maldito.

—Debora ha sido una equivocación —continúa, con
la mirada clavada en el suelo. Con un pie golpea una pie-
drecita—. Hace tiempo que pienso en ello, te he echado
mucho de menos, Sole. De nuestras pequeñas vidas, siempre has sabido sacar lo mejor.

Mientras habla, acuden a mi cabeza las fotos en Facebook, sus buenos momentos, el viaje a Perú, las hogueras
en la playa. Vete a saber la de veces que le diría «te quiero»

y que le hablaría de mí, ninguneándome, como sabe hacer él cuando olvida el respeto por las cosas importantes.

Lo miro tratando de recordar las razones que me empujaron a aferrarme a él durante tanto tiempo. Porque ésa es la verdad, durante casi diez años me aferré a él con todas mis fuerzas, creyendo que si me dejaba yo caería en el infierno. Y cuando nos alejamos, en realidad, seguía amarrada a su recuerdo. Estaba segura de que no conseguiría salir adelante. Pero al final pude, lo dejé ir y no he caído en ningún sitio. Es más, ahora voy a volar hacia París.

Deseo que siga hablando, porque necesito encontrar esas razones y darle un sentido a diez años de vida juntos. Pero no encuentro nada. Sólo a un chiquillo asustado por la idea de quedarse solo. Alguien que siempre creció sobre mis debilidades para sentirse más fuerte. Y no hay rabia en esa constatación. Mi rabia también se fue a algún lugar, junto con mi amor por él.

De pronto lo interrumpo.

—Me voy a París —le digo. No con la intención de que sufra, sólo para que se libere del recuerdo desfasado que guarda de mí, de la niña sometida que le daba demasiada importancia—. Hay otra persona en mi vida, ahora tengo que irme porque ya no tengo más tiempo.

Matteo retrocede, casi aturdido; luego saca todo el orgullo que le queda para despedirse, aunque solamente dándome la mano con frialdad, distante, la misma actitud pueril que cuando decidía quién podía entrar en la discoteca y quién no. Siempre ha disfrazado la falta de seguridad con un toque de arrogancia.

—Cuídate, buen viaje —me dice expeditivo, como hablaría Fonzie en *Happy Days*.

Mi Fonzie se va, escondiendo al mundo sus pequeñas heridas, y yo subo al coche pensando que la época de los *happy days* y de las entradas a la discoteca nunca ha estado tan lejos de mí. Ahora me preparo para ir hacia una nueva aventura para adultos, que empieza desempolvando el pasaporte, olvidado desde hace no sé cuánto tiempo en casa de mi abuela.

Subo deprisa las escaleras de su edificio, porque se ha roto el ascensor. Lo típico cuando no tienes tiempo.

La asistente social me abre la puerta y yo corro al viejo estudio del abuelo para recoger el documento. Luego vuelvo atrás, hacia la entrada, y paso por la habitación de la abuela.

La puerta está entornada: un corte en la oscuridad, ese aire saturado de saliva y dentadura, de piel arrugada, fina, casi transparente. La abro ligeramente y veo la habitación en penumbra.

La abuela está tendida en la cama totalmente vestida, con los zapatos puestos y una hoja de papel en el regazo. Normalmente no descansa a esta hora.

Parece que se ha quedado dormida de repente, mientras estaba leyendo algo. Al verla así, me asusto. Tengo miedo de acercarme y descubrir que ha dejado de respirar. Podría ser hoy ese día en el que a veces me da por pensar, pero me estremece tanto que mejor no mencionarlo.

—Abuela —la llamo desde el umbral, al principio casi un susurro, con el corazón que vuelve a latir con fuerza—. ¿Abuela? Estoy a punto de irme, ¿me oyes? ¿Puedo entrar a despedirme?

No hay nada que hacer, no da señales de vida. Empiezo a preocuparme en serio, doy un paso hacia delante y otro más. Vuelvo a llamarla.

Esta vez, por fin, mueve un poco una mano, dejando que el rosario se deslice entre sus dedos. Los ojos, como comas rosas en medio de dos extremidades de carne suave, se abren justo un instante para dejar brillar las pupilas, luego se cierran.

—Está cansada —me explica la asistente social desde el pasillo—. Esta mañana se ha levantado muy pronto para el análisis de sangre.

Gracias, Señor. Hoy no es ese día.

Ya puesta, aprovecho para quitarle los zapatos y poner el rosario en el joyero. Recojo la hoja que se le ha quedado en el regazo.

La cojo y me doy cuenta de que no se trata de un documento cualquiera, sino de un pequeño secreto: es una carta para el *abuelo que ya no está.*

Esta vez no puedo resistirme.

Mi querido Filippo adorado —escribe la abuela con la caligrafía de una niña—. Te doy las gracias de todo corazón por haber cuidado de nuestro comercio. Tus hijas dicen que estamos a punto de dar un salto cualitativo, pero ya sabes en estos tiempos majaderos cómo se ponen de moda ciertos saltos, sobre todo cuando se llena uno la boca de palabras como «cualitativo». Me mantengo en la opinión, mi adorado Filippo, de que lo importante es que el comercio no se mueva de allí, que se quede donde está.

A veces, cuando voy a dormir por la noche, me parece sentir que tiran de la cuerda, la que nos tiene atados desde que nos cortejamos por primera vez, y que tú, con tu primer beso, me ataste alrededor del corazón. Cuando volaste al cielo para unirte a Jesucristo, estaba segura de que esa cuerda no iba a tardar en arrastrarme a mí también. En cambio me quedé aquí, ya no sé durante cuánto tiempo.

Cuando, ciertos días, me dejas sola y vuelves allá arriba, me gusta imaginarte desenredando los ovillos que se habrán creado con todo este «subir y bajar». Cuando hayas terminado de deshacer bien los nudos, estoy segura de que empezarás a tirar del hilo para llevarme contigo. Cuando me paro a pensar en ello, me parece ver un agradable parpadear de luces en la oscuridad de la noche. Y estoy lista, sí. En serio, estoy lista. Ahora que además el comercio se queda donde está, y de eso podemos estar seguros, me iré con el corazón aliviado.

El telefonillo empieza a sonar enloquecido, mi abuela se despierta, abre los ojos y me ve con la carta en las manos y una sonrisa de ternura impresa en la cara.

—¡Fuera de aquí! —Me quita la hoja de las manos, algo molesta.

—La estaba poniendo en su sitio —trato de justificarme.

—¡No me vengas con necedades!

—Solidea —me llama la asistente social—, están aquí Clotilde y Federica. Te están esperando. ¡Tienen prisa!

Rayos, se ha hecho muy tarde.

La abuela sigue refunfuñando, mientras dobla la carta con cuidado.

—¡Tengo que irme, abuela! ¡Perdona, te quiero!

—Ya, ¡para ustedes, desgraciadas, todo es siempre muy fácil! —sigue quejándose. Vieja gruñona, adorable como pocas en el mundo.

* * *

Delante del edificio de la abuela hay un taxi con David, Federica y Clotilde esperándome.

—¡Sube! ¡Corre!

—¿Y el coche?

—No nos da tiempo, ¡tienes que volar! ¿Te has vuelto loca, quieres perder el avión?

—Pero ¡si son las doce menos cuarto!

—¿Y no sabes que al aeropuerto tienes que llegar mucho antes? —sigue reprochándome David, mientras le pide al taxista que vaya más rápido—. ¿En qué mundo vives, mi amor? ¡El hecho de que guardes el pasaporte en casa de tu abuela lo explica todo!

—¿Y el teléfono? —se suma Federica—. ¿Sabes que los móviles se han inventado para que la gente se llame?

—Te esperábamos en casa, ya no sabíamos qué hacer —añade mi hermana—. Y ahora encima estamos en un atasco. ¿Se puede saber para qué tienes el cerebro? ¿Quieres ir a París o no?

Por lo visto, Matteo, la abuela y el *abuelo que ya no está* se han puesto de acuerdo para que pierda el avión. Todo como en un perfecto guión romántico. Sólo que nos encontramos en el mundo real, y si al final lo pierdo esta historia acabará mal incluso antes de empezar.

La azafata en el *check-in* es inamovible.

—Hemos cerrado el embarque —nos dice—. Puede ir en el siguiente vuelo.

Los chicos me miran indignados. David vuelve a la carga.

—¿En qué estabas pensando? ¿Que el avión te esperaría? ¿Quién te has creído que eres? ¿Meg Ryan?

Si embarco en el vuelo siguiente, llegaré a la cita con dos horas de retraso. ¿Y si no me espera? ¿Qué hago yo sola en París?

—Por suerte no eres Meg Ryan y esto no es una peli —nos asegura Clotilde, con la lucidez necesaria—. Federica le dirá a Andrea que llame a Edoardo para que te espere.

—¿Señorita Manenti? —me llama la azafata del *check-in*—. Aquí hay una carta para usted. Es algo que normalmente no hacemos, pero mi compañera recibió instrucciones precisas al respecto. Aquí la tiene.

Me acerca un papel. No me lo puedo creer, es de Edoardo.

«Si perdieras el avión —me escribe—, la azafata tendría que entregarte este mensaje. No te asustes, Solidea, sé que no estás acostumbrada a viajar, y no soy tan desconsiderado como para arriesgarme a que deambules perdida por París. Ni estoy tan loco como para esperar durante horas delante del ayuntamiento sin saber si has llegado o no: cuando aterrices en el aeropuerto, encontrarás a un chófer esperándote. Naturalmente estará allí para llevarte junto a mí. Mantén la calma, todo irá bien. Sube en ese avión, no te hagas de rogar».

Esta vez lloro de verdad. ¿Qué he hecho para merecer un hombre tan romántico y previsor?

Los chicos se despiden cuando embarco, casi más emocionados que yo.

Le encomiendo *Matita* a David.

—¡Y no le permitas que destroce mi cama! ¡Esa loca, cuando se siente abandonada, me juega malas pasadas!

—Me los llevo a los dos a casa de Rodrigo, ¡no te preocupes, mi amor!

—¿Por qué? ¿Te vas?

—¡Ya era hora! Te lo he dicho, volvemos a estar juntos.

Creía que escucharía esta noticia con una sensación de liberación, pero en realidad no me gusta la idea de que de repente me deje sola.

—No pongas esa cara, ¡tonta! —me anima David, bromeando—. ¡Tu cocina azul está a salvo, ya no corre el riesgo de volar por los aires por culpa de un fuego que se ha quedado encendido!

Al subir al avión me digo: «Graba en tu memoria cada instante, Solidea. Éstos son los momentos que marcan la diferencia. Un día se los contarás a tus nietos tratando de retener las lágrimas».

Unos minutos después estamos en el aire y la ciudad se vuelve pequeñísima debajo de mis ojos, hasta que empezamos a volar sobre el mar. Creo que es la primera vez que lo veo desde la ventanilla de un avión: tan infinito que da vértigo. Con sólo mirar hacia el horizonte me relajo.

Edoardo tenía razón: a la salida del aeropuerto Charles de Gaulle hay un chófer en uniforme que sostiene un cartel que lleva escrito mi nombre. Me estaba esperando. En francés sólo sé decir *merci*. Espero que no me haga demasiadas preguntas.

Me deja subir en su lujosa berlina, tratándome como a una princesa. Estoy aturdida, no paro de repetir *merci* y mirar alrededor.

Estás en París, Solidea, como siempre habías soñado. Y también el aire es distinto, más fresco, y todavía más efervescente por el sonido de ese idioma elegante que tú también quisieras aprender.

Durante el trayecto en coche me sorprendo embobada mirando el paisaje más allá de la ventanilla. Incluso la periferia no parece estar nada mal. Sin embargo, cuanto más nos acercamos al centro y cuanto más se deja descubrir París, mis ojos, acostumbrados a los fotogramas que la han hecho famosa, empiezan a reconocerla. Algunas vistas son las que aparecen en las paredes de mi habitación. No es tan diferente a mis recuerdos de las películas de Truffaut.

Luego, de repente, aparece el Sena, con todos sus puentes y las fachadas estilo imperio. La belleza de esta ciudad no para de sorprenderme, decadente y suntuosa al mismo tiempo, aún más fascinante de lo que había imaginado durante años.

El chófer para el coche delante del Hôtel de Ville, enseguida reconozco su imponente fachada del siglo XVII con el reloj en medio. Bajo en la acera de la plaza, aún un poco perdida. Me encuentro delante de dos modernas pirámides de acero y cristal, también están haciendo obras, a lo mejor están planeando la construcción de una pista para patinar. Lo busco entre el gentío, con las manos temblándome por la emoción. El chófer se ha quedado de pie al lado del automóvil y me sonríe. Quisiera hacer lo mismo, pero me siento paralizada, mi corazón da tumbos. Aún no he muerto de un infarto, pero siento que podría darme uno de un momento a otro. A estas alturas, sólo puedo confiar en los parisinos y en sus reflejos: deseo que al menos haya un hospital por aquí cerca.

No paro de mirar a mi alrededor, sin perder ni un detalle, pero no logro ver a Edoardo. Doy unos pasos hacia delante; luego, cuando me doy la vuelta para buscar la parada del metro, lo sorprendo viniendo hacia mí.

Es él. Me sonríe, como había esperado, y por fin puedo sonreírle yo también, porque, aunque esté alterada a más no poder, ahora que lo veo acercarse me siento segura. Sus ojos son como un puerto en la tempestad.

No hace falta decir nada, se me acerca cada vez más hasta darme el beso que estaba esperando. Y pegar mis labios a los suyos es como volverme de repente ligera como una pluma. Un simple soplo de aire podría arrastrarme.

Justo en ese momento un flash me obliga a abrir los ojos.

Delante de nosotros hay una mujer de pelo largo, con un abrigo tejano y una cámara colgada del cuello. Parece una profesional y por su sonrisa intuyo que no está aquí por casualidad. Ahora que mi mirada vuelve a Edoardo en busca de una explicación, me doy cuenta de que su ropa tampoco es casual: el pelo despeinado de esa forma, el corte particular de la chaqueta y la bufanda beis que sale como quien no quiere la cosa. Se ha ataviado exactamente como el hombre de la foto de Doisneau.

—Así ahora tú también tendrás tu beso del Hôtel de Ville —me dice, tomando mi cara entre sus manos—. ¿No era lo que siempre habías deseado? Y te aseguro que no todo el mundo tiene una foto de Marguerite Dupoint para enmarcar.

Entonces se da la vuelta y saluda a la fotógrafa para darle las gracias. La mujer se aleja sin dejar de sonreírnos y apoyando una mano en el pecho en señal de complicidad.

No tengo palabras. Creo que las lágrimas asoman a mis ojos y no puedo hacer nada para pararlas. Quisiera contestarle algo, pero no puedo.

«Eso es, Edoardo, bésame. Bésame. Tú sigue besándome, yo no podría hacer otra cosa».

Edoardo

Espero la llegada de Solidea delante del ayuntamiento de París durante un tiempo que me parece infinito.

Contactar con una fotógrafa del calibre de Marguerite Dupoint no ha sido fácil. Por suerte, cuando le he explicado de qué se trataba la sorpresa en la que había pensado, ha reaccionado con entusiasmo.

La esperamos juntos, sentados a la mesa de una *brasserie*. Mientras fumamos un cigarrillo, Marguerite me pregunta:

—¿No tienes la menor duda? Quiero decir, ¿estás seguro de que te gustará también en persona?

A decir verdad no sé nada seguro y por momentos me parece todo prematuro y hasta un poco ridículo, pero me basta con recordar la sensación que tuve la primera noche que chateamos en Facebook para tranquilizarme.

Marguerite sonríe.

—Estás muy bien vestido así —comenta—. De verdad que pareces Jacques.

—¿Quién es Jacques?

—Ella se llamaba Françoise y él Jacques. En 1950 tenían veinte años y su historia de amor duró sólo uno, pero durante medio siglo ha representado la pasión de la juventud, del amor feliz que no se esconde, de la magia eterna de París —me cuenta Marguerite, entre una calada de cigarrillo y otra—. *El beso* de Doisneau es una de las fotos más célebres del mundo, como la de Alberto Korda que retrata la mirada del Che, que acabó saliendo en millones de carteles y camisetas, y la de Robert Capa que congela la muerte del miliciano en España. Estoy contenta de haceros esta foto, es la confirmación de que cuando contemplas una buena imagen en cierto sentido quisieras formar parte de ella.

En ese momento me suena el móvil. Es Albert, el chófer; me avisa de que Solidea ha llegado y están a punto de dejar el aeropuerto. Empiezo a ponerme nervioso. Marguerite se da cuenta y me deja pasear solo por la plaza. Mientras tanto mide la luz y busca el encuadre correcto.

Me acerco a un pequeño grupo de palomas que se están arrullando. Me siento estúpido esperándola delante del ayuntamiento de París, me esfuerzo para recordar su rostro, pero no logro visualizarlo. He organizado todo esto para una persona que apenas conozco. Sabía que estas redes sociales acabarían por idiotizarnos a todos.

—El beso tendrías que dárselo exactamente en este punto —me advierte Marguerite—. Pero tenéis un margen de un par de metros.

Asiento para comunicarle que he entendido y siento que la ansiedad no para de crecer. Miro el reloj y respiro profundamente. Albert vuelve a llamarme, están llegando.

Marguerite y yo entramos en la tienda de zapatos de la esquina, el lugar en el que antes estaba el bistró de la foto, para esperar la llegada del coche desde el escaparate. Si pienso mucho rato que estoy haciendo esto por una chica que no veo desde que era niña, me siento un idiota. Por no hablar de la que he montado para reservar una mesa en el restaurante, el Cristal Room de Baccarat. Normalmente se tarda meses, y he tenido que ir a molestar a éste y al otro. ¿Y el hotel? Ninguno me parecía suficientemente bueno para la ocasión, hasta que he encontrado un hotel boutique en el corazón de la zona más antigua de París, Le Petit Moulin, y he pensado que Christian Lacroix lo había diseñado expresamente para ella. También el barrio de Marais la refleja a la perfección. Aunque al fin y al cabo, ¿qué sabré yo? Hace tan poco tiempo que la conozco... Es todo tan ridículo...

Albert acerca el coche a la acera y se para. Estoy a punto de decirle a Marguerite que lo deje correr, darle un beso de esta forma no tiene sentido. Ella me indica que me dé prisa. Alejo la mirada del escaparate antes de que Solidea salga del coche.

—¿Qué te pasa?

—Olvidémoslo, Marguerite. Siento haberte involucrado, pero ahora me parece demasiado artificial.

—No te preocupes —me contesta—. Te entiendo a la perfección.

Nos despedimos dentro de la tienda. Cuando salimos, la veo. Está caminando, perdida, en la acera de la plaza: el pelo largo recogido en una coleta sencilla, la piel blanca, de porcelana, con las mejillas ligeramente rojas.

En un instante mi mente se vacía de cualquier pensamiento. Sólo queda el deseo de alcanzarla lo antes posible.

Cruzo la calle sin dejar de mirarla. Cuando sus ojos me distinguen, ya no tengo dudas. Es como esperaba volver a encontrarla y las sensaciones son incluso más fuertes de lo que imaginaba.

La beso sin ni siquiera pensar en la foto que Marguerite iba a hacernos. Y sólo cuando el flash está encima de nosotros me doy cuenta de que por suerte no me ha hecho caso.

Nos saluda sosteniendo la cámara con una mano y tocándose con la otra el corazón: me da las gracias por hacerlo, por haber creído en ello. Solidea se ha conmovido, no puede ni hablar, y a mí me basta con volver a encontrar sus grandes ojos húmedos para sentir de nuevo el deseo de besarla.

Solidea

Mi abuela tiene razón: las relaciones son esas preocupaciones que nos mantienen vivos. No puedes prescindir de los lugares ni de las personas que has querido.

Hay personas que están atadas por una cuerda elástica y no lo saben. En cierto momento se va cada una por su camino, cada una por su cuenta, y la cuerda elástica les deja hacer, les sigue la corriente. Hasta que acaban olvidándose de ella. Pero luego llega el último momento, cuando la cuerda elástica está a punto de romperse, tanto que tienen que reaccionar; no se rompe, sino que más bien de un golpe seco muy violento consigue que vuelvan a encontrarse cara a cara.

Mi encuentro cara a cara con Edoardo Magni ha sido un inolvidable fin de semana en París.

Después de besarnos durante no sé cuántos minutos delante del Hôtel de Ville, nos hemos acercado al chófer, que nos esperaba parado al otro lado de la calle. Nos ha llevado a dar una vuelta por la ciudad, con el atardecer tiñendo el cielo de rosa y la ciudad de azul. Me sentía Audrey Hepburn en una de esas películas románticas ambientadas en París.

Para nuestra estancia, Edoardo ha elegido un hotel que jamás olvidaré, y no sólo porque se halla en un pequeño edificio del siglo XVIII, que antes acogía la más antigua panadería de París, con un portero llamado Laurent que parecía salido directamente de una comedia romántica, sino también porque en el cuarto de baño de mi habitación he encontrado una bañera con pies. Edoardo ha sonreído mientras me decía: «Es la única que he podido encontrar entre todos los hoteles de la ciudad; espero que te guste».

¿Que si me gustaba? He pensado que no era cuestión de volver a emocionarme, si no habría creído que soy una estúpida, así que me he controlado y he seguido mirando a mi alrededor.

El hotel está firmado por el estilista francés Christian Lacroix. A lo mejor con la intención de regalarnos una atmósfera onírica, el estilista ha creído oportuno conducir a los huéspedes a las habitaciones (cada una diferente de la otra pero todas muy coloridas y llenas de fantasía) a través de un oscuro pasillo, con una moqueta negra decorada con topos blancos. Cuando he entrado en la mía, me he emocionado, me parecía lúdica, extravagante, pero increíblemente encantadora, *charmante*, si utilizo una de las pocas palabras francesas que Edoardo ha podido enseñarme. El baño de su habitación no tenía bañera con pies y los muebles eran decididamente más zen que los míos, pero igual de acogedores. De todas formas, el hecho de que haya decidido reservar dos habitaciones me ha tranquilizado. Sabía que acabaríamos durmiendo juntos, y eso me alteraba un montón, pero al menos tenía mi habitación y en cualquier momento podía decidir atrincherarme allí.

Lo primero, me he concedido un baño de al menos una hora. En la confusión antes de partir, no me había depilado y tenía unas cuantas cosas que arreglar. Quería que todo estuviera perfecto, que fuera irreprochable, pero no podía evitar mirarme en el espejo y pensar que no estaba a la altura: «¿Qué hace alguien como yo en esta maravilla?».

Aunque después, en el ascensor, en medio de la explosión de fantasías y adamascados y damas del siglo XVII en las paredes, he encontrado sus ojos y se me ha pasado todo.

Me ha llevado a cenar al museo de Baccarat, en una suntuosísima sala cubierta de frescos, con cristales por doquier y camareros almidonados que nos servían los platos con cuentagotas. No hemos parado de reír, yo por la excitación, él puede ser que por la felicidad de verme tan excitada. Los habituales del restaurante al parecer no apreciaban demasiado nuestro entusiasmo y de vez en cuando hemos tratado de contenernos, pero inútilmente.

Una vez terminada la cena, hemos corrido a refugiarnos en el coche, y allí más besos, besos sin parar, y risas incontenibles que sabían a Châblis en un estómago vacío y trufas de chocolate con efecto afrodisiaco.

De vuelta al hotel, nos hemos rendido ante la evidencia de que la *nouvelle cuisine* no es para nosotros y le hemos pedido a Laurent que nos subieran a la habitación de Edoardo dos dobles hamburguesas con queso y una botella de champán. Hojeando el menú del servicio de habitaciones, he pensado en David y en lo mucho que me envidiaría si me viera en ese momento.

Entre una patata con ketchup y un trago de Veuve Clicquot, nos hemos mirado, sabiendo que dentro de poco nos convertiríamos en una sola cosa. Me ha acariciado la cara no sé durante cuánto tiempo, por fin podía hacerlo y no vernos solamente a través de una pantalla. Después de la cara ha pasado al escote, al seno, los brazos, la barriga. Esperaba que no se fijara en mis defectos, que no se diera cuenta de todas mis imperfecciones. Cuando me ha tomado por las caderas con la intención de acercarme a él, haciéndome resbalar sobre las mantas, he pensado que, de no tener celulitis, habría sido con diferencia el movimiento más excitante de mi vida. Ha querido besarme por todas partes.

—Me enloquece tu olor —me decía—, tu sabor de niña. —Y yo me sentía morir, tan ultrajada en mi intimidad y al mismo tiempo deseándolo tanto.

Cuando ha entrado en mí, me ha faltado el aliento. No podía parar de mirarlo a los ojos, no los habría cerrado por nada del mundo. Quería grabar en la memoria cada detalle de ese momento: los sabores, los olores, la consistencia de su piel. No hacía otra cosa que acariciarlo por todas partes.

Entre una pausa y otra, hemos hablado de mil cosas hasta casi el alba. Me ha descrito su trabajo, he llegado incluso a aprender la diferencia entre una botella de champán y una de espumoso. Me ha contado la historia de su empresa vinícola, la difícil relación con su padre, la aparente superficialidad de su madre y la aparición de una amante de color de su padre salida de la nada. Lo he apreciado mucho, yo también me he abierto de forma natural y le he confiado todas mis inseguridades, el arrepentimiento por no haber ido a la universidad y el miedo de no estar a la altura de la nueva librería. Edoardo se ha mostrado resuelto, me ha hecho reflexionar sobre la posibilidad de utilizar el propio Facebook para promocionar la inauguración y mis encuentros de lectura. Se ha ofrecido para implicar a sus numerosos contactos, incluyendo al Andrea de Federica y las listas de distribución de esa empresa suya que organiza eventos. Es otra cosa que adoro en él: su pragmatismo y su concreción me sugieren que lo tiene todo siempre bajo control y consigue que me sienta protegida. Antes de dormirme, aún mirándolo a los ojos me he preguntado: «¿Puede alguien enamorarse con tan sólo ocho años de un chico y descubrir luego, mucho tiempo después, que a lo mejor es el gran amor de su vida?».

Por lo visto sí.

Estoy colgando la foto de *Nuestro beso del Hôtel de Ville* en mi comedor, en el lugar de la célebre foto de Doisneau. El encuadre es el mismo, casi sesenta años después: al fondo, el perfil difuminado del Hôtel de Ville, pero con mucho más barullo a su alrededor. En lugar de la farola y la mesa de un bar, que a lo largo de los años ha sido sustituido por una zapatería, una moderna escultura piramidal y un semáforo con la luz verde encendida. Sigue el árbol del final, señal de que a veces la naturaleza se deja atravesar por nuestras pequeñas locuras sin pestañear. Mi cabeza no está inclinada hacia atrás y no llevo ropa de los años cincuenta como hubiera querido, pero sé que mi corazón, en ese momento, se detuvo un instante.

Justo estos días escucho la noticia de que el original de esa foto está a punto de ser subastado con un precio inicial de veinte mil euros. Mi *Beso del Hôtel de Ville*, hecho por Marguerite Dupoint casi sesenta años después, no lo vendería ni por todo el oro del mundo.

De repente David irrumpe en el piso gritando y dando saltitos de lo contento que está de encontrarme en casa; dice que quiere conocer cada detalle de mi romántico fin de semana en París. Lo siguen *Matita* y *Schopenhauer*, que corren a mi encuentro como si no me vieran desde hace vete a saber cuánto tiempo. *Matita* me da tantos besos, gorda como está, que hace que me caiga al suelo. Me doy cuenta de que David está llevando sus cosas hacia la que era la habitación de Matteo.

—¿Y Rodrigo? —le pregunto preocupada—. ¿No habías vuelto a vivir en su casa?

—¡No podía olvidar la cara que pusiste en el aeropuerto, mi amor! —refunfuña David, que arrastra incluso una lámpara de dos metros de alto, señal de que esta vez quiere mudarse de verdad—. ¡Parecías tan triste pensando que no volverías a tenerme por aquí!

—Y estaba triste. Pero ¡lo estoy todavía más si pienso que te voy a tener aquí para siempre!

—¡Para siempre! ¡Tampoco te pases! Además, considerando la foto que has colgado en esa pared, ¡yo diría que no te quedarás en este piso durante mucho tiempo! Te lo he dicho, mi amor, quiero conocer todos los detalles.

—Primero quiero saber qué pasó con Rodrigo. ¡Parecía que había vuelto a acogerte con los brazos abiertos y que te había perdonado el hecho de que no pararas de compararlo con Ewan McGregor!

—¡Ése es el problema!

—¿A qué te refieres?

—A que él no es Ewan McGregor —me explica David con toda la tranquilidad del mundo—. Esta mañana me he levantado y he entendido que mientras Ewan McGregor sea el único inimitable intérprete del *Your Song* de esa vaca asquerosa de Elton no podré considerarme nunca verdaderamente enamorado de Rodrigo.

Tan loco como razonable.

—¿Y entonces?

—Y entonces, como decía Madonna cuando interpretaba a Evita antes de convertirse en la señora de Perón: *Another suitcase in another hall!*

Inútil pedirle explicaciones al respecto. David detesta que no entienda ni una sola de sus citas. Cultas o pop, no hay diferencia.

Edoardo

He quedado con mi madre, me ha pedido que nos veamos. Por teléfono su voz no sonaba normal.

En el coche, durante el trayecto, no dejo de pensar en Solidea y en lo que hemos vivido en París. La he acompañado a casa esta mañana y ya la echo de menos. No puedo dejar de sonreír cuando pienso en ella. Ha ido todo mucho mejor de lo que habíamos esperado. Ya no sé la de veces que he estado en París, pero verla a través de sus ojos ha sido una experiencia completamente nueva. Su entusiasmo es casi conmovedor, en cierta manera parece que sigue siendo una niña. Hasta su olor tiene algo de infantil. Sin embargo cuando la desnudas se vuelve mujer. Cálida, suave, por fin un poco de carne entre los dedos. Acostumbrado al cuerpo de modelo de Claudia, tan huesudo y anguloso, la primera noche me parecía increíble poder hundir mi cara en su pecho. Hubiera querido que me envolviera por completo. Y además hemos hablado, reído, bromeado. Me gusta, me gusta un montón. Y no se trata sólo de una chica con la que estoy a gusto, también es una persona con la que puedo abrirme. Le he explicado tantas cosas de mi vida que antes me habría parecido imposible expresar que he logrado sacarlo todo, expulsar todos mis males, como en un proceso de catarsis.

En la avenida que conduce a la villa, *Hitchcock* me acoge con más entusiasmo que de costumbre. Creo que él también ha sacado provecho de la separación de mis padres. Ladra con placer, como si ahora, por fin, le estuviera permitido. Se frota contra mis pantalones para demostrarme todo su cariño, y en ese momento Solidea vuelve a irrumpir en mis pensamientos, junto con el recuerdo de la primera vez que entré en ella y cómo la sangre se me subió al cerebro. Me da escalofríos.

Es mi madre, en bata y zapatillas, quien abre la puerta. Algo inusual en ella. Normalmente sale de su habitación ya vestida y perfumada, hoy en cambio no lleva ni una pizca de maquillaje y su pelo ni siquiera está limpio. Al menos se ha apagado visiblemente esa inquietante tonalidad rojo fuego que la hacía parecer una vieja bailarina. Me da la bienvenida con un beso, y me pide que pase.

Nos sentamos en el comedor.

—¿Estás segura de que te encuentras bien?

—Sólo estoy un poco cansada, querido.

—Dime la verdad.

Se empeña en evitar mi mirada. Me pregunta si quiero un poco de té y le pide a la camarera un cenicero y dos tazas.

—¿Entonces?

—Entonces cuéntame tú. Tu secretaria me ha dicho que has ido a París. ¿Tú y Claudia vuelven a estar juntos?

—He ido con otra persona.

Abre los ojos de par en par, pero mantiene su expresión calmada, y eso tampoco es habitual en ella: normalmente, cuando la situación escapa a su control, se pone nerviosa.

—¿Y quién es la afortunada, si se puede saber?

—El afortunado soy yo, por haberla encontrado.

—¡Por todos los cielos, querido! Nunca te había oído hablar así. ¿Y quién es? ¿La conocemos?

Siempre ha tenido grandes expectativas al respecto. Aunque no lo admita jamás, estoy seguro de que para mi futuro aspira a una mujer de apellido importante, o al menos un currículum digno de gran respeto. Si le dijera que he perdido la cabeza por la hija de la propietaria de la histórica librería-papelería de al lado de la escuela, no sé cómo reaccionaría. Una sobredosis de realidad podría sentarle muy mal.

—¿Entonces? ¿La conozco?

Me conformo con decirle que es una persona especial, que a lo mejor no es su tipo, pero que lo importante es que me haga feliz. En contra de lo acostumbrado, su reacción a mis palabras es una sonrisa bonachona, para nada fingida.

—Te veo bien —admite—. Y eso es lo fundamental.

Después toma un sorbo de té y me dirige una mirada indescifrable. ¿Adónde han ido todas sus superestructuras, su ansiedad por tenerlo todo bajo control y esa inconfundible sonrisa de plástico siempre impresa en su cara?

—Te quería ver —me dice— para hablar de tu padre.

El tono es amistoso, a lo mejor ha decidido enfrentarse a este asunto dejando de lado todo rencor. Tiene que haberse animado, una elección de este tipo es sin lugar a dudas el resultado de una larga meditación.

—En estos días, he tenido la oportunidad de reflexionar sobre lo que ha pasado —continúa—. Tu padre no es un irresponsable. No lo critico por irse. En los últimos años no he hecho otra cosa que atormentarlo.

Me parece increíble que esté hablando de él en estos términos. Hasta sus gestos son diferentes: la manera de entrelazar sus dedos, de mirar a su alrededor, incluso ha adquirido un aire reflexivo.

—Sé lo importante que es para ti que él trabaje a tu lado —prosigue—. Y tengo que admitir que la empresa necesita su caudal de experiencia y de buen juicio más que cualquier otra cosa. Yo heredé los viñedos de mi padre, pero él sin duda heredó la capacidad de quererlos.

Se levanta y se coloca junto a la ventana. En el prado lozano y exuberante del jardín, *Hitchcock* está cavando un hoyo, pero ella no se altera ni llama a la camarera para decirle que lo pare. Permanece casi impasible delante de lo que en otras circunstancias no dudaría ni un instante en definir como un ultraje.

—He hablado también con Santi —continúa, después de haber observado durante un rato un punto indefinido en el jardín—. Nos hemos aclarado sobre los errores que hemos cometido, la verdad es que no hemos hecho otra cosa que quitarle motivación a tu padre. Me ha asegurado que hará todo lo posible para convencerle de que no dimita.

Es revitalizante escucharla hablar así, y al mismo tiempo desgarrador. La reina se ha quedado sola en su castillo, obligada a examinar su conciencia para llegar a la conclusión de que ha contribuido a su propia derrota.

Mi madre interpretando ese papel es lo último que hubiera imaginado ver en esta vida.

Vuelve a sentarse en el sofá. Toma mis manos entre las suyas.

—Si hay alguien que tiene que dar un paso atrás, ésa soy yo —me informa con dulzura—. He escrito una carta al Consejo de Administración en la que comunico mi dimisión como consejera. Estoy segura de que, llegados a este punto, mi presencia sería simplemente inoportuna.

Me encantaría poder hacer algo para ayudarla: tiene que volver a construir su vida a partir de este momento, a partir de este té tomado en compañía de su hijo y de las decisiones tomadas en conciencia. No será fácil, pero mi madre es una mujer llena de recursos.

—Aun así —concluye con una imperceptible flexión de la ceja izquierda—, no quiero ver a esa negra ni en pintura y te ruego que no vuelvas a mencionarla en mi presencia, ¿de acuerdo?

Le sonrío.

—Hablo en serio —insiste—, no lo digo en broma, querido...

Pero yo la abrazo muy fuerte, hasta interrumpir sus quejas.

Luego nos quedamos así, abrazados, todo el tiempo necesario.

Mi padre no se presenta a la oficina y ha dejado de contestar al móvil. Vete a saber adónde ha ido a parar, en qué lugar del mundo se ha refugiado. Aun así, mi rencor hacia él, tal como le ha pasado a mi madre, poco a poco se ha aplacado. El mérito es sobre todo de Solidea y de esa contagiosa aura de buen humor que la rodea.

Anoche se quedó a dormir en mi casa. Por la mañana, antes de ir a la oficina, la he mirado detenidamente: con los ojos cerrados parecía un ángel. Si se quedara en mi cama todas las noches, no estaría nada mal. Hasta he llegado a pedirle que deje mudas en mi casa.

La estoy ayudando con la promoción de la inauguración de la nueva librería. He pasado la invitación a todos mis contactos. También Andrea se ha volcado en este asunto y está trabajando como lo haría para un cliente importante. De todas formas Solidea no puede dormir bien, dice que su pesadilla recurrente es que coge el micrófono para dar las gracias a cuatro gatos soporíferamente aburridos. Todo el peso de la futura tienda recae sobre sus hombros. Ha sido ella la que propuso la idea de relanzarla a través de los encuentros de lectura, y ahora tiene miedo de que sean un desastre. No sé cómo se lo monta, pero incluso cuando adquiere un tono trágico sigue resultando simpática.

Hoy tenemos una reunión informal de los consejeros que mi padre tendría que presidir por última vez antes de dimitir. Tan pronto como entro en la oficina, Anna se me acerca para comunicarme que el presidente necesita verme. Mejor tarde que nunca.

Lo sorprendo detrás del escritorio. Lleva un elegante traje de rayas y el pelo peinado hacia atrás con un poco de brillantina. Su nueva compañera tiene que haberle infundido un nuevo espíritu, o puede que simplemente haya decidido abandonarnos con estilo.

—Necesito hablar contigo, Edoardo. Siéntate.

Sólo cuando me siento en la butaca delante de él, me doy cuenta de que del escritorio han desaparecido todas sus inútiles baratijas. Los premios y las fotos en cambio se han quedado en el mismo sitio.

Mi padre está hojeando unos documentos. Se pone las gafas para echarles un último vistazo.

—Hay algunos temas de los que tenemos que hablar —me informa, y cierra el cartapacio y se quita las gafas—. Pero, antes que nada, quisiera poder resolver nuestras divergencias pidiéndote perdón por la falta de delicadeza que mostré la última vez que nos vimos.

Trato de permanecer impasible ante sus disculpas, al fin y al cabo no son más que inútiles formalidades. No habría sido tan imprudente ni habría ido tan rápido si de verdad le hubiera importado mi perdón.

Mi padre suspira, parece que va a añadir algo sobre el asunto, pero luego renuncia. Él también se da cuenta, es un terreno pantanoso el que nos separa y no tenemos los medios para cruzarlo. Sin embargo adquiere un aire más esperanzado antes de retomar su discurso.

—En la reunión de hoy —me anuncia—, no comunicaré mi dimisión. —Luego se detiene a mirarme, curvando los labios en una sonrisa expectante.

Sin darme cuenta, debo de haberlos curvado yo también en un amago de sonrisa, porque no puedo negar que la noticia me libera de la sensación de molestia que se me había quedado dentro desde esa comida no consumida en el restaurante I Piani.

—Ayer por la noche hablamos largo y tendido con el señor Santi y el Consejo de Vigilancia —continúa, adquiriendo un tono más formal—. Sé que tu madre quería verte para explicarte sus intenciones.

—Es una mujer sin parangón —comento orgulloso.

Pero mi padre no se detiene en mis palabras, las supera con un ímpetu profesional al que ya no estoy acostumbrado.

—Hay muchas cosas de las que tenemos que hablar. Para empezar me he puesto en contacto con los proveedores de la obra en Toscana —me pone al día—. He podido llegar a un acuerdo sobre algunos precios para limitar el gasto. Si nos movemos con un poco de cuidado podremos contener el daño. Durante estos días he estudiado con atención tu proyecto; has tenido buen gusto, tengo que felicitarte. Aunque nos hemos pasado de presupuesto, estoy seguro de que gracias a tus decisiones podremos recuperarnos con lo que ganemos.

Sigo aturdido por su renovada energía para reaccionar como debería, por lo tanto me limito a asentir.

—Sabes que mi mayor preocupación ha sido siempre mantener la calidad de los vinos —continúa mientras vuelve a abrir el cartapacio y a ponerse las gafas—. Y jamás he aprobado la elección de producir en Piamonte vinos de inferior calidad. Por esta razón me he puesto en contacto con el enólogo Bianchini, viejo amigo de tu abuelo, al que debemos gran parte de nuestro éxito, y durante estos días he dado una vuelta con él y con el señor Santi para examinar el potencial de los viñedos que tenemos fuera de las mejores áreas. Hemos recibido una respuesta entusiasta y los tres estamos convencidos de que en estos viñedos también podemos generar productos de alto nivel.

Termina de hojear esos documentos y luego me los pasa para que los revise. No sé dónde ni cómo ha recuperado esa confianza hacia nosotros, pero es liberador descubrir que, después de años de conflictos, él y mi madre han podido llegar a un acuerdo. Ella ha decidido apartarse por el bien de la empresa; mi padre puede dejar la casa en la que ha vivido durante cuarenta años, la mujer con la que ha dormido casi todas las noches de su vida, pero no puede imaginar renunciar a sus viñedos. Porque son suyos más de lo que nos pertenezcan a mí o a mi madre; son sus viñedos. Ahora, oyéndole hablar de números e intervenciones de recuperación, sé que a él no le hace falta nada más para ser feliz.

Solidea

Esta mañana, mi madre y mi tía me han dejado sola en la tienda para asistir al examen de selectividad de Federica y Clotilde. De completar un día de por sí tan intenso se encarga la inauguración de la librería con el encuentro de lectura previsto para las seis de la tarde.

Huelga subrayar el hecho de que ahora la tienda ha adquirido un aire claramente más intelectual. El viejo sofá de mi abuelo, en lugar de esos estantes llenos de polvo donde guardábamos los cuadernos, le da una nota de calidez que no queda nada mal. Y entonces, ¿por qué estoy aterrada temiendo que esta noche no aparezca nadie? Para alejar todas las paranoias, he puesto a todo volumen y en repetición constante *Samba de mon coeur qui bat* de Coralie Clément. Me parece que es mucho más adecuada para esta nueva fase de mi vida y además consigue relajarme.

David tenía razón, no me iba a quedar durante mucho tiempo en el piso de la plaza Mancini. Se podría decir que ahora vivo en casa de Edoardo. A ver, me quedo a dormir en su casa casi todas las noches y ya he llevado allí buena parte de mis cosas, *Matita* incluida. Esta noche llegará un poco más tarde porque ha tenido que ir a la Toscana, junto con su padre, para visitar el Château Relais que están construyendo. Las obras están a punto de terminar y la inauguración del hotel está prevista para el próximo mes. ¡Qué maravilla!

La señora Marcella es la primera clienta de la nueva librería. Entra y mira a su alrededor, con el recelo de costumbre. Naturalmente está buscando todos los artículos que ya no vendemos.

—¿Y esos preciosos bolígrafos que tenían?

—Señora, ya se lo he dicho, hemos dejado de ser una papelería.

Ella sigue refunfuñando, pero mientras tanto coge un libro tras otro.

—¿Y esto qué es? ¿Una guía de jardinería? ¿Dirá también cómo cuidar las plantas de mi balcón?

—No lo sé, señora, pero creo que sí.

Se acerca a la caja con una decena de libros.

—Pero digo yo que al menos podían quedarse con los cuadernos de flores. ¿Dónde voy a apuntar ahora la lista de la compra? Además no me gusta ese sofá allí, no tiene nada que ver con el resto.

Se quejará mucho, pero en los veinte años que hace que la conozco nunca se había gastado ochenta y cuatro euros, uno detrás de otro. Qué va a hacer con un libro sobre apicultura se me antoja un misterio.

—Venga a vernos esta noche, por favor —le digo al despedirme—. Habrá también refrescos.

—Con tal de que bajen un poco la música... —me contesta molesta—. Si no me dará un tremendo dolor de cabeza.

La señora Marcella se aleja de la tienda y un instante después entra David.

—¡Menos mal que has venido! Estoy supernerviosa. ¿Y si no viene nadie?

—Pero ¿qué dices, mi amor? —me tranquiliza él—. ¡En Facebook sólo se habla de esto! ¡Ya han hecho una página de fans! Y esta vez no tengo nada que ver, ¡ha sido una iniciativa del grupo de la escuela!

Por lo visto, Edoardo y Andrea no han escatimado esfuerzos. David me asegura que ha pasado la invitación también a todos sus contactos, pero no hay que relajarse: las caras que he visto en su grupo de amigos de Facebook no me merecían mucha confianza. A no ser que vengan también Madonna, Britney Spears y Kylie Minogue en persona.

Mientras tanto llegan mi madre, mi tía y los chicos. Así seguimos con los pies en el suelo.

Federica salta excitada, porque en el examen ha logrado un sesenta, el mínimo indispensable para aprobar la selectividad. ¡Qué suerte! Clotilde, en cambio, entra en la tienda hecha un mar de lágrimas. Está también Alessandro, su novio, que le da la mano.

—¿Qué ha sucedido?

—No le han dado la matrícula de honor y se le ha caído el mundo encima —me explica mi tía, levantando los ojos hacia el cielo.

—Es una ñoña —comenta Federica—. Siempre le he dicho que se equivocaba al estudiar con esa pobre desgraciada de Macchioni.

Mi madre la defiende.

—Lo ha hecho muy bien, sólo estaba un poco estresada.

Voy a hablar con Clotilde.

—Oye, Clo, no puedes reaccionar de esta forma. No vale la pena.

—Toma ejemplo de mí —añade Federica—. Estoy contenta incluso con un sesenta.

Mi hermana la fulmina con los ojos todavía rojos por el llanto.

—Ya, claro, ¡merecías que te suspendieran!

—¡Qué cabrona eres!

—¡Ya está bien, chicas! —intervengo. Apoyo las manos en los hombros de mi hermana y la miro directamente a los ojos—. Esta reacción por no conseguir una matrícula de honor me parece un tanto excesiva —le digo—. Es un trozo de papel, Clo. En la vida esto sólo te sirve hasta cierto punto. Es la determinación lo que te saca adelante; confía en mí. Con la matrícula de honor no harías nada. Te dicen que eres buena, ¿y después? Después ya está, te lo digo yo. Todo el mundo olvidaría esa matrícula, incluso tú.

David y Federica me miran asombrados.

—Eres buena hablando, mi amor.

—Coño, y tanto que eres buena.

Si esta noche, cuando tenga que coger el micrófono delante de todo el mundo, pudiera ser igual de convincente sería fantástico. Siempre que acuda alguien.

Mientras ponemos los canapés en la mesa, cuidando de que *Matita* no se los coma todos, llegan los primeros invitados. Por sus caras se diría que vienen directamente del Facebook de David. Hasta hay un tipo que lleva una peluca verde.

—No me mires así, mi amor —se defiende—. Bienvenida al mundo de los intelectuales *outsider*.

—¿*Aut...* qué?

—Déjalo correr, no tienes remedio.

Vale que el amigo de David lleva una peluca verde, pero se ha comprado todos los libros de McEwan. No está mal.

David me ayuda a darles la bienvenida, se atreve incluso a hablar sobre libros que no ha leído.

—¡Mira, mira quién ha llegado! —me dice señalando a su segunda mejor amiga, Tania, es decir, la abogada Miranda. Ha traído a su Steve, parece que la historia marcha viento en popa. En este tiempo ha descubierto que se llama Paolo y que es dentista; lo considero un buen paso adelante.

Ha llegado también Andrea y enseguida ha encontrado consuelo en los besos de mi prima, que en lugar de irse a vivir un año a Jamaica, como tenía planeado desde hacía tiempo, ha decidido irse con él de vacaciones en agosto, como toda la gente normal. Pero que nadie se atreva a decir que son novios, los dos subrayan que follan de miedo pero que de amor ni hablar. Aunque después se miran a los ojos que ni Angelina Jolie y Brad Pitt en los tiempos gloriosos de *El señor y la señora Smith,* y toman aliento tan sólo durante unos segundos entre un beso y otro. Sólo falta que empiecen a adoptar niños de todos los continentes.

En cierto momento, entra en la tienda Sara Carelli. Nos abrazamos emocionadas, por fin nos vemos en persona. Viene junto con su compañero y su hermano minusválido, él también antiguo estudiante y recién elegido asesor municipal.

—Soy un ferviente partidario de esta librería —me dice desde la silla de ruedas, como si estuviera en medio de un mitin—. Y si necesitas que te echen un cable para los encuentros de lectura, no dudes en preguntarme. Conozco a muchísimos escritores.

Poco a poco la librería se va llenando. En la caja hay un movimiento impresionante, mi madre y mi tía están muy ajetreadas. Entre los recibos de compra y las frases de cortesía que es necesario soltar, llega también el profesor Bonelli, preparado para leernos un texto inédito. Nuestros encuentros se inauguran con él: el escritor más importante para mí. Alumnos antiguos y nuevos le dan la bienvenida con un aplauso incluso antes de que suba a la pequeña tarima que hemos montado. Por suerte le toca a él coger primero el micrófono.

Nos lee un cuento surrealista sobre un chico que se ve transportado al papel de una servilleta y logra hacernos reír a carcajadas. Luego nos dedicamos a comentarlo. Bonelli dice que con esta historia ha querido representar la voracidad de los tiempos modernos y la incomodidad de los jóvenes de hoy en día. Después decide llamarme a escena para que intervenga a su lado.

—Hablando de tiempos modernos —dice—, he aquí una chica que conserva los valores de otra época, una persona verdaderamente especial.

Me abro paso en medio de la gente para alcanzar la tarima y enseguida me recibe un gran aplauso, antes incluso de abrir la boca. No está mal.

Ahora que tengo una visión más completa del público, por fin lo veo: Edoardo. Debe de haber llegado hace un instante, porque se ha quedado al final, al lado de la caja. Sólo con encontrar su mirada me olvido de todas y cada una de las palabras del discurso que había preparado. De hecho me quedo algunos segundos en silencio, dedicándole una sonrisa cohibida. Él levanta su copa de vino prosecco para animarme. Todo lo que digo a partir de ese momento lo hago mirándolo fijamente a los ojos.

Creo que he acabado articulando un discurso sobre mis altibajos en relación con la tienda, sobre los esfuerzos de mi familia y sobre el olor del papel, que me recuerda la infancia. He citado a la abuela, explicando que no se puede renunciar a los lugares y a las personas que hemos querido a lo largo de nuestra vida. Después no recuerdo qué más he dicho.

Del primer encuentro de lectura de la nueva librería y de mi intervención, sólo recordaré el aplauso ensordecedor que he recibido al final, las lágrimas de felicidad de mi madre y de mi tía, los ojos de Edoardo, que no me han abandonado ni un instante, y el pensamiento limpio y preciso que ha cruzado mi mente cuando he bajado de la tarima para ir hacia él.

La «pequeña yo» tenía las ideas muy claras; con su mochila de Hello Kitty en los hombros y el pelo recogido en dos trenzas con pompones rojos, encontró a un chico a la salida de la escuela y, con una confianza tan grande como para mover montañas, pensó: «Es el hombre de mi vida. No importa lo que tarde en conquistarlo, es el hombre de mi vida». Ahora sé que tenía razón.

Agradecimientos

Este libro no habría podido nacer sin las redes sociales como Facebook y todas las personas que han participado en su realización.

Doy las gracias sin ningún orden en particular a: Pietro, mi primer editor, porque me ha cogido de la mano cuando más lo necesitaba; el grupo de los *amici talposi,* ninguno excluido, pero en particular los que me han inspirado y apoyado, como Paolo, Lorenzo, Marta y Sara, y quien, como Stefano (conocido como Sansa Bonita), me ha echado un cable en la escritura; Raffaello, que se ha sumado a la apuesta; Antonella, por sus intervenciones, «doblemente» irreprochables; Valter, porque desde que llevo su apellido se ha vuelto más paciente; Daniele, por ser el primero en infundirme valor; Elena, porque siempre hemos vivido en simbiosis y ella está siempre presente en todo lo que hago; Chiara y Gioella, por sus importantes consejos; mi familia, ya que desde el principio me permitió perseguir mis sueños, y en particular a mi madre, porque está celosa de que le haya dedicado el libro a mi padre; y a Carla, mi tía, no hace falta explicarle el porqué.

Y un agradecimiento especial no a una persona, sino a un lugar en el mundo: a la pequeña habitación en el Eden Wilds sobre el río Umtamvuna (en algún lugar en Suráfrica).

Este libro
se terminó de imprimir
en los talleres gráficos de
Nomos Impresores,
en el mes de abril de 2010